KB263959

개정판

고교생이 알아야 할 논술

성낙수 엮음
(한국교원대학교 교수)

좋은 책 좋은 독자를 만드는—
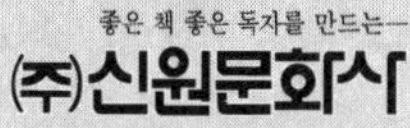
㈜신원문화사

　논술을 마치 대학 입시만을 위해서 존재하는 것으로 생각하는 경향이 있다. 그러나 논술은 인류가 언어 생활을 시작하면서부터 생겨난 것이고, 또한 인류가 존재하는 한 사회적으로나 개인적으로 필수적인 요소임을 알아야 한다. 왜냐하면, 논리는 이성과 지성의 산물이고, 글쓰기는 의사 소통의 중요한 매체이기 때문이다.

　《고교생이 알아야 할 논술》(1, 2)이 발간된 지도 어언 5년이 흘렀다. 그 동안 세상도 많이 바뀌고, 논술에 대한 인식도 달라졌다. 이런 시대적 흐름에 부응하여 새로운 논술에 관한 책이 요구됨에 따라 시대 감각에 맞는 편집과 내용을 첨가하여 개정판을 내게 되었다.

　많은 수험생들이 논술을 막막하게만 생각하는데, 그런 수험생들을 위해 이 책에서는 11가지 테마로 나누어 논술문 작성 시 꼭 알아야 할 이론을 제시하고, 그 뒤에 쓰기 연습과 읽기 연습을 할 수 있도록 편집하였다.

　쓰기 연습에서는 많은 주제와 다양한 문제 양식을 실어 수험생들이 직접 논술문을 작성함으로써 표현력과 문장력을 기를 수 있도록 했으며, 읽기 연습에서는 저명한 분들의 글을 숙독함으로써 지식과 정보를 넓힐 수 있게 하였다. 고득점 논술을 위해서는 쓰는 연습도 중요하지만, 많은 글을 읽는 것 또한 중요하기 때문에 다양한 분야의 읽기 자료를 실었다.

요즘 논술은 대학 입시에서만 다루는 것이 아니라, 각종 시험에서도 빠지지 않는 추세이다. 논술 시험을 통해 글을 쓰는 사람의 지식과 사고력 그리고 표현력 등을 파악할 수 있기 때문이다. 그렇다면 현대에서 교양과 지성을 갖춘 이는 논리적인 글을 쓰는 능력 또한 뛰어날 수밖에 없다는 말이 성립될 만도 하다.

아무쪼록 이 책이 논술을 배우려는 수험생들에게 좋은 길잡이가 되었으면 한다.

2000. 7.

성 낙 수

C O N T E N T S

C.O.N.T.E.N.T.S

C O N T E N T S

C·O·N·T·E·N·T·S

고교생이 알아야 할 논술

논술이란 무엇인가?

1. 논술의 정의

논술이란 '어떤 사물을 논하여 말하거나 적는 것'을 말한다. '논한다'는 것은 '논지하다'의 준말로 '따져 말한다'는 뜻이다. 그러나 이것은 어디까지나 논술을 사전적 의미로 해석한 것이고, 요즘 각종 시험에서 부과하는 논술은 그 개념이 광범위하면서도 포괄적이다.

개념이 광범위하다는 것은 논술이 차지하는 범위가 넓기 때문이다. 즉 논술의 대상은 정치, 사회, 경제, 외교, 국제 관계, 역사, 문화, 예술, 학문 등 이 세상의 어떤 사물에 관한 것이라도 가능하고, 또 각각 그 속에 포함된 갖가지 세분된 사안도 논술의 대상이 될 수 있다.

또한 개념이 포괄적이라는 것은 논술이라는 개념이 '논리적 기술'이라는 것까지만 예측할 수 있고, 그 형식이 명확하지 않다는 데 있다. 정확히 말하면 논리적 기술을 해야 할 장르는 논설문, 비평문, 보고문, 논문 등이 모두 해당된다. 더 세분한다면 신문이나 잡지의 사설, 시평, 단평, 평론, 일반 논설, 일반 논문, 학위 논문, 보고문 등이다.

시험에서 말하는 논술은 한마디로 말하기는 어려우나, 사설, 시론, 단평, 평론 정도의 분량으로 어떤 사안에 대하여 논리적으로 주장한다든지, 비평한다든지, 평가한다든지, 판단을 내린다든지 하는 것을 말한다.

'논리적'이라는 말은 논리적인 사고를 하며 논리학적으로 증명되어야 하는 것이고, '논리적 사고'란 어떤 일에 대하여 행동적·직관적이 아니라는 뜻이다. 즉 개념적 수단, 특히 언어를 사용하는 논리 법칙에 적합한 사고 방식, 그 중에서도 추론적(推論的) 사고 방식 —— 이론이 정연하고 일관성 있는 사고 —— 을 말한다.

'논리학적'이라는 말은 인간의 지식 활동에서 특정한 종류의 원리들을 분석하고 명제화하며, 이들을 계획화하는 학문 분야인 논리학에 입각하여 기술한다는 뜻이다. 그러므로 어떤 명제에 관하여 귀납적인 방법으로, 혹은 연역적인 방법으로 증명해야 한다.

논술 시험은 대개 주제나 명제가 제시되며, 제한된 시간 안에 제한된 분량으로 글을 써야 한다. 그러므로 자유롭게 여기저기서 자료와 원리를 참조하며 쓰는 글과는 다르기 때문에 수험생들은 평소의 지식과 상식, 경험을 바탕으로 논술을 써야 하는 부담이 있다. 논술 시험을 성공적으로 치르기 위해서는 평소에 많은 독서를 하고, 다른 사람과 열띤 토론의 장을 열어보는 것도 좋은 방법이다.

2. 논술의 종류

앞에서 언급한 것처럼 논술은 신문이나 잡지의 사설, 시평, 단평, 평론, 일반 논설, 일반 논문, 학위 논문, 보고문 등으로 나누어진다. 이러한 글들에 대하여 그 성격과 특징을 간단히 살펴보기로 한다.

(1) 사설(社說)

사설은 신문사나 잡지사에서 정치, 경제, 사회, 문화, 교육, 국제 등 각 분야에서 그때그때 일어나는 문제에 대하여 공식적인 견해를 표명하는 글이다. 신문이나 잡지는 많은 독자를 대상으로 하기 때문에 사설은 그들에게 상당한 영향을 줄 수 있으며, 때로는 여론을 환기시킬 수도 있고, 사회적 · 국가적으로 큰 문제를 일으킬 수도 있다. 그러므로 신문사에서는 논설위원 등을 두어 시시각각으로 제기되는 각종 문제에 대하여 검토한 다음, 그 중에서 가장 중요한 사안을 선정하여 신중하게 사설을 집필한다.

대개 사설은 한정된 지면에 신기 때문에 하루에 보통 두세 가지의 주제를 짧게 다루지만, 아주 중요한 사안일 경우에는 한 가지 주제만 다루기도 한다. 복수 주제일 때보다는 단수 주제일 때 분량이 많아지게 된다.

(2) 시평(時評)

시평은 시사적(時事的)인 평론을 줄인 말로 시사적인 문제에 대하여 개인의 의견을 피력하는 글이다. 대개 신문이나 잡지에

게재되지반, 신문사나 잡지사의 공식적인 견해는 아니다. 글쓴이가 사회 생활을 영위하면서 겪게 되는 여러 가지 일반적인 문제를 주로 다루며, 일반 대중을 상대로 하기 때문에 대중성을 띤다고 볼 수 있다. 다루는 내용에 따라 정치평론, 사회평론, 문화평론 등으로 나눈다.

(3) 단평(短評)

단평은 시평과 유사한 글이지만 시평보다는 좀더 요점만 간단하게 쓴 글이다.

(4) 평론(評論)

평론은 시평보다는 전문성을 띤 것으로 특정 분야에 대한 학문적 견해를 밝히는 글이다. 주로 예술 분야에서 많이 다루고 있으며, 작품에 대한 해석을 내리거나 감상 또는 평가의 기능을 한다. 작품의 해석은 작품을 바르게 이해하고 작품의 의미를 정확히 파악하는 것이며, 감상은 작품의 미적(美的)인 측면을 향유하는 것인 데 반해 평가는 작품의 가치를 판단하는 것이다.

(5) 일반 논설(一般論說)

일반 논설은 시사성과는 관계없는 순수 교양을 위한 글이다. 정치, 경제, 문화, 종교, 철학, 교육, 자연, 환경 등 각 분야에 걸쳐 다룰 수 있다. 논설문에는 글쓴 이의 심오한 지식, 풍부한 경험, 도야된 인격, 폭넓은 사색 등이 함축되어 있어 학술 논문에 가까운 무게를 지닌다.

(6) 일반 논문(一般論文)

일반 논문은 연구자가 특정한 과제에 대하여 연구한 결과를 정리한 것으로, 이제까지 알려지지 않았거나, 밝혀지지 않은 사실이나 현상에 대하여 정당한 방법으로 연구하여 새로운 결론을 도출하는 것이다.

(7) 학위 논문(學位論文)

학위 논문은 대학이나 대학원에서 소기의 과정을 마친 사람에게 일정한 자격을 인정해 주기 위한 논문이다. 학위에 따라 학사 논문, 석사 논문, 박사 논문으로 나눈다. 일반 논문과는 달리 학위 논문은 학교에서 정하는 심사 위원들의 심사에 통과되어야 효력을 발휘한다.

(8) 보고문(報告文)

보고문은 논리의 해명이나 독창적인 결론의 도출보다는 여러 분야의 조사나 실험, 실습, 관찰, 관측, 답사, 채집 등의 활동을 통하여 얻은 사실이나 결과를 정리하여 보고하는 글이다. 이것은 본격적인 논문의 자료로서 이용되기도 하고, 자연과학이나 기술 및 공학 부문에 있어서는 보고문 자체가 논문에 준하는 가치를 가지기도 한다.

1. 대통령 중심제와 내각 책임제에 대한 논란은 끊이지 않고 있다. 대통령 중심제는 국민의 직접 선거에 의하여 대통령을 뽑고, 선출된 대통령이 내각을 구성하여 통치하는 것이며, 내각 책임제는 국회(하원) 의원수가 많은 (연합)정당에서 내각을 조직하며, 국회가 행정부의 존립을 결정하는 제도이다. 이 중에서 어느 하나를 선택하여 그 제도를 옹호하는 입장을 논술하라(1,500자 내외).

2. 민주주의 국가에는 의회 제도(議會制度)가 발달되어 있다. 의회 제도의 장점에 대하여 논술하라(1,000자 내외).

3. 1900년대에 우리나라는 이른바 문민 정부가 이루어지고, 지방자치제도 실현되었다. 이런 상황에 걸맞는 국민들의 바람직한 정치 의식에 대하여 논술하라(1,000자 내외).

4. 다음 글을 읽고 우리 교육이 나아갈 방향에 대하여 논하라(1,200자 내외).

> ### 대학만이 목적인 교육
>
> 사교육비 액수가 가공할 만한 수치라는 뉴스가 보도되기 시작하더니 최근 각 언론들은 검찰에서 학원비리와 교육방송비리를 수사해 우리나라 부정부패 먹이사슬의 정점을 파헤쳤다고 대서특필했다. 그 보도에 의하면 각종 공직자 비

리수사에서 수표 추적 결과 뇌물의 최종 사용자가 과외교
사인 적이 여러 번 있었다고 한다.

　그러나 단도직입적으로 학부모 입장에서 말한다면 "그걸
이제서야 알았느냐."고 되묻고 싶다. 우리의 교육 실태가
이 지경이 된 것이 어제오늘의 일이 아니요, 이미 초등학교
이상의 자녀를 둔 부모라면 직·간접 경험을 통해 익히 잘
알고 있는 사실이기 때문이다. 공식화되지 않았을 뿐 교육
부패와 그에 따른 비리는 이미 피부에 와닿는 문제이며, 과
중한 교육비 지출로 인해 야기되는 과외망국론은 벌써 오
랜 세월 누적된 해묵은 주제가 아니었던가. 그런데도 불구
하고 이 문제가 지금까지 방치돼 왔다는 사실에는 학부모
의 한 사람으로서 분노마저 느낀다.

　그러면 이 책임을 과연 누구에게 돌릴 수 있을 것인가.
한 해가 멀다 하고 입시제도를 바꿔야만 하는 정부인가, 아
니면 한 학급에 60명씩이나 되는 아이들을 가르치며 잡무
에 시달리는 교사들인가, 자식의 보다 나은 미래를 위해서
는 어떻게든 대학문 안에 들여놓아야 하겠기에 온갖 열성
을 다할 수밖에 없는 부모들인가. 이들은 서로 뒤엉킨 채
꼬리를 물고 빙글빙글 돌기만 하는 괴물스러운 삼각체인을
형성하고 있다. 그러는 사이 서울에서는 두 건물 건너 학원
이 하나 생기게 됐고, 학원 안 다니는 아이가 없는 세상이
되고 말았다. 또 교육비 때문에 파출부를 하고 이민까지 간
다는 사람의 마음이 충분히 공감대를 형성할 정도가 된 것
이다. 만약 이 삼자간의 관계가 해결책을 찾아 정상화되지
못한다면 언젠가는 함께 자멸하고 말지도 모를 일이다.

▌북방한계선(NLL)
북방한계선(NLL :
Northern Limit Line)
은 지난 '53년 UN군
사령부가 정전협정체
결 직후 서해 5도인
백령도～대청도～소
청도～연평도～우도
를 따라 그은 해안 경
계선을 말한다. 1999
년 6월 북한경비정들
이 북방한계선을 연이
어 침범, 도발까지 감
행해 우리 해군이 강
력한 대응을 한 바 있
다.

우리는 알고 있다. 그 셋은 기실 우리가 처한 사회 현실의 희생물이란 사실을. 그리고 그 사회 현실 또한 우리의 의식과 무의식이 창출해낸 소산물이란 것을. 대학 입학과 졸업장에 인생의 모든 것을 걸게 만든 비정상적인 풍토는 결국 문제풀이 기능을 양성시키기 위한 입시산업만 번창하게 만들었다. 우리 아이들은 이미 그러한 공부가 대학만 들어가면 다 무용지물이라는 사실을 잘 알고 있다. 12년 간 학교와 학원, 과외를 오가며 젊음과 능력, 시간과 돈을 바쳐서 하는 공부가 오직 대학입시용이라는 것이다. 그러나 그들은 알고 있다. 다른 애들 다 하는 것, 나만 안 하면 결국 손해 보는 것은 나 자신이라는 것을.

나는 감히 한국에는 교육이 없다고 말하려 한다. 한국의 교육이라는 것은 대학생을 만들기 위한 기능적 뒷바라지 외에는 역할이 없기 때문이다. 그리고 이 현상은 이제 전국적이고 총체적인 것이 됐다. 누구랄 것도 없이 4천만 국민 모두가 이를 방치했고 조장했으며, 추종하는 데 앞장서고 있다. 따라서 우리의 교육 실태는 어느새 교육 아닌 교육을 시키는 수많은 선생님들과 그 뒷바라지에 허리가 휘는 부모들, 그것을 교육이라고 받는 가엾은 아이들을 양산해 황폐한 사회를 만드는 주범이 돼버렸다.

공(公)교육은 이미 죽었고, 교사와 학생간의 커뮤니케이션은 단절됐다. 그러한 상황에서 사(私)교육의 번창은 실상 붕괴 직전의 몸부림과도 같은 것이다. 이번에 자기 아이가 다니는 학원이 문을 닫고 그 과외교사가 구속되는 것을 본 엄마들은 "검찰이 공연히 비싼 수강료 다 내고 학습진도만 더디게 만들었다."며 속을 태웠다. 학부모와 학생이 공교육을 신뢰한다면, 또 대학졸업장이 교육 목적의 전부가 아니라면 이런 파행적인 교육 현장이 존재할 수 있겠는가.

그동안 정부에서는 수차례 교육개혁을 논의하고 제시해 왔지만 우리의 교육에 대한 근본적 개혁은 단순한 제도의 개혁만으로는 불가능하다. 우리의 교육 이념과 방향이 대학만이 목적이 아닌 사회, 사교육비를 과감히 공교육비로 투자해 좋은 환경의 학교, 신뢰할 수 있는 교사를 만드는 쪽으로 가닥잡을 때만이 그 해결의 단초를 제공할 수 있을 것이다.

— 장숙경(YWCA 실행위원)

 논·술·연·습·의·길·잡·이

∎ 코스닥

코스닥이란 종래의 증권거래소와 구별되는 또 하나의 증권시장을 말하는 것으로, 주증권사들이 모인 증권업협회에 등록된 벤처·중소기업의 주식이 사고 팔리는 곳이다. 상장하기에는 아직 내실이 갖추어지지 못한 주식들의 거래를 활성화해, 벤처·중소기업들이 쉽게 자금을 조달하기 위해 설립되었다.

1. 대통령 중심제는 의원 내각제와 더불어 현대 민주 국가의 주요 정부 형태의 하나로서, 정부 형태는 행정부와 입법부의 상호 관계를 기준으로 구분된다. 이 제도는 미국에서 시작되어 오늘날에도 미국에서 가장 잘 운영되고 있다. 대통령 중심제의 특징은 다음과 같다.

첫째, 대통령은 국민이 직접 선거를 통하여 선출하며, 정부는 대통령의 자유 의사에 따라 구성되고, 행정부는 입법부로부터 독립된다. 대통령이 국회 해산권이 없는 대신 국회가 대통령을 불신임할 수 없기 때문에 대통령의 임기 동안 행정부는 대통령의 권한하에 지배된다.

둘째, 분리 또는 분립의 원리에 따라 국회와 행정부는 조직이나 작용에서 가능한 한 양자를 분리한다. 즉, 이 제도에서는 국회의원과 행정부 공무원을 원칙적으로 겸임할 수 없으며, 행정부의 법률 제안권이 없고, 국회에의 출석 발언권도 없다.

셋째, 국회와 행정부간에 견제와 균형이 강조된다. 즉, 대통령은 법률안 거부권을 가지는 대신 국회는 조약의 비준과 고급 공무원에 대한 임명 동의권을 가지며, 행정 기관의 설치와 활동에 관한 법률 제정, 예산 심의, 국정 조사, 탄핵 등의 권한을 가진다.

대통령 중심제의 장점으로는 첫째 적어도 대통령의 임기 동안은 정국이 안정되고, 둘째 국회나 일반 국민의 행정부에 대한 경솔하고도 부당한 간섭을 막을 수 있으며, 셋째 참다운 민의를 반영하는 정당 정치가 아직 실현되지 못한 후진 국가에서는 다수당의 압제를 막고, 견제·균형의 원리를 살릴 수 있다.

그러므로 대통령의 독재 위험이 없거나 혁명에 의한 정권 탈취를 방어하고 국회와의 갈등이 해소된다면 가장 바람직한 정부 형태라 할 만하다.

대통령 중심제의 이러한 특징들을 중심으로 논리를 전개한다.

2. 의회란 주로 민선 의원으로 구성되어 있는 합의체로서, 국

민의 의사를 대표하고 입법을 담당하는 합의제 기관이다. 그 권한은 의회 정치의 전개와 동시에 점차 넓어지고 있다. 의회는 한 개의 합의체로 구성되는 일원제(또는 단원제)와 두 개의 합의체로 구성하는 이원제(또는 양원제)로 구분되는데 우리나라는 일원제이다. 의회는 절대 군주의 권력을 제한하는 자유주의의 필요에 의하여 생겼으며, 가능한 한 많은 국민이 정치에 참여할 기관이 있어야 한다는 민주주의의 당위성에서 출발하였다.

3. 문민 정부란 군부 통치 또는 군사 정부와 대립되는 용어이고, 지방자치제는 시·도·군의 장(長)과 의회 의원을 직접 선거에 의하여 선출하여, 자치적으로 운영하는 제도이다. 그러므로 국민들은 자기 스스로 선택하여 뽑은 사람들에 의하여 복리와 권익을 보장받을 수 있으며, 자기 의사를 반영할 수 있다는 점에서 냉철한 판단과 비판력을 함양해야 된다는 요지를 펼 수 있다.

서론에서는 1990년대의 정치 발전에 대하여 언급하거나 1980년대까지의 권위적이고 억압적인 정치 행태를 가볍게 논의할 수도 있다. 본론에서는 1995년을 전후하여 나타난 지역 감정과 이를 이용하는 정치 풍토를 개탄하고, 국민들이 솔선하여 지역 갈등을 불식하고 훌륭한 지역의 대표자들을 뽑아, 오직 국민을 위하여 헌신할 수 있는 분위기를 만드는 데 앞장서야 한다는 논리를 펼친다. 또는 차세대를 위하여 젊은 정치인들이 선출되어야 한다는 이론을 제기할 수도 있다. 결론에서는 국민 모두가 이 시점에서 좀더 국제적

이고 세계적이며, 선진국 국민다운 정치관을 가져야 될 것
임을 주장한다.

4. 먼저 한국 교육의 문제점을 진단한다. 쉽게 들 수 있는 것
으로는 대학 입시 위주의 교육, 사교육의 팽창, 일류 대학
의 병폐 등이다.

　대학 입시 위주의 교육은 초·중·고등학교의 교육이 삶
이나 도덕, 실용적인 면에 등한히 하고, 오직 대학에 들어
가기 위한 준비 교육에 전념함으로써 한창 정신적·육체적
으로 성장해야 할 젊은이들을 속박한다. 결국 그런 환경에
적응하지 못하는 많은 피교육자들은 좌절감을 느끼게 되고,
자칫 퇴폐의 길로 들어설 소지마저 있다.

　사교육의 팽창은 위의 문제와도 연결되는 것이지만, 공교
육이 부실하고 불신을 받는 상황에서 좀더 전문적이고 집약
된 교육을 받기 위한 욕구에서 자연 발생적으로 일어나는
것이다. 이것은 가정적·사회적·국가적으로 엄청난 낭비
가 아닐 수 없다.

　일류 대학을 나와야 출세할 수 있고 체면도 선다는 일류
병은 고질적이다. 문제는 세칭 일류대학이 아닌 대학에서도
좋은 교육을 베풀어, 사회나 국가에서 인정하는 인재를 양
성함으로써 해소할 수 있다.

　위와 같은 문제점에 대하여 해결 방안을 제시하고, 그런
방향만이 올바른 교육 방안임을 주장하면 된다.

▌다이옥신

플라스틱 계통의 물질을 태울 때 나오는 독성 화학물질의 일종으로, 청산가리의 1만 배 정도의 맹독성을 갖고 있는 것으로 알려져 있다. UN산하 암연구단체는 다이옥신을 발암 가능 물질로 분류하였다.

1. 21세기 지도자의 조건 

│ 읽기 전에 │ 한 나라의 지도자는 그 나라와 국민의 운명을 좌우하기 때문에 지도자의 덕목은 중차대하다. 이 점은 동서고금에 차이가 있을 수 없다. 이 글에 나타난 선인들이 제시한 지도자의 덕목은 무엇인지 직시하고, 바람직한 지도자상은 어떤 것인지를 생각해 보자.

누구나 정치에 뛰어들 수 있다. 그러나 누구나 나라를 다스리는 데 적임자일 수 없고 더구나 성공할 수는 없다. 특히 대통령직은 범상한 자리가 아니다. 다분히 권위주의적인 말이지만 '대권'이라든지 '용'이라는 말이 통용되는 것도 대통령직의 중요성을 시사하는 것이다.

대통령 선거를 5개월 앞두고 벌써 예비 '용'들의 각축전이 한창이다. 어떤 지도자를 나라의 '용'으로 모실 것인가. 21세기의 문을 열 지도자의 조건은 어떤 것일까.

인류사상 최초로 민주주의를 꽃피운 고대 그리스의 대정치가 페리클레스는 ① 탁월한 식견 ② 설득력 ③ 금전의 유혹에 굴하지 않는 도덕심 ④ 애국심 등 네 가지를 정치가의 조건으로 꼽았다. 2천5백 년 전 도시국가 아테네의 지도자 상을 그린 것인데 '세계화 시대'에도 딱 들어맞는 정치가의 자질이 아닌가 싶다.

'면장도 알아야 한다.'는데 하물며 나라를 이끄는 대통령은

페리클레스

(Perikles, B.C. 495?~B.C. 429) 고대 그리스 아테네의 정치가. 명문 출신으로 B.C. 462년경 보수 세력의 실권을 빼앗아 민회·평의회·민중재판소로 분권하고, 추선(推選)으로 선임된 관리에게 일당을 지급하는 등 민주정치를 실시하였다. B.C. 446~445년 겨울 스파르타와 30년간의 화약을 맺었고, 매년 장군에 선임되어 페리클레스 시대가 출현, 아테네 민주정치의 전성기를 이루었다. 델로스 동맹의 공금을 유용하여 현존하는 파르테논을 조영하는 등 문화면에도 큰 역할을 하였다.

탁월한 경륜과 통찰력을 갖춘 사람이어야 한다. 나라 안팎 움직임을 포괄적으로 인식하고 국가의 안전과 세계의 평화를 향한 비전을 가져야 한다. 북녘땅을 자유민주주의 체제에 통합시킬 역사적 과업을 안고 있고, 국경 없는 '지구 자본주의' 시대의 문턱에서 무자비한 경제전쟁을 이겨내야 하기 때문이다.

경륜과 식견을 국민에게 설득할 능력이 있어야 한다. 정치에서도 '교언영색'은 금물이지만, 그렇다고 '침묵이 금'일 수는 없다. 지도자는 대중을 이끄는 힘이 있어야겠지만 대중과 호흡을 같이하는 친화력 또한 필요하다. 정치란 만나고 토론하고 설득하고 조직을 움직이고, 그럼으로써 권력을 잡고 행사하는 것이다.

청교도적 금욕주의가 가치판단의 기준일 수는 없다. 배금주의는 만악(萬惡)의 근원이라고 말하지만 현실세계에서 '돈이 없다는 것이 만악의 뿌리'라는 버나드 쇼의 익살은 맞다. 그러나 돈을 사리사욕의 차원에서 챙긴다면 그것은 장사꾼이 할 짓이지 정치가로서는 자살 행위다. 우리 사회에서 부패로부터 완전히 자유로울 수 있다는 것은 비상한 도덕적 용기를 요한다. 이 시대는 그런 지도자를 원한다.

끝으로 애국심인데 오늘날 애국심이란 완고한 쇼비니즘도 아니고, 식민지 시대에 몸에 뱄던 내셔널리즘도 국제주의와 조화를 이루어야 한다. 또한 윈스턴 처칠의 말마따나 '옳은 정치가는 개인보다 당을, 당보다는 나라를 생각한다.'는 공선사후(公先私後) 차원의 애국심은 정치가의 불가결한 덕목이 아닌가 싶다.

이상 네 가지 조건에 덧붙일 절실한 조건이 있다. 21세기를

쇼비니즘
(chauvinism)
맹목적이고 불합리한 애국주의. 나폴레옹 전쟁 때의 노병(老兵)인 N. 쇼뱅이 제정 몰락 후의 나폴레옹 1세와 그의 전쟁을 찬양한 데서 유래한다. 근대에는 이것이 국민국가적 애국주의와 결부되었고, 국가 내부의 대립을 숨긴 대외 침략적인 이데올로기로서 지배계급이 사용하는 일이 많다. 징고이즘과 비슷하며, 극단적인 국수주의를 지칭하기도 한다.

여는 지도자는 나라의 발전과 개혁 등 확고한 목표를 갖는 것
이 중요하지만 독주 독선형이어서는 안 된다는 것이다. 흔연히
반대파와 타협하고 어리석은 사람도 포용할 수 있는 도량 있고
덕망 있는 사람이면 좋겠다.

　우리는 건국 후 50년 간 거의 예외 없이 '제왕적 대통령'의
통치 속에 살아왔다. 나라를 만들고 전쟁을 치르고 경제를 일
으키는 데 단호한 지도자가 필요했는지 모른다.

　그러나 한 사람의 영웅에게 나라 운명을 맡길 시대는 갔다.
그 동안 한 사람의 독단에 나라가 움직이는 '동원형' 리더십으
로 내각, 의회, 정당 등 민주적 정치제도가 빛을 잃고 국민을
사분오열시키고 말았다.

　이제는 동원형 대신 '화합형' 지도자가 나타나 지역적·계
층적·사상적 불화를 씻고 여야 정치인과 국민의 능력과 지혜
를 제대로 발휘시키는 통합 조정의 참된 민주주의를 구현했으
면 한다.

— 박권상(언론인)

풀·어·봅·시·다

1. '교언영색'이어서도 안 되지만 '침묵이 금'이어서도 안 된다는 뜻은 무엇인가?

2. 지도자가 '돈'에 대하여 취해야 할 태도는 어떠한 것인가?

3. 필자가 제시한 21세기의 지도자를 한마디로 표현한다면?

 **해 • 답**

1. 달콤한 말, 부드러운 표정으로 백성을 속여서도 안 되지만, 너무 말을 안 해서 백성들을 불안하게 해서는 안 된다.
2. 돈은 공적으로 사용돼야지 사리사욕을 위해서 사용해서는 안 된다.
3. 화합형 지도자.

| 읽기 전에 |　1945년 광복 이후 우리나라의 정치는 답보 상태를 벗어나지 못했다. 독재와 군부에 의해서 통치되는 동안 백성들의 의견은 무시되고 탄압받았으며, 정치가들은 그들에 의지해서 부와 권력을 누렸다. 이제 국민들은 새로운 정치가들을 원한다. 부패하고 파렴치한 정치가들을 가려 물러나라고 외치고 있다. 그 원인과 결과에 대해서 진지하게 생각해 보자.

　백성이 나설 수밖에 없다! 몇 주 전 바로 이 글자리에 새겨 냈던 나의 외마디는 백척간두 또는 낭떠러지에서 한발을 더 내딛는 긴박감의 절규였다. 구태여 '아니나다를까' 라고 말하고 싶지는 않다. 나의 절규가 터져나오기 이전부터 이미 백성들의 공감대가 쌓여 있었던 것이다. 여기저기서 반개혁적 국회의원들의 낙선운동이 선언되는가 하면 국회의원 전원을 직무유기 혐의로 고발하는 사태가 벌어지고 있다.

　명색 '선량' 임을 자부하며 가슴에 금배지를 자랑하는 저들은 도무지 그 자부와 자랑과는 동떨어진 작태를 태연히 관철한다. 백성이 바라는 개혁입법들은 외면하거나 뼈대를 잘라내면서, 이른바 정치자금과 유관해 보이는 이익집단의 로비에는 '연체동물' 이 되어가는 몰골이다. 사회 정의를 바로세우자는 부정부패방지법이나 조세정의를 위한 세법 개정엔 아예 등을 돌린다.

　대조적으로 '제 머리 깎기' 엔 명수의 솜씨를 자부하고 자랑한다. 법안 하나 통과시키려면 여야의 줄다리기가 얼마나 불꽃을 튀기는 나라인가. 그러나 국회의원 저들의 세비 인상만은 소문의 연기 한가닥 새어나올 겨를도 없이 만장일치, 일사천리로 넘어간다. 선거법 협상이라는 것도 비슷하다. 지역구 조정이나 비례대표제 등 줄거리는 하나도 합의하지 못하면서 IMF 사태 이후 줄곧 강조되어 온 의원수 삭감안은 옛날 얘기로 묻혀간다.

국회의원들을 포함하는 정치권이야말로 '구조조정 영순위'라는 백성들의 외침이나 공감대 따위는 안중에도 없어 보인다. 구조조정의 회오리로 말미암아 실업자로 몰락해버린 백성들이 무릇 얼마인가. 이혼과 자살의 만연, 가족의 해체와 중산층의 붕괴로 이 땅의 하늘엔 원성이 사무친다. 그러나 저들은 저들이 떠벌려대는 선거전 때의 웅변과는 달리 백성들의 눈물을 씻어 줄 줄 모른다. 씻어 주지 않는다.

불현듯 《춘향전》의 절정인 암행어사 출두 장면이 떠오른다. 변학도의 생일 잔치에서 암행어사 이몽룡은 짐짓 한 편의 시를 적어 건넨다. '백성들의 눈물이 떨어질 때 촛불의 눈물이 떨어지고 / 노랫소리 높은 곳에 백성들의 원한 소리 또한 드높아지네.' 그렇다. 오늘의 저들은 백성들의 원성이 아무리 높아져도 저들의 노래만을 태연히 읊어댄다. 끝내 '선량' 답게 '나의 길을 가련다.' 는 것인가.

결코 과장의 독설만은 아니다. 저들이 걸어가는 '나의 길' 을 보라. 수많은 백성들은 텔레비전 화면이 전하는 저들의 작태를 눈으로 확인했을 터이다. 정족수를 채우지 못하는 의사당을 마주보며 산회를 선포하는 의장의 모습을, '탕, 탕, 탕' 의사봉을 두드리는 소리가 더없이 공허하다. 그로 말미암아 새해의 나라 살림을 결정하는 예산안은 다시 '날치기'의 운명을 기다려야 할지 모른다. 가칭 민주노동당 창립위원회가 국회의원 전원을 고발하게 된 사연이 넉넉히 헤아려진다.

낙선운동과 고발, 이제 그야말로 백성들이 나선 것이다. 물론 시민단체의 낙선운동은 불법이라고 한다. 점잖기 짝이 없는 우리의 중앙선관위는 불법 운동을 펼치기 이전에 시민단체의 선거운동 합법화에 나서라고 권고한다. 도대체 세상을 알고 내뱉는 말인지 알 수 없다. 국회의원, 저들이 그 합법화에 동의할 군상인가. 동의할 만한 군상이라면 낙선운동을 거론할 필요도 없을 터이다.

낙선운동이건 고발이건 국민의 대표를 국민의 대표다운 자리로 이끌어내고자 하는 백성들의 결의는 비장하다. 징역 몇 년 이하 또는 벌금 몇백만 원 이하를 규정하는 선거법의 엄포에도 불구하고 '비합법투쟁'에라도 나서겠다는 다짐이다. 이미 나아갈 길 없는 백척간두, 물러설 수 없는 배수의 낭떠러지임을 깨달은 탓이리라.

내친김에 나는 종래의 제안을 다시 제언하고자 하는 충동을 억누를 수 없다. 오늘의 국회의원들을 지켜보노라면 대의민주제의 함정을 일찍이 꿰뚫어보았던 어느 선각자의 외마디가 떠오른다. "임금은 죽었다! 그러나 새로운 임금님 만세!" '새로운 임금님'이라는 장벽이 백성들의 뜻을 가로막는 한 민주주의는 거짓 레테르에 지나지 않는다. 그 거짓 레테르를 벗겨내고 진정한 민주주의를 피워내기 위해선 그 '새로운 임금님'을 쓰러뜨려야 한다. 그 민주적 표현이 국민소환제도이다. 비록 길은 멀지만 저들을 다스릴 길은 답이 없어 보인다.

— 김중배(언론인)

 **풀•어•봄•시•다** ··

1. 정치가들이 불신받는 이유를 나타낸 두 단어를 지적한다면?
2. '제 머리 깎기엔 명수' 라는 근거는?
3. '새로운 임금님이라는 장벽이 백성들의 뜻을 가로막는다.' 는 뜻은?

 **해•답**

1. 반개혁적, 직무유기.
2. 자신들의 세비 올리기에는 열을 올리면서, 의원수 줄이기에는 등을 돌린다.
3. 기성 정치인들이 다시 국회의원이 되면 정치의 발전은 요원하다는 것이다.

3. 디제라티 

| 읽기 전에 |　급격한 과학의 발달은 새로운 지식인을 만들어낼 뿐만 아니라, 벼락부자도 생산해낸다. 세계는 인터넷이라는 그물로 연결되어 시간과 공간을 초월하는 정보와 지식이 교환된다. 이런 변화를 따라가지 못하는 사람은 이 사회에서 낙오자로 전락할 수밖에 없다. 21세기를 살아 가는 현명한 방법을 심사숙고하면서 이 글을 읽어 보자.

빌 게이츠 · 손정의 등 지식인들 미래 주도

디지털 혁명의 영향으로 지식인과 권력 엘리트의 판도가 바 뀌고 있다. 19세기 말 제정 러시아의 인텔리겐치아에서 20세 기 말 멕시코 치아파스의 사파티스타(Zapatistas)에 이르기까 지 지식인은 민중의 편에 서서 권력에 대항했다. 20세기의 지 식인은 민중과 권력 사이에서 끊임없이 양자택일을 강요당했 다. 그러나 지식 기반 사회인 디지털 시대에는 지식이 스스로 권력이 된다.

디제라티(digerati)란 디지털(digital)과 리터라티(literati : 지식인)를 합성해 만든 신조어다. 디제라티는 '지식인'의 사 이버 버전으로 디지털 변혁의 선봉에 선 사람을 가리키는 말이 다. 디지털 시대의 지식인은 과거의 지식인과 달리 사회적 영 향력을 행사하는 동시에 스스로 권력을 갖게 돼 디지털 시대의 파워 엘리트를 이룬다.

새로운 세기를 열어나갈 디지털 지식인은 인문과학과 자연

> **인텔리겐치아 (intelligentsia)**
> 지도적인 사상 · 과 학 · 문학 등을 생산하 기 위해 지적 · 정신적 노동을 제공하는 사회 적 계층. 본디 제정 (帝政) 러시아 시대의 양심적인 반체제 지식 인을 지칭하는 말로서 러시아 사회체제를 날 카롭게 파악하여 그 극복을 위해 이데올로 기적인 무기를 제공하 는 사람을 가리켰다. 그러나 현대에 와서는 이것이 지배계급에 기 생하는 자와 지적 노 동자(知的勞動者)라 는 2가지 유형으로 분 열되어 그 독자성을 상실하였다.

과학의 경계를 아우르면서 '제3의 문화'를 펼쳐나갈 잡종들이다. 그들은 말보다 행동을 중시하는 사람이다. 사후에 말로 비평하기보다 스스로 새로운 것을 만들어나가는 실행적 지식인이다. 디지털 지식인은 힘이 세다. 그래서 그들은 남의 권위나 힘에 빌붙지 않는다.

그렇지만 서로 연결하고 스스로 연대한다. 이들은 과거의 파워 엘리트와 달리 지연·학연·혈연의 연줄이 아니라 서로를 수평적으로 연결하는 네트워크를 통해 스스로 연대한다. 디지털 시대에 독불장군은 없다.

21세기에는 아마도 디지털 기업을 이끄는 신진 디제라티가 사회적으로 커다란 영향력을 발휘하게 될 것이다. 반면 사후약방문식 분석을 일삼는 사이비 전문가 집단은 몰락의 길로 들어설 것이다. 이미 수많은 대중이 디지털 언어를 쓰고 있고, 무엇보다 젊은 세대에서는 디지털 문맹이 드물기 때문이다. 앞으로 새로움과 개방성으로 무장한 젊은 디제라티들이 우후죽순처럼 출몰할 것이다.

그렇다면 미래 사회를 주도할 사이버 스페이스의 새로운 엘리트는 누구일까. 마이크로소프트사의 빌 게이츠, 소프트뱅크의 손정의, 야후를 만들었던 제리 양, 아마존의 베조스……

세상 사람들의 찬사와 부러움을 온몸에 받고 있는 이들은 모두 정보사회의 선발 분야를 잽싸게 꿰어차고 총알처럼 먼저 달려나간 사람들이다. 이들의 가장 핵심적인 공통점은 경제적으로 성공한 사람들이란 점이다. 이들의 뛰어남으로 손꼽히는 모든 인간적 미덕은 사실 금전적 성공이라는 최종적인 결과 때문에 빛나는 것이다. 아무리 창의적이고 기가 막힌 아이디어를 갖고 있고, 뛰어난 인간성을 보이는 사람일지라도 성공이라는 마지막 잣대에서 빗나가면 디지털 시대의 '사이버 엘리트' 반열에 오를 수 없다. 바로 이 점이 디제라티 신화가 갖는 맹점이자 그림자다.

  올해 초 우리나라에서도 '신지식인'이란 말이 희망 없는 사람들의 마음을 들뜨게 한 적이 있다. 세간의 유행어로 떠올랐던 '신지식인'이란 말은 성공 신화의 '국민의 정부'식 변형에 다름아니다. 거기에서 새로운 밀레니엄의 지식인, 디지털 시대를 선도하는 지식인의 모습에 대해 고민한 흔적을 찾아볼 수 없다. 그렇다면 우리 사회에 필요한 '사이버 엘리트'는 누구인가. 성공 신화의 유리옷을 훌훌 벗어 던져버리는 진정한 디제라티는 나타날 수 없는가. 나는 여전히 어둡기만 한 1999년의 모퉁이에 기대 서서 '디지털 신채호'와 '디지털 사르트르'의 출현을 꿈꾸어 본다.

— 백욱인(서울산업대 교수 · 정보사회학)

사르트르
(Sartre, Jean Paul 1905~1980) 프랑스의 소설가 · 극작가 · 철학자 · 실존주의의 대표적 사상가이다. 학창시절 시몬 드 보부아르와 결합하여 평생 동안 동반관계를 유지하였다. 저서로는 《구토》, 《존재와 무》, 《자유에의 길》, 《문학이란 무엇인가》, 《파리떼》 등을 발표하였고, 1964년 노벨문학상 수상을 거부하였다.

풀 • 어 • 봅 • 시 • 다 ···

1. 디지털 시대에는 지식이 스스로 권력이 된다는 말의 뜻은 무엇인가?
2. 디지털 시대에 독불장군이 없다는 이유는?
3. 정보사회에서 진정으로 성공했다면, 어떤 면으로 성공했다는 말인가?

 **해 • 답**

1. 디지털 시대의 지식인은 사회적 영향력을 가지며, 행동으로 힘을 보여줄 수 있다.

2. 네트워크를 통하여 많은 이들과 수평적으로 지식과 정보를 공유해야 하기 때문
   이다.
3. 금전적인 면, 즉 경제적인 면으로 성공했다는 말이다.

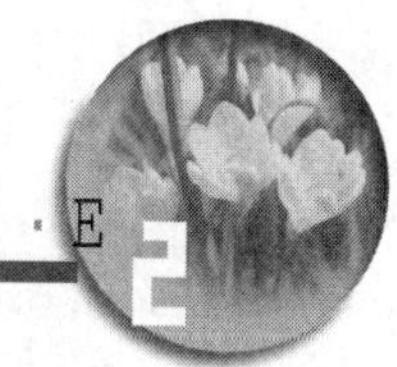

어떻게 논술을 준비할 것인가?

좋은 답안을 작성하기 위해서는 평소부터 제시문을 제대로 이해하는 독해력, 폭넓은 사고력, 과거의 사실이나 고전을 현대적 의미로 재해석할 수 있는 적용력, 자신의 생각을 정확히 표현할 수 있는 문장력을 길러야 한다.

(1) 제시문을 제대로 이해하는 독해력

입시에서의 논술 문제는 흔히 고전이나 남의 글을 제시하는 것이 일반적인데, 제시문을 읽고 그 글의 주제에 대한 자신의 의견이나 주장을 서술하라든지, 요약하라든지, 아니면 응용해서 다른 문제를 해결하라고 요구하는 문제들이 대부분이다. 그러므로 좋은 답안 작성을 위해서는 무엇보다도 제시문의 올바른 이해가 선행되어야 한다.

그러나 긴 제시문을 짧은 시간에 읽고 주제를 파악한다는 것이 말처럼 쉽지는 않다. 독해력은 하루아침에 이루어지는 것이 아니기에 평소에 많은 글을 읽어 그 능력을 신장시켜야 한다.

제시문을 짧은 시간 내에 제대로 이해하려면 다음과 같은 순서로 보는 것이 좋다.

첫째, 주제가 무엇인지를 파악한다. 만약 제시문이 소설이라면 주인공이 누구인지를 찾고, 그 주인공의 성격을 파악한다.

둘째, 몇 개의 단락으로 나누어졌는지를 파악하고, 각 단락의 소주제가 무엇인지를 생각해 본다. 소주제문만 잘 짚어 낸다면 나머지는 보조 문장들이므로 별로 중요하지 않다.

셋째, 주어진 문제와 비교하면서 어떻게 해결할 것인지를 궁리하며 읽는다.

(2) 폭넓은 사고력

논술에서 다루는 내용은 다양하다. 정치·경제·사회·과학·문학·예술·건강·환경 등 어느 것이든 논술의 주제가 될 수 있다. 그러므로 논술 시험에 대비하기 위해서는 다방면에 걸쳐 다양한 지식과 정보를 가지고 있어야 한다. 그러려면 책을 많이 읽고, 라디오·텔레비전·신문·인터넷 등의 매스컴을 보고 들을 필요가 있다.

우리나라 수험생들은 암기식 입시 공부에만 매여 있어, 이런 다양한 지식 습득을 소홀히 하는 경향이 있다. 그러나 학생들에게 입시도 중요하지만, 인생은 대학에 들어가는 것으로 끝나는 것이 아니다. 여러 방면의 직업을 가지고, 다양한 공동의 사회 속에서 영위되어야 하는 것임을 잊지 말아야 할 것이다.

그런 점에서 힘이 넘치는 젊은 날에 많은 지식과 정보를 지니고 있어야만, 어떤 복잡하고 난해한 문제에 부딪치더라도 해결할 수 있는 사고력이 신장될 수 있다.

논술 문제를 출제하고 채점하는 사람들도 수험생들의 정보 수집력, 논리력, 사고력 등을 파악하는 데 많은 비중을 둔다는 것을 잊어서는 안 된다.

(3) 과거의 사실이나 고전을 현대적 의미로 재해석할 수 있는 적용력

인류는 오랜 시간에 걸쳐서 진화되고, 온갖 고난과 시련 속에서 살아왔다. 이것의 기록이 역사인데, 때로는 기록이 안 된 채로 유물과 유적으로 남아 있기도 한다.

이러한 역사적 기록이나 유적, 유물은 우리에게 많은 것을 시사하고, 또 가르침을 준다. 우리는 고인돌이나 선돌, 조개무덤에서도 인류의 지혜와 발전 과정을 이해할 수 있고, 말없이 앉아 있는 돌부처나 서낭당에서도 조상들의 숨결을 느끼며 그들의 정신과 사고를 읽을 수 있다.

세계에는 문학을 비롯한 위대한 인물들이 이루어놓은 많은 예술 작품들이 있고, 각종 학문에 관한 업적이 존재한다. 그 중에서 특히 문학 작품은 그 시대 사람들의 사고와 풍습, 전통을 그대로 반영하고 있다는 점에서 논술 시험에서 많이 다루어졌다.

고전은 오랜 기간에 걸쳐 많은 사람들이 읽고, 그 가치를 인정했기 때문에 오늘에까지 전해지는 것이다. 즉 가치 없는 고전은 이미 소멸돼 버려 전해질 수가 없다. 그래서 고전을 읽을 때는 '왜 이 작품이 오랜 기간 동안 많은 사람들에게 읽혀지는가?', 또는 '이 작품의 가치는 무엇이며, 오늘날에 주는 교훈은 무엇인가?'를 깊이 생각해 볼 필요가 있다.

▮ M&A

M&A란 Mergers and Acquisitions의 약자로 '기업 인수 합병'을 의미한다. M&A는 특정 기업이 다른 기업의 경영권을 인수할 목적으로 소유 지분을 확보하는 형태로 이루어지고 있으며, 기업의 외적 성장을 위한 발전 전략으로 행해지고 있다.

예를 들어 《심청전》의 '효(孝)'라든가, 《춘향전》의 '정조(情操)'는 우리에게 무엇을 시사하며, 《구운몽》의 '인생허무(人生虛無)'라든가, 《홍길동전》의 '계급 타파(階級打破)'는 우리에게 어떤 재미와 교훈을 주는가를 알아야 한다.

그러기 위해서는 우선 고전을 많이 읽어야 하고, 그냥 읽기만 하는 것이 아니라, 그 의미와 교훈을 잘 생각하면서 읽어야 논술 시험에 익숙해질 수 있다.

(4) 자신의 생각을 정확히 표현할 수 있는 문장력

생각은 많은데 그것을 막상 문장으로 옮기려면 꽉 막히는 경우가 많다. 그것은 평소에 글을 잘 써 보지 않았기 때문이다. 어릴 때부터 일기나 편지 같은 것을 많이 써 본 사람은 글쓰기에 숙달이 되어서 금방 문장으로 표현할 수 있다. 즉 많이 써 본 사람이 잘 쓸 수 있다는 말이다.

글은 항상 독자를 염두에 두고 써야 하기 때문에 상대방을 이해시킬 수 있어야 한다. 그러려면 자신의 생각을 일목요연하고 체계적이며 논리적으로 표현해야 하는데, 이러한 능력은 하루아침에 이루어지지 않는다.

글쓰기에 유의해야 할 점을 정리해 보면 다음과 같다.

첫째, 어떤 주제를 정해서 무조건 써 본다. 그 다음 그 글을 다시 읽으면서 무엇이 잘못되었는지를 깊이 생각해 본다.

둘째, 잘못된 점이 있다면 몇 번이고 고친다. 마음에 들지 않는 문장이 있다면 새로운 문장으로 바꾸어 본다.

셋째, 다른 사람에게 자신이 쓴 글을 보여준다. 그리고 문제가 무엇인지, 어떤 점에서 설득력이 부족한지 의견을 묻는다.

좋은 문장이란 자신의 생각이 정확히 표현되었을 뿐만 아니라, 어법에도 맞으며 단어의 선택도 올바르게 되어 있는 것을 말한다. 평소에 문법이나 국어 규범을 익히고, 독서나 대화를 통해서 많은 어휘를 습득해 놓는다면 적절한 문장과 그에 어울리는 적합한 단어를 사용할 수 있게 된다.

1. 다음은 대만의 기업가와 인터뷰한 기사이다. 이 기사를 참
   조하여 경제적 측면에서 대체 에너지의 필요성에 대하여 논
   술하라(1,200자 내외).

> 김영길 한동대 총장과 18일 CME(대체 연료, 일산화탄소
> 제거제) 공동 연구 개발 협력 협약을 체결한 대만 홍은만달
> 실업의 양충헌 사장은 '돈벌이보다는 지구의 환경 오염 문
> 제를 해결한다는 차원에서 김 총장의 능력을 빌리는 것이
> 이번 합작의 목적'이라고 설명했다.
>
> 다음은 양 사장과의 일문 일답.
>
> • 한동대를 합작 파트너로 선정한 이유는 무엇인가?
> — 2년 전 당시 포항공대 총장이던 고(故) 김호길 박사의
> 초청을 받은 적이 있다. 김 박사는 선뜻 CME의 중요성을
> 인정하고 나에게 자신감을 심어준 분이다. 김 박사는 지금
> 세상에 안 계시지만 동생 김 총장도 CME의 중요성을 인정
> 하고 있을 뿐 아니라 미래학적 선견지명을 갖고 있는 과학
> 자라고 생각한다. 환경 문제 때문에 연구 개발한 제품이 인
> 류를 위해 널리 쓰이려면 김 총장의 도움이 필요하다.
> • CME는 휘발유 대체 연료로서 경제성이 있는 제품인가?
> — 경제 효과는 여러 측면에서 이야기할 수 있다. 현재
> 휘발유를 30퍼센트까지 대체할 수 있고, 앞으로는 50퍼센

 깜 짝 상 식

정크 본드(junk bond)
과거에는 신용 등급이 높았으나 경영 악화나 실적 부진으로 신용 등급이 급격히 낮아졌을 때 그 기업이 발행했던 채권을 말한다. 부실한 중소 기업이 발행한 채권, 기업의 매수·합병을 조달하기 위해 발행한 채권 등을 총칭한다.

트까지 대체가 가능할 것이기 때문에 지구의 에너지 고갈 기간을 그만큼 연장할 수 있다. 또한 환경 오염 물질을 대폭 감소시킴으로써 각국의 환경 부문 예산 삭감에도 도움이 된다. 기존 자동차 엔진의 개조가 필요 없어 자동차 공업 발전에도 엄청난 임팩트를 줄 것이다.

• CME 외에도 개발하는 제품이 있는가?

— 디젤유를 대체할 수 있는 제품을 개발중이나 아직 만족할 만한 수준은 아니다. CME가 한국에서 판매에 들어가 2~3년쯤 지나면 새로운 제품도 나올 것이다.

• CME를 개발하게 된 동기는?

— 젊었을 때 기갑부대에 근무하면서 저질 휘발유의 매연이 심각함을 실감했다. 어떻게 하면 매연 문제를 해결할 수 있을까 생각하다가 점차 마력(馬力) 향상과 환경 오염 문제 해결까지 관심을 가지게 됐다.

• 다른 나라에서 합작 제의는 없는가?

— 미국·영국·중국 등의 메이저 석유 회사로부터 제의가 들어오고 있지만 한국의 한동대와 합작키로 결심했다.

2. 다음 글을 읽고, 공무원들의 부패를 막을 수 있는 방안에 대하여 논술해 보자(1,200자 내외).

공무원의 부정 부패는 한국에만 국한된 문제가 아니다. 제3세계 전체에 미만한 병이다. 그런데 싱가포르는 제3세계 국가이면서도 어느 선진국보다 부정 부패가 없는 나라로 알려져 있다. 싱가포르는 여러 면에서 한국과 유사한 점이 있다. 한국과 함께 아시아의 4마리 용으로 알려져 있다. 한국처럼 식민지 경험이 있고 한국처럼 유교 문화의 영향이 크다. 또 한국처럼 시장경제 체제를 가지고 있다. 이런 점에서 싱가포르로부터 배울 바가 있다.

필자는 싱가포르에 부임한 후 한국 기업체 대표들에게 싱가포르 정부 당국이나 싱가포르 기업체와 거래할 때 어떤 애로사항이 있는지를 자주 물었다. 그들은 싱가포르 정부나 기업체가 너무 투명하고 엄격한 것이 애로사항이라면 애로사항이라고 말한다. 정부의 사업 발주에 관한 정보는 주로 신문광고나 정부 고시를 통해 수집하고 입찰도 공개적이고 공평하게 이뤄지기 때문에 당국자와 사전에 접촉할 필요도 없다는 것이다. 선물이나 향응을 제공하려 해도 응하지 않는다.

필자는 일국을 대표하는 외교관이므로 정부 인사들과 오찬·만찬도 하고 골프도 치고 선물도 교환하는 데 지장이 없다. 그러나 공무원은 법이 허락하는 범위 안에서 필자와 접촉한다. 바로 그 법이 '부패행위 방지법'이다.

싱가포르도 다른 제3세계 국가들처럼 부패의 구덩이 속에서 허덕이던 시절이 있었다. 공무원의 부패는 영국 식민지 통치 시대부터 만연해 집권당(PAP)이 1959년 정권을 인수했을 때는 극에 달했다. 집권당은 집권 즉시 부패행위 방지법을 제정하고 식민지 시대에 창설된 부패행위 조사국을 강화했다.

부패행위 조사국은 총리 산하 독립기관으로, 검찰과는

별도로 공무원 및 개인기업체 직원의 부패행위를 조사할 권한을 갖고 있다. 조사국은 부패행위 방지법에 의한 범죄 혐의가 있는 자에 대해 영장 없이 구속할 수 있으며, 공무원 또는 공공단체 직원 및 그 가족이 거래하는 은행의 관계 장부를 조사할 수 있다. 국회의원·정부 또는 공공단체 직원이 관련된 경우에는 가중처벌한다. 공무원은 뇌물을 제공하거나 뇌물을 제공할 의사를 표시한 자를 체포해 인근 경찰에 인도할 의무가 있다. 뇌물이 특정 직업에 있어서는 관례가 돼 있다는 주장(소위 떡고물론)은 인정하지 않으며, 피고인 재산의 자연 증가가 해명되지 못하면 수뢰했다고 주장하는 증인의 증언이 보강 증거로 사용될 수 있고, 제3자가 피고인과의 특별한 관계 혹은 기타 사정에 의해 재산을 취득한 경우에는 그 재산을 피고인의 재산으로 간주할 수 있게 돼 있다.

공무원은 팁도 받을 수 없고 공적 거래를 하는 사람으로부터 선물을 받거나 자기들이 보답을 하지 않을 수 없게 만들 만한 향응에 응해서도 안 된다. 한국과 같이 공무원은 매년 자산과 투자 현황을 공개해야 하고, 채무가 없음을 선언해야 한다.

이와 같이 법이 엄격한지라 한국 기업인은 싱가포르 공무원을 만나기가 어려울 수밖에 없다. 그리고 만날 필요도 별로 없다. 그러나 싱가포르가 엄격한 법적 제재만으로 부정 부패를 없앤 것은 아니다. 부정 부패의 유혹에서 벗어나도록 하기 위해 공무원의 봉급을 세계 최고 수준으로 올려놓았다.

▮ 소호(SOHO)
SOHO란 Small Office Home Office의 약자로 '작아지는 사무실'을 표방하는 추세에 따른 재택(在宅) 근무 시스템을 말한다. PC, PCS 등 휴대용 정보 기기의 보급이 증가하고, 첨단 통신망이 발달하면서 최근 우리나라에서도 SOHO 붐이 형성되고 있다.

장관급의 경우 은행가 · 회계사 · 엔지니어 · 변호사 · 제조업 회사 · 다국적 기업체 간부의 6개 직업에서 각기 최고 수입자 4명을 선정, 그들의 연봉을 평균한 액수의 3분의 2에 해당하는 금액을 연봉으로 받는다. 이는 1992년 기준으로 연봉 83만 6천 싱가포르 달러(약 64만 3천 미달러)에 해당한다. 3분의 2만 받는 이유는 장관은 보수의 3분의 1 정도는 국가를 위해 봉사할 의무가 있다는 논리에 근거하고 있다. 봉급을 많이 주는 또다른 이유는 우수한 인재들이 정부에서 일하기보다 기업체에서 일하기를 더 원하기 때문이다.

한국도 싱가포르처럼 당근과 채찍을 동시에 사용해 부정부패를 일소할 수는 없을까.

— 박상식(주싱가포르 대사)

3. 다음의 글은 '노조의 정치 세력화'가 불가함을 주장하고 있다. 이에 대하여 반박하는 논술을 해 보자(1,200자 내외).

노동조합의 정치 세력화를 합법화하자는 요구가 드높다. 일부 사람들은 노조가 중심이 되는 정당 건설이 가능하도록 해야 한다고 주장하기도 한다. 어느 지식인은 '노조가 노동자의 요구나 이익을 국가정책에 반영할 수 있는 가장 확실한 방법은 정당을 만들고 노조 출신을 선거의 후보로 내세워 국가정책 결정기구에 진출시키는 방법'이라고 단언하고 있다.

우리나라에서 노조의 정치활동이 전면적으로 금지되고 있는 것은 아니다. 다른 사회단체들과 마찬가지로 노조 역시 입법청원이나 건의, 그리고 면담과 간담회 등을 통해서 국가정책에 영향을 미칠 수 있는 길이 열려 있다. 다만 최근에 쟁점이 되는 부분은 정당을 통한 정치 참여나 공직선거에 후보를 내거나 특정 후보의 당선 혹은 낙선을 목적으로 하는 적극적인 정치활동을 요구하고 있다는 점이다.

다른 사회단체와 달리 이 사회가 노동조합에 특별한 지위를 부여할 필요가 있는 것일까. 우선 노동조합이 어떤 조직인가를 정확하게 이해할 필요가 있다.

엄밀한 의미에서 노조는 근로자들이 자신의 후생복지 수준을 향상시키기 위해 결성한 일종의 이익단체라고 할 수 있다. 노조는 다른 많은 이익단체들과 마찬가지로 노조에 속하는 일부 근로자들의 이익을 위한 단체이다. 다만 차이가 있다면 대다수 이익단체가 자발적인 것인 데 반하여 노조는 법적으로 독점적 지위를 보장받은 조직이다.

노조가 모든 근로자를 대표하는 것은 아니다. 현재 우리나라의 노조 조직률이 13퍼센트 정도인 점을 고려하면 근로자들 가운데 노조에 참여한 일부분의 이익을 대변하기 위한 조직이라고 할 수 있다.

노조가 정치 세력화를 추구하는 이유는 단순하다. 노조는 구성원들의 단결된 힘을 이용해서 자신에게 유리한 입법을 요구하고, 이에 따라 자원배분에서 유리한 위치를 차지하기 위해 노력한다.

그렇다면 유독 노조에게만 정치 세력화라는 특별대우를

해 주어야 할 이유라도 있는 것일까. 필자는 노조에 대한 특별대우는 바람직하지 않다고 생각한다. 정치를 본업으로 하는 정당이란 조직이 활동하고 있기 때문에 노조가 정당과 같은 활동을 하는 정당성과 그 사회적 비용을 고려하지 않을 수 없다.

우선 각종 종교단체, 경제단체, 시민단체 등에게 정치 세력화를 허용한다면 한 사회가 온전하게 발전할 수 있기를 기대할 수 있을까. 각종 이익단체들에게 정치활동이 허용된다면 이들에게 포획된 국가의 정책은 이익단체들의 조직력이나 힘의 정도에 따라서 이익을 배분하는 수단으로 전락하고 말 것이다. 상대적으로 파업권을 보유한 노조에게 유리한 입법이 양산될 가능성이 높다.

노조에게 특권적인 지위를 부여하는 각종 입법들이 만들어지는 과정을 보면서 1979년 영국 서열 2위였던 선임판사 데닝 경은 '노조에 대한 모든 법적 제약이 사라졌으므로 이제 그들은 자기들이 하고 싶은 대로만 하면 된다.'는 의미 있는 말을 던진 바 있다.

이처럼 노조가 사업장 내에서 임금이나 후생복지, 그리고 작업환경 등을 개선하기 위한 활동 이상을 목표로 할 때 노조는 이익을 부당하게 쟁취하기 위한 압력단체로 변질될 수밖에 없다.

우리가 선진국의 역사로부터 배울 수 있는 것은, 노조의 정치 세력화는 측정할 수 없을 만큼 큰 부정적인 영향을 가져온다는 사실이다. 영국을 대표하는 문필가이자 역사가인 폴 존슨은 '파업이나 과다한 인력배치, 노동에 대한 제한,

경영권에 대한 간섭, 노동자들의 도덕심 상실 등으로 대표되는 노조의 부정적인 효과가 사회의 부를 파괴하는 효과는 엄청나다.'는 점을 강조하고 있다.

특히 그는 '노동조합이 공익을 파괴하는 효과는 노조가 정치세력과 결탁할 때 극에 달하였음을 영국 역사가 증명하고도 남는다.'고 말한다. 첫 단추를 잘못 끼우지 않도록 우리 모두는 깊이 숙고해야 한다.

— 공병호(자유기업센터 소장)

4. 다음 글을 읽고 새로운 시대의 바람직한 청소년 문화에 대하여 논해 보자(1,200자 내외).

가을의 문턱에 들어서자 '문화'라는 기치를 내걸고 경향(京鄕) 각지에서 다채로운 행사들이 열리고 있다. 그러나 '문화'라는 것이 도대체 무엇이냐고 묻거나 문화의 본질에 대하여 조용히 생각하는 사람은 거의 없다.

문화가 무엇인지는 누구나 알고 있는 것으로 전제하고, 문화인임을 자처하는 사람들이 여러 행사장을 찾아다닌다. 이렇게 말하는 나 자신도 '문화'가 무엇인지에 대한 깊은 생각 없이 '문화'라는 말을 자주 써왔다.

개인에게 사람으로서 됨됨이가 있고 품격이 있듯이, 인간집단에게도 집단으로서의 됨됨이와 품격이 있다. 개인이 말과 행동으로 됨됨이를 나타내듯, 집단은 집단의 문화를 통해 그들의 됨됨이를 나타낸다.

이처럼 문화는 인간집단 됨됨이의 표현이다. 그래서 우리는 문화를 보고 집단의 됨됨이를 평가한다. 개인에게 건강이 중요하고 품격이 중요하듯, 집단의 경우에도 건강이 중요하고 품격이 중요하다. 개인에게 정체성(正體性)이 중요하고 개성이 중요하듯, 집단에게도 정체성과 개성이 중요하다. 개인이 맥박과 체온, 언행과 문필 등을 통하여 그의 건강과 품격과 개성을 나타내듯, 집단은 예술과 학문, 종교와 언론 등을 통하여 그들의 건강과 품격과 개성을 나타낸다.

생물인 인간에게 가장 중요한 것은 생명력과 건강이다. 개인도 그렇고 집단도 그렇다. 개인은 각자의 생명력과 건강에 각별히 관심을 기울이나, 집단을 이루고 사는 우리들은 우리 문화의 생명력과 건강에 대하여 별로 관심이 없다. 이렇듯 우리 문화의 생명력과 건강에 대한 관심이 미약한 까닭에 오늘날 우리 문화는 현란하고 화사하기는 하나 왕성한 생명력과 질박한 건강미를 자랑하기에는 아쉬운 점이 많다.

청소년은 생명의 새순이요 우리들의 희망이다. 그러기에 우리는 청소년 문화에 각별한 관심을 갖는다. 우리 청소년 문화는 왕성한 생명력과 질박한 건강미를 자랑한다고 장담할 수 있는가? 그렇다고 말하기 어려운 것이 현실이다.

확고한 삶의 목표를 정하지 못하고 이리저리 방황하는 젊은이들을 보면서, 흐물흐물한 몸짓과 나약한 목소리의 무대 위 가무를 바라보면서 생각이 있는 사람들은 한국의 장래를 걱정한다.

▌캥거루 세대

캥거루(kangaroo) 세대란 경제적으로나 정신적으로 부모에 기대어 생활을 즐기는 젊은 세대를 말한다. 최근 우리나라를 비롯한 유럽에서는 IMF 한파와 고실업으로 인해 20∼30대 캥거루족이 크게 늘었다.

씩씩한 기상을 잃어 나약해진 젊은이가 많은 것을 불건전한 남의 나라 청소년 문화 탓으로 돌려서는 안 된다. 책임은 기성세대, 부모에게 있다. 부모들의 과보호가 자녀들을 나약하게 만든 것이다. 사실 기성세대도 젊은 세대가 본받을 만한 건전하고 질박한 문화를 형성하지 못하고 있기는 마찬가지다.

생명력과 건강 다음으로 중요한 것은 품격이다. 인격에서나 문화에서나 품격은 여유와 관계가 깊다. 우리 선인(先人)들은 물질적 빈곤 속에서도 마음의 여유를 잊지 않았다. 안빈낙도(安貧樂道)의 한가함이 그것이고, 고난 속에서도 웃고 즐겼던 풍류와 해학이 그것이다. 그러나 요즈음 우리들은 그런 여유를 잃었다. 자연 사람됨과 문화의 품격도 사라졌다. 졸부들의 각박하고 성급한 심성이 도처에 난무한다.

개인의 인품과 마찬가지로 집단의 문화도 정체성과 개성이 중요하다. 지구가 한 마을이 되어 세계화의 추세로 달리는 이 시대에 정체성이니 개성이니를 따지는 것은 구시대적 발상이라고 나무랄 사람이 있을지도 모른다. 그러나 지구가 좁아지고 세계가 하나로 통일될수록 정체성과 개성은 더욱 중요하다.

개성과 정체성을 상실하면 우리는 문화 식민지로 전락한다. 여러 지역과 민족의 문화가 서로 다르면서 조화를 이룰 때 세계의 문화는 온 인류의 자랑으로 꽃필 것이다.

'문화행사'는 아니지만 정치와 경제도 문화요, 교육도 문화의 일환이다. 특히 정치 문화는 다른 분야의 문화에 지

대한 영향을 미치므로 그 나라의 문화 전체를 주도하는 성격이 있다. 정치 문화가 정도(正道)를 일탈하면 문화 전체가 방향을 잃고 흔들린다.

우리나라는 반세기 동안 '민주주의'의 이름을 앞세워 독재를 감행한 정부의 압제에서 벗어나 명실상부한 민주정치로 전환하는 과도기에 있다. 과도기의 진통 때문일까, 지금 우리 정치 풍토는 보기에 민망할 정도로 혼란하다. 대통령 선거를 앞둔 정치인들의 부끄러운 모습을 바라보면서 이 나라의 정치 문화가 하루 속히 바른 궤도에 오르기를 갈망한다.

— 김태길(학술원 회원 · 서울대 명예교수)

 논·술·연·습·의·길·잡·이

1. 이 기사는 대만의 한 기업인이 우리나라의 과학자들과 대체 연료의 공동 연구 개발 협약을 체결하고, 그 경제적 이득과 필요성에 대해서 대담한 내용이다. 기사에서 알 수 있듯이 외국에서는 돈벌이보다도 지구의 환경 오염을 방지하고, 또 궁극적으로는 오염에서 유발되는 경제적 손실을 줄일 수 있으며, 자동차 공업 발전에도 기여할 수 있는 방안으로 대체 에너지 개발에 노력하고 있다. 이제 우리도 이런 점에 힘을 쏟아야 할 때라는 점에 초점을 두어 기술해 보자.

2. 먼저 우리나라 공무원들이 부패할 수밖에 없는 요인을 찾아
보자. 예를 들면, 공무원들의 월급이 너무 적다든가, 뇌물
을 주는 국민들의 정서가 문제임을 지적한다.

그 다음 그런 요인들을 해결할 수 있는 방안을 제시한다.
위의 예에 맞춘다면, 공무원들의 월급을 일반 회사나 국영
기업체 수준으로 인상해야 한다는 것을 들 수 있고, 뇌물을
주어야 무슨 일이든 해결된다는 국민들의 의식을 바꿀 필요
가 있음을 주장할 수 있다.

또한 싱가포르의 예를 들면서 부패한 공직자들에 대한 처
벌을 강화하여 근본적으로 부패할 수 있는 원인을 제거하는
방식을 제시할 수도 있다.

3. 이 글에서 필자가 '노조의 정치 세력화'가 불가함을 주장하
는 이유를 먼저 정리해 보자.

그는 먼저 이미 노조가 일정한 테두리 안에서 정치활동을
할 수 있음을 지적하고, 그보다 더 많은 정치활동을 요구하
는 것은 다른 사회단체들과 비교할 때 불균형하다고 논하였
다. 또한 노조는 이익단체이며, 일부분의 노동자만이 참여
하고 있다고 보았다.

이러한 점에 대하여 나름대로의 반박 논리를 준비해 보
자.

예를 들면, 사용자들이 정치권에 정치자금을 전달하는 등
의 행위도 정치활동이므로, 그런 것을 하지 않는 노동자들
은 불이익을 받을 수 있어 그들도 일정한 정치활동이 필요
하다고 할 수도 있고, 다른 사회단체들이 정치활동을 직접

적으로 하지는 않더라도 자신들의 이익을 위해서는 얼마든지 힘을 합할 수 있는 것처럼 노동자들도 힘을 합할 필요가 있으며, 한 직장에서는 소수일지 모르나 전국적으로는 엄청난 숫자가 될 수 있으므로 하나의 정치집단이 될 수 있다고 주장한다.

4. 어느 민족이든지 나름대로의 고유한 문화를 지니고 있다. 오늘날 정보화 시대가 도래하여 세계의 문화는 자유롭게 전달되고 혼합된다. 그리하여 젊은이들은 점점 고유의 문화를 외면하고 새로운 다른 민족의 문화에 흡입되는 경향이 있다.

우리의 문화는 근본적으로 샤머니즘과 불교·유교가 결합된 것이다. 여기에는 버려야 될 요소도 있으나, 조상 대대로 지켜오면서 체질화한 것도 있다. 이를 하루아침에 변화시키거나 외면할 수는 없는 일이다. 예를 들어 충·효를 중요시하고, 가정과 우정을 중시하는 것 등은 아무리 시대가 변해도 지켜야 할 덕목이다.

그렇다고 세계화·국제화도 무시할 수만은 없다. 진보된 정보와 지식은 당연히 받아들여야 한다. 이를 활용하고, 응용하여 나라의 과학과 경제를 발전시켜야 하는 의무도 젊은이들에게 있다. 다만, 개인주의적이며 퇴폐적인 전통과 인습은 남을 따라가야 할 필요가 없다.

가장 한국적인 것이 세계적인 것이며, 나의 것을 지켜야 남도 그것을 귀중히 여긴다는 사실을 깨달아, 우리의 전통과 문화의 기반 위에 남의 문화를 선별하여 받아들이는 것만이 바람직한 젊은이의 문화임을 주장해 보자.

1. 한국 정치는 지금 봉건 시대 

 우리나라의 정치는 아직도 신진국과는 비교가 되지 않을 정도로 뒤떨어졌다. 그 이유는 계속된 독재와 군사 정권 때문일 수도 있고 민주주의 역사가 너무 짧아서 그렇다고도 볼 수 있다. 이 글의 필자는 우리나라의 정치권을 유럽에서의 봉건 제도에 비유하면서 그 폐해에 대하여 우려를 나타내고 있다.

며칠 전 이탈리아 언어학자인 움베르토 에코가 쓴 《포스트 모던인가 새로운 중세인가》를 읽었다. 이 책은 이렇게 시작한다.

'최근 다양한 영역의 사람들이 우리 시대가 새로운 중세는 아닌지 하는 견해를 피력하기 시작했다.'

날카로운 통찰력이다. 비록 이유는 달라도 이 구절은 지금 우리나라 정치 현상에도 딱 들어맞는다고 생각한다.

중세는 봉건 시대였다. 봉건 제도는 봉건 영주를 정점으로 한 신분제 사회였다. 봉건 영주 주변에는 가신이 있었고 그 밑에는 기사가 있었다. 기사의 임무는 전쟁에서 봉건 영주를 위해 목숨을 바치는 것이다. 기사 밑에는 농민이 있었다. 영주에게 노동을 제공하는 것은 농민의 몫이었다. 그런데 봉건 영주의 눈밖에 나면 기사건 농민이건 생명이 위태로웠다.

> **포스트 모던**
> (post modern)
> 후기 현대를 의미한다.

> **봉건 제도**
> 중세 유럽에서 봉토 수수(封土授受)에 의하여 성립되었던 지배 계급 내의 주종 관계. 또는 씨족적 · 혈연적 관계를 기반으로 했던 고대 중국의 통치 조직.

기사와 국회의원

그 까닭은 봉건 제도의 특성 때문이다. 봉건 제도는 토지를 근간으로 한 자급 자족 경제였다.

자급 자족이므로 시장이 필요없었다. 시장이 없으니 노동도 팔 곳이 없었다. 농민들이 노동을 제공할 수 있는 곳이라고는 봉건 영주밖에 없었다.

기사도 예외는 아니었다. 기사도 충성을 바칠 곳은 영주 이외에 없었다. 선택의 자유라고는 아예 없는 영주 독점 체제였다. 이래서 중세는 암흑 시대가 되었다.

이 같은 봉건 제도가 지금 우리나라에도 있다. 정치 분야이다.

현재 우리나라에는 지역을 근거로 하는 봉건 영주가 몇 명 있다. 이들은 각기 가신들을 거느린다. 가신 밑에는 기사에 해당하는 국회의원이 있다. 국회의원 밑에는 백성이 있다. 정치에 있어서 각 지역은 자급 자족하고 있다. 그 지역 이외의 사람들이 그 지역에서 그 지역 사람들과 경쟁적으로 기사 노릇을 할 수 없게 되어 있다. 정치 시장에 있어서 경쟁을 허용하지 않는 것이다. 진입이 금지되어 있다.

중세 시대에는 토지가 유일한 생산 수단이었다. 모든 토지 경작권은 영주에게 속해 있었다.

현대에는 공천이 국회의원이 될 수 있는 거의 유일한 수단이다. 모든 공천권은 현대의 봉건 영주에게 독점적으로 속해 있다. 따라서 현대의 기사들이 이번 선거에 공천을 받느냐 못 받느냐 하는 것은 중세 시대의 소작 농민이 내년에도 토지 경작권을 받느냐 못 받느냐 하는 문제와 같다. 이들에게 있어서 영주 눈에 벗어난다는 것은 정치 생명이 끝나는 것과 다름없다.

국회의원은 형식에 있어서 유권자가 뽑지만 그 속을 들여다보면 봉건 영주에 의해 지명된다. 이렇게 하여 영주는 공천 시장에서 독점 공급자로 행세한다. 이렇게 뽑힌 국회의원은 자신을 뽑아 준 유권자를 위해 봉사하는 것이 아니라 자신을 지명한 봉건 영주를 위해 견마지로를 다한다. 다른 봉건 영주와 전쟁이라도 하게 되면 용감하게 싸워 공을 세워야 한다.

기사는 봉건 영주에 있어서 소모품과 같다. 전쟁에서 기사는 무수히 죽어 갔다. 그런데도 기사 지망생이 많았던 것을 보면 기사에 대한 대접이 괜찮았던 모양이다.

국회의원도 현대의 봉건 영주에게는 소모품과 같다. 그런데 대접이 좋아서 현대에도 기사 지망생이 많다. 영주의 필요에 의해 기사가 급조되는데 조금도 부족하지 않다. 그래서 기사는 아무라도 좋다. 텔런트든 가수든 상관하지 않는다. 법률안을 만들 수 있는 능력이 있는지 없는지, 백성을 위한 일이 무엇인지를 아는지 모르는지는 중요한 사항이 아니다. 영주를 위한 충성심만 있으면 된다.

어차피 정치는 봉건 영주가 도맡아서 하는 것이니 이들 기사들은 들러리 역할만 하면 된다. 영주의 세 불리기에 이용될 뿐이다.

최근에는 기사의 수를 늘리자고 한 영주가 제안하였다. 중세에도 전운이 감돌 때 기사 수가 늘어났다. 지금 더 많은 기사가 필요하다고 주장하는 것을 보면 전운이 감도나 보다. 군비 확장에 서로 열을 올린다. 그런데 기사를 먹여 살리는 백성들의 입장을 생각하지 않는 것은 중세의 봉건 영주와 똑같다. 어

견마지로(犬馬之勞)
임금이나 나라에 충성을 다하는 노력.

차피 모든 것이 영주의 소유이니 생각하나 마나일 것이다.

경제학자들에 따르면 우리 역사에는 봉건 시대가 없었다고 한다. 이 학설은 수정될 판이다. 우리나라에, 그것도 자본주의가 한창인 21세기를 코앞에 둔 지금 정치 분야에서 중세적 봉건 제도가 버젓이 공존하고 있기 때문이다.

거꾸로 가는 시계

우리나라 봉건 제도의 암흑기는 지난 30년 간 계속되었다. 세계의 10년이 한국의 1년이라고 하니 이 계산대로라면 한국의 30년은 세계의 300년에 해당한다. 그러니 봉건 시대를 마감할 때도 되었다.

역사에서 봉건 시대를 마감하는 방법은 왕의 등장이었다. 마침내 한 명의 영주가 왕이 되었다. 때마침 경복궁도 복원되어 왕을 위해 제법 격에 어울리게 되었다. 그랬더니 다른 봉건 영주들도 차례로 왕을 해보고 왕건 시대를 마감하자고 떼를 쓴다. 이들이 모두 순서대로 왕을 하면 10년이 다시 흐른다. 세계 시간으로는 100년이다. 백년 하청이란 정녕 이런 것을 두고 말하는 것인가.

이 개명 천지에 봉건 영주 등쌀 밑에 산다는 사실이 서글프기 짝이 없다.

― 김학은(연세대 교수, 경제학)

풀·어·봅·시·다

1. 중세를 암흑 시대라고 하는 이유는 무엇인가?

2. 우리나라의 현시대를 봉건 시대에 비유한 근본적인 까닭은 무엇인가?

3. 우리나라에는 봉건 시대가 없었다는 말의 뜻은 무엇인가?

4. 필자가 서글프게 여기는 사실은 무엇인가?

 해 • 답

1. 시장경제도 없고, 선택의 자유도 없고, 오직 봉건 영주만을 위한 사회였기 때문
   이다.

2. 정치의 지도자들이 각각 연고지를 기반으로 하여, 정치 세력을 양양하고, 정치
   가들을 좌지우지하기 때문이다.

3. 우리나라는 중앙 집권식 국가였지 지방 권력 위주의 국가가 아니었다.

4. 지역 중심적인 정치 지도자들이 계속 집권할 가능성이 있기 때문이다.

 # 2. 좋은 인간 관계의 형성

| 읽기 전에 | 사회생활이라는 것은 여러 사람이 공동으로 살아가는 삶을 말한다. 인간은 혼자 고립되어 살 수는 없으므로 삶에는 당연히 인간 관계가 성립되고, 인간 관계에 의하여 모든 일의 성패가 결정된다. 좋은 인간 관계는 그런 점에서 꼭 필요하다. 이 글에서 필자는 좋은 인간 관계를 맺을 수 있는 몇 가지 방안을 제시하고 있다.

이제까지는 우리들이 어떻게 해서 현재의 우리들이 되었는가, 그리고 어떻게 하면 자기를 변혁시킬 수 있는가를 말해 왔다. 그러나 다른 사람들과의 관계에 대해서는 어떠할까? 자기 창조의 마력을 낳게 하는 원칙은 과연 인간 관계를 보다 풍요하게, 보다 거짓이 없는, 그리고 보다 만족스러운 것으로 형성하는 데 도움이 되는 것일까?

물론 큰 도움이 된다. 왜냐하면 타인에 대한 당신의 감정은, 당신이 그 감정에 따라 행동할 때마다 강화되기 때문이다. 그러므로 만일 지금 당신이 어떤 사람을 싫어하여 그를 얕잡아 본다면 점점 더 그를 멸시하는 결과가 된다. 또 그 사람의 평판이 떨어지도록 하다 보면 더욱 그 사람이 싫어지는 것이다.

만일 어떤 사람을 사랑하고 친절히 대해 준다면, 당신은 그 사랑을 지속시켜 키워나가는 일이 될 것이다. 누군가를 신용해 보라. 그렇게 하면 그 사람이 뭔가 극단적인 일이라도 하지 않는 한 당신은 그 사람을 신용할 수 있는 사람이라고 믿어버리게 될 것이다.

하지만 그의 뒷조사를 하게 된다면 당신은 더욱 깊이, 의심하게 될 것이다. 그의 호의의 증거가 압도적으로 강력한 것이라면 몰라도, 낡은 관계가 끝날 무렵이 되면 어느 쪽인가 한편이 자기의 불평을 몰래 메모해 두거나 관련된 자료를 수집하기 시작하는 때이다. 그래서 나는 아무리 호의적인 자료라 하더라도 그것을 수집하는 것을 권유하지 않는다.

그런데 자료를 정리하는 사람이 애정이 넘쳐 흐르는 행동을 하는 기회는 헐뜯는 말로 기재 사항을 적은 뒤가 아니고, 칭찬의 말로 적은 뒤가 많을 것이다. 그리고 그것이 근본적으로 좋은 인간 관계라면, 호의적인 쪽이 그렇지 않은 쪽보다는 좋을 것이다. 서류로서가 아니라 행동으로서 좋다고 하는 것이다.

예를 들자면 한이 없다. 존경하는 마음을 가지고 다른 사람을 대하는 일이, 자기를 포함해서 모든 인간을 존경과 품위를 부여할 만한 가치 없는 존재라고 느끼는 최상의 방법인 것이다.

'그러나 사람 개개인은 자기가 사랑하는 자를 죽이고 있는 것이다.'라고 <u>오스카 와일드</u>는 말하고 있다.

그렇다면 우리들은 언제 어떻게 애정 깊이 행동하면 좋은가? 우리는 어떻게 모든 사람들에게 존경심을 가지고 접촉하면 좋은가를 알고 있다고는 말할 수 없다. 우리들은 자신들의 행동이 우리들 자신에게, 또한 우리들의 인간 관계에 미치는 참다운 영향을 인식하지 않고 있는 것이다.

매월 쏟아져 나오는 신간 서적이나 잡지는 인간 관계에서 어떻게 자기 자신이 처세해 나가야 좋은가를 가르쳐주고 있다.

그 책이나 잡지에는 어떻게 해야 타인의 존경을 받을 수 있는가, 혹은 승진할 기회를 포착할 수 있는가, 성적 매력을 풍기게 할 수 있는가, 사랑을 받을 수 있는가 등의 기사가 가득 실려 있다.

성공이란, 당신이 끌어낸 반응의 종류에 따라서 측정되는 것이다. 즉, 실제로 당신이 하는 행동에 따라서 사람들은 당신을 존경하고 승진시켜 주기도 한다. 당신이 가급적 매혹적인 방법으로 자신을 에워싸기 위해서는, 사람들이 당신에게 보이는 반응이 무엇인가를 이해하는 일이 중요하다.

그러나 타인의 반응은 당신 자신 속에서의 반응만큼 중요하지는 않다. 자기 창조의 원칙은 항상 진실하다. 이 원칙은 당신이 행동할 때에 늘 작용하고 있기 때문에 사람들을 매혹하여 당신을 존경하게 하고, 당신이 바라는 것을 획득하려고 하는 일도, 당신 자신의 이미지에 영향을 미친다. 그래서 당신은 성공을 거두었다고 하더라도, 실제로는 그 때문에 사람들이 이전보다도 당신을 좋아하지 않게 되는 일도 있을 수 있는 것이다.

당신 자신에 대한 이미지는, 타인이 당신에게 내린 평가에 의해서 형성된다는 생각은 오랫동안 통용되어 왔다. 그 생각이 올바른 것인가 아닌가는 검토되지도 않고 방치된 것이다.

크게 성공하여 널리 남들의 존경을 받고 있는데도, 자기 자신을 심히 혐오하는 사람들의 실례를 우리들은 다 알고 있을 것이다. 이와 같은 사람들 중에는 자살을 기도하는 사람도 있다. 이와는 반대로 친구도 별로 없고 라이벌도 많은데, 웬일인지 낙관적으로 살며 자신만만하게 행동하는 사람들도 있다.

타인으로부터의 좋은 평가는, 만일 당신이 그들을 믿고 있지 않다면 가치가 없다. 또 자기를 과소평가하는 경우도 가치가 없다. 그리고 아무리 갈망했던 직업도 애인도 만일에 당신이 지금 뭔가 개인적인 고민에 사로잡혀 있다면, 당신을 행복하게 할 수는 없다.

이제까지 고찰해 온 바와 같이, 우리들은 자칫하면 억울이나 파라노이아 같은 심각한 개인적인 문제들을 인간 관계를 발전시켜 나가는 과정에서 만들어내고 있는 것이다. 여기에 관계를 밀접하게 하기 위한 몇 가지의 방책이 있다. 그 방책은 바로 그 궤변(詭辯)을 타파할 수도 있는 것이다.

실제로 당신이 인간 관계를 위해서 하고 있는 일이 당신으로 하여금 당신 자신을 혐오하게 만드는 것이라면, 그것은 결국에 가서 그 인간 관계에도 해를 끼치게 될 것이다. 당신이 혐오감을 일으키게 된다든가, 상대편이 당신에 대한 존경심을 상실하게 된다든가, 혹은 분명히 당신의 불안이 고조되어 인간 관계가 그것을 따르지 못하게 되어 버린다. 어느 것이 되었든, 당신의 괴로움이 인간 관계를 해치고 마는 것이다.

그러나 이러한 결과가 초래되어서는 안 될 것이다. 그 대신에 당신은 자기의 행동이 얼마만큼 자기에게 영향을 주고 있는가를 알지 않으면 안 된다.

다음에 게재하는 여덟 가지의 질문을 당신 자신에게 해보라. 모든 것을 분명히 알게 될 것이다.

1. 인간 관계에서 자신을 지나치게 억제한다

이를테면, 당신은 특히 어느 친구와 만나지 않기로 마음 먹은 것은 아닌가? 또 어느 특정의 일을 하지 않기로 마음 먹고 있는 것은 아닌가? 또 자기에게 중요한 것을 남에게 일체 말하지 않기로 하고 있는 것은 아닌가?

이러한 일은 상대편을 불쾌하게 하고 싶지 않다는 당신의 애정이나 동정심에서 나온 생각들이다. 하지만 당신은 뭔가 기만당하고 있는 것처럼 느낄 것이다. 당신은 자기가 바라고 있는 것 이상으로, 상대편의 요구를 만족시키려 하고 있는 것이다. 이러한 상태가 오래 지속되면 당신은 언젠가는 억울 상태에 빠지거나 화를 낼 수밖에 없을 것이다.

게다가 당신은 자기 마음속에 불안을 갖게 될 것이다. 그리고 인간 관계에 있어서 취약하고 해가 된다는 감각을 불러일으키게 된다.

2. 제삼자가 싫어할 행동을 한다

본심과는 달리 친구에게, 실제로는 영화 구경을 가고 싶으면서도 '오후에는 꼬박 쇼핑하러 갈 작정이야.' 하는 따위의 거짓말을 하는 것이 아닐까? 이와 같은 거짓말은 자신에게도 영향을 미친다. 그렇게 함으로써 당신은 마음이 불안해지고 죄의식을 느끼게 될는지도 모른다.

또 당신이 친구를 보는 관점에도 영향이 미친다. '그 친구 정말로 얼간이다. 쇼핑 간다는 말을 곧이듣다니…… 필경 친치야. 천치가 아니라면 내 말을 곧이들을 리가 없지.'

설령 사소한 거짓말이라도 다른 사람에 대한 당신의 자세를 바꿔버리는 수가 있다. 한 예로 내가 잘 알고 있는 어느 남자가 담배를 끊겠다고 맹세한 일이 있었다. 그 남자와 부인은 그가 마지막으로 담배를 피운 날로부터 날짜수를 세어, 일주일이

지날 때마다 그것을 기념으로 외식하러 나가곤 했다. 즉, 그들은 부부로서의 우정과 승리감을 함께 맛보고 있었던 것이다.

그런데 얼마 안 가서 그는 또다시 담배를 몰래 피우기 시작하였고, 그 사실을 자기 아내에게는 말하지 않기로 작정하였다. 게다가 자기 나름대로의 핑계로, 아내는 완고하고 편협적인 사람이어서 자기의 특권을 부정하려 하고 있다고 오히려 반감을 품게 되었다.

결국 그는 그녀에게 달갑지 않은 권위의식을 품게 된 것이다. 그리하여 끝내는 순진하게 그녀의 말을 들을 필요도 없고, 또 알뜰하게 그녀에게 사랑을 베풀 필요도 없다고 자위했던 것이다.

이것은 한 예에 지나지 않는다. 거짓말을 함으로써 자기 자신을 굳히고 있는, 보다 일반적인 사고 방식이 우리에게 있다. 그것은 상대편이 그 행위의 진심을 알게 될 때 상대는 당신을 경멸하게 된다는 것을 말해주고 있다.

3. 원만한 관계를 위해서라면 상대편의 버릇없음을 용서한다

당신의 친구는 동정심이 없다. 그녀가 사람들 면전에서 당신의 출비(出費)에 관해서 농담을 한다고 하자. 이런 경우에 당신은 소란을 피우기가 싫어서 이런 언짢은 말을 듣고서도 그냥 눈을 감아버린다.

당신이 모르고 있는 점은, 상대편은 이렇게 해서 당신에 대한 존경심을 말살하도록 자기 자신에게 타이르고 있다는 것이다.

헌리 포드는 이런 말을 한 적이 있다. '사람은 자기가 상대편에게 저지른 과실이 있다고 해서, 무조건 상대편을 용서하지는 않을 것이다.'

우리들은 자신이 조롱거리가 되어도 무방하다고 여기는 전제하에서 행동을 취함으로써, 자신의 가치관을 저하시키고 있다는 것을 명심해야 한다.

4. 타인에게도 같은 행동의 기준을 설정한다

당신의 남편은 작업중에 당신이 방해를 하거나, 그의 의견에 따르지 않거나 하면 크게 화를 내는가? 만약 이럴 경우에 당신이 항의를 하면 남편은 당신의 신경과민을 조롱할 것이다.

혹은 당신은 남에게 좋은 대접을 받기를 요구하면서 남에게는 그렇게 하지 않는 것이 아닐까?

어느 경우든 당신은 인간 관계에 분노를 불러일으키고 있으며, 두 삶은 똑같이 존경을 받을 만한 가치가 없는 사람이라고 하는 비열한 생각을 굳히고 있는 것이다.

이상 열거한 네 가지의 질문 외에, '그 사람(고용주, 친구, 애인 등)과 함께 있을 때와 그 사람이 없을 때 나는 어떻게 다른 행동을 취하며 말을 꺼내는가?' 하는 질문을 자기에게 해보라. 그것에 대한 해답은 당신이 취하고 있는 타협, 이용하고 있는 방책, 채택하고 있는 표시에 관한 중요한 실마리를 제공해 줄 것이다.

앞에 든 네 가지의 질문에 대하여 어느 것에 '예스'라고 대답해도 그것은 위험 신호가 된다. 그것은 당신이 당신 자신을

손상시키고 다른 사람에 대한 당신의 사랑이나 신용을 손상시
키게끔 행동을 취하고 있다는 것이 된다. 설령 그 인간 관계가
아주 훌륭한 것으로 보인다고 하더라도 이 점은 진실이다. 또
설령 제삼자에게 당신이 상대편의 인간성을 이해해서 원만한
관계를 유지하고 완벽한 인생을 살고 있는 것처럼 보인다고 하
더라도 그것은 진실인 것이다.

　우리는 다음과 같이 생각해 볼 필요가 있다. 우리가 착수만
한다면 그 트러블(마찰)은 분명히 그다지 심각한 것이 안 될
것이다. 즉, 당신이 그것에 대하여 이야기하고, 이치에 맞는
비판을 남에게도 하고, 자기로서도 받아들일 수 있는 습관을
들인다면 당신과 당신의 상대편은 좋지 않은 상태를 원만히 극
복할 수 있는 좋은 찬스를 얻을 것이다. 좋은 찬스 정도가 아
닐런지도 모른다.

　그러나 만일 당신이 문제를 피하려고 한다면, 당신은 그것을
도리어 악화시키는 결과밖에 되지 않는다. 그것은 필요 이상으
로 보다 심각하게, 보다 복잡하게, 보다 두려운 것으로 보이게
된다. 그리고 당신은 그 문제와 관련되어 있는 그 사람과 더욱
융합할 수 없게 되는 것이다.

　당신의 마음속에 격분, 억울, 자기혐오와 같은 나쁜 감정을
자아내게 하는 행동은 어떠한 것이라도 인간 관계에 좋지 않다
고 하는 것은 철칙이다.

　애정이 깃든 인간 관계란, 인생에 있어서 불필요하게 괴롭히
는 요소를 제거하는 데에도 크게 유익한 것이다.

— G. 와인버그(심리학자, 영문학자)

1. 필자가 좋은 인간 관계를 위하여 권유하는 사항은 무엇인가?

2. 오스카 와일드는 '사람 개개인은 자기가 사랑하는 자를 죽이고 있는 것이다.' 라고 말했는데, 이 말의 의미는 무엇인가?

3. '사람은 자기가 상대편에게 저지른 과실이 있다고 해서 무조건 상대편을 용서하지는 않을 것이다.' 는 헨리 포드의 참뜻은 무엇인가?

1. 첫째, 상대방을 존경하고 믿는다.

   둘째, 자신에 대한 타인의 반응을 이해한다.

2. 자기를 사랑하는 사람을 불신하고 존경하지 않기 때문에 그를 죽이는 것과 같다.

3. 사람은 자기에게 약점이 있다고 해서 무조건 그의 비판을 받아들이지는 않는다.

3. 과기 교육의 혁신과 자리 교체 

| 읽기 전에 | 한 나라의 운명은 과학 교육에 달려 있다고 해도 과언이 아니다. 그러나 그것을 시행하는 방법은 나라에 따라 다르기 마련이다. 이 글에서는 제2차 세계대전 후에 독일과 미국에서 행했던 과학 교육을 비교하고, 앞으로 우리나라에서의 방향을 제시하고 있다. 미국의 과학 교육에 왜 문제가 있었는지를 살펴봄으로써 우리의 과학 교육이 발전해 나갈 길을 모색해 보자.

    제2차 세계대전이 끝나고 연합국의 국민들이 승전 분위기에 젖어 있을 무렵, 미국의 과학기술 교육을 책임지고 있는 일련의 교수들이 모여 막강한 연합군에 맞서 싸울 수 있는 독일의 저력은 과연 무엇이었는가에 대한 토론을 벌인 적이 있다. 결론적으로 그들은 우수한 과학기술이 그 밑바탕이 되었으며 비록 연합군이 전쟁에서 이겼을지는 모르지만 '과학기술 전쟁'에서는 결코 이긴 것이 아니라는 데 의견을 같이했다.

    유럽의 대학이 전통적인 상아탑으로 상징되는 학문의 대학을 지향했다고 하면, 미국의 대학은 실용 위주의 학문을 교육하는 데 그 목표를 두었다. 즉 독일의 공학 교육이 기초과학에 중점을 둔 반면, 미국의 과학기술 교육은 졸업 후 산업사회에서 직접 사용될 수 있는 실무 위주의 교육으로 편성되어 있었다. 이러한 대학 이념의 차이는 미국과 독일의 과학기술 발전에 큰 차이를 낳는 원인이 되었다. 결국 미국은 제2차 세계대전에서는 승리했지만 정작 과학기술 전쟁에서는 패했다는 판단을 내리게 된 것이다.

이러한 비판은 전후 미국의 과학기술 교육에 큰 변화를 가져왔다. 실무 중심의 교육은 산업사회에서 필요로 하는 인력을 즉시 공급할 수 있다는 장점이 있으나 학문을 발전시키고 사회의 수준을 한 단계 높이는 데에는 크게 기여할 수 없기 때문이다.

따라서 교육의 목표를 기초과학을 중심으로 한 연구 위주의 교육으로 변화시키는 것이 시급히 요청됐으며, 이에 따라 주요 대학들은 대학원 교육의 강화와 함께 연구 중심 대학으로 변신하게 되었다. 그 결과 미국은 소련보다 앞서 인간을 달에 보내는 장거(壯擧)를 이룩할 수 있었고, 컴퓨터를 포함한 전자산업, 유전공학 등 첨단분야에서 세계를 선도하는 국가로 발전하게 되었다.

그러나 제2차 세계대전이 끝난 지 50여 년이 지난 요즈음에는 이에 대한 평가가 다시 이루어지고 있다. 이론 및 연구 중심 위주로 교육을 받은 대학 졸업생들은 산업사회에서 필요로 하는 지식을 얻기 위해 또 다른 형태의 교육이 필요하게 됐다.

이를 위한 사회비용이 크게 늘어났을 뿐만 아니라, 산업 전반의 발전을 더디게 만드는 결과를 초래했다. 이는 산업의 국제경쟁력을 상실하게 한 주요 원인이 되었고, 산업계 여러 분야에서 다른 나라의 도전을 받게 되었다.

요즈음 대두되고 있는 미국 공학 교육의 반성적 흐름은 이러한 경험에 기초하여 이상적인 공학 교육이란 기초과학에 근거를 둔 이론 교육과 산업계에서 필요로 하는 실무 교육이 병행하여 이루어져야 한다는 것에 근거를 두고 있다.

　더구나 과학기술자의 역할이 종래의 기술 일변도에서 떠나 기업의 경영에까지 참여하고 있기 때문에 대학에서의 교육이 더욱 다양화될 것이 요구되고 있다. 그러나 이러한 다양한 욕구가 충족되기 위해서는 현재 4년의 교육제도로서는 충실히 실현되기 어렵기 때문에 과학기술의 교육 연한을 4년에서 5년으로 연장하는 것이 신중히 검토되고 있다.

　외국의 예가 우리나라에도 똑같이 적용된다고 말할 수는 없다. 그러나 과학기술 교육이 효과를 예견하는 데 있어서는 문화적인 차이가 크게 영향을 주지는 않을 것 같다. 우리보다 앞서 나가는 나라의 계획과 실천을 참고하면서 우리 스스로를 반성하는 것도 매우 필요한 일이라고 생각한다. 우리 대학들이 설립되고 대학다운 대학으로 모양을 갖추게 된 지도 이제 50여 년이라는 세월이 지났다.

　한국의 특수한 문화적 배경 때문에 대학의 교육이 수요자 위주보다는 공급자 위주로 행해져 왔고, 대학 교육이 산업사회에 어떠한 영향을 미치고 있는지에 대해 대학이 책임을 느끼기보다는 이를 방관해 온 것 또한 사실이다.

　그러나 이제 교육 시장의 개방이 눈앞에 다가와 있고 산업경쟁력에 대한 과학기술 교육의 영향이 절대적인 것을 감안한다면 과학기술 교육의 새로운 패러다임이 정립될 시기에 와 있다. 이를 위해서는 장기적인 교육 목표를 설정할 수 있는 혜안과 더불어 이를 내실 있게 실천할 수 있는 교육 환경의 개선이 절실히 필요하다.

　이제는 우리도 학문을 수입만 할 것이 아니라 우리 것을 발전시켜 수출할 수 있는 수준으로 하루 속히 이루어져야 되며

패러다임
(paradigm)
다양한 관념을 서로 연관시켜 질서지우는 체계나 구조를 일컫는 개념. 범례(範例)를 뜻하는 그리스어 '파라데이그마'에서 유래하였다. 쿤이 《과학혁명 구조》에서 과학의 역사와 구조를 설명하기 위해 이 개념을 도입한 뒤 쿤의 의미로 널리 사용되었다.

구각(舊殼)
낡은 껍질이라는 뜻으로, 옛 제도와 관습 등을 이르는 말이다.

이를 위해서는 교육계에 몸담고 있는 사람들의 구각에서 탈피하는 개혁적 마음가짐이 절실히 요구된다.

— 선우중호(전 서울대 총장)

풀·어·봅·시·다

1. 제2차 세계대전 후의 독일과 미국의 과학 교육의 차이를 짧게 요약해 보자.
2. 미국의 과학 교육은 어떻게 변화되었는가?
3. '우리나라 교육이 공급자 위주로 행해졌다.'는 말의 뜻은 무엇인가?

해·답

1. 독일은 기초과학에 중점을 두었고, 미국은 실용과학에 중점을 두었다.
2. 실용과학에서 기초과학으로, 다시 실용과 기초를 혼합한 형태로 변화했다.
3. 대학이나 그 대학의 교육자 마음대로 교육의 방향이 결정되었다는 뜻이다.

어떤 유형의 문제가 출제되는가?

논술의 유형은 정해진 것은 아니나 단독 과제형, 자료 제시형, 완성형, 자료 요약형으로 대별할 수 있다.

(1) 단독 과제형

단독 과제형은 지문이나 자료를 주지 않은 채 어떤 주제를 제시한 다음 그것에 대한 논술을 하라는 문제 유형이다. 이런 문제는 글쓰는 이가 다양한 제재를 사용하여, 여러 방면으로 기술할 수 있다는 장점이 있는 반면, 평소에 많은 지식과 다양한 정보를 가지고 있지 않으면 쓰기 어려우며, 답안이 제각각이어서 채점하기가 어려운 단점이 있다.

이와 같은 문제는 대학 입시 논술 시험보다는 일반 다른 시험에서 흔히 사용된다.

그 예를 들어 보면 다음과 같다.

    요즘 사회 일각에서는 영어의 중요성을 인식하여 국제
화·세계화에 맞추어 영어를 공용화하자는 의견을 내놓고
있다. 이에 대하여 자신의 견해를 피력해 보라.

    유의 사항

1. 찬성과 반대의 의견을 분명히 밝힐 것.

2. 원고지 사용법을 지킬 것.

3. 1,200자 내외로 쓸 것.

▌라니냐(la nina) 현상

엘니뇨(el nino)와는 반대로 적도 해역에 넓은 냉수대(冷水帶)가 형성되어 지구 전체에 여러 가지 기상 이변을 일으키는 현상을 말한다. '라니냐'는 스페인어로 '여자 아기'라는 뜻이다.

(2) 자료 제시형

    자료 제시형은 자료, 지문, 도표 등을 제시해 놓고, 그에 대한 비판을 하거나 자신의 주장을 펼치게 하는 방법이다. 요즘 대학 입시 논술 시험에서는 흔히 이 방법을 사용하는데, 이것은 답안의 다양성을 막아 채점이 용이하도록 만드는 것이다.

    이런 유형의 문제가 주어지면, 글을 쓰는 이는 주어진 자료를 재빨리 파악하고, 문제에 맞추어 답안을 작성해야 한다.

    그 예를 들어 보면 다음과 같다.

    다음 글을 읽고 우리 문학이 고유의 민족성과 외국에서
전래된 표기법이 접합되어 이루어진 것임을 긍정적인 면
에서 논술해 보자.

    신화에 얽힌 아득한 옛날, 단군, 주몽, 혁거세, 탈해, 알
지의 신화가 그것이다. 그러나 이런 신화는 영고나 동맹이

나 무천의 오월제, 시월제 같은 데서 읊은 무가였으리라. 또한 이들은 민족의 신념을 노래한 서사시였다. 그러나 역사의 여명과 함께 〈황조가〉 같은 서정시가 출연하고 〈도솔가〉와 같이 과도기적 형태가 나타나기 시작했다. 구지봉 〈영신가〉는 신화와 더불어 존재한 무가의 단편이나, 여옥의 〈공후인〉은 순수한 서정시다.

이렇듯 삼국 초기는 서사시에서 서정시로 넘어오는 과정에 있었다. 그러나 그 당시는 문헌으로 남겨지는 문학이 아니라, 다만 입에서 입으로 전해지는 구비문학이기 때문에, 희소곡이니, 사내니, 백결선생의 대악이니 하는 이름이 전해지기는 하나, 오늘날 그 참다운 맛을 감상할 길 없음이 유감이다.

이런 가운데 6세기부터 사내가의 태내에서 후에 사뇌가 또는 향가라고 일컫는 문학의 보화가 나타나게 된 것은 우리 문학의 여명을 고하는 것이다. 이들이 처음에는 구전으로 전하다가 나중에 향찰이란 표기법이 생겨 정착하게 되니, 이것이 소담하게 결실을 맺어 진성여왕 때 위홍과 대구화상에 의하여 《삼대목》이란 향가집이 편찬되었다. 아깝게도 그 책이 오늘날 전하지는 않지만, 그 유향이 《삼국유사》 등에 남아 고대 우리 문학의 모습을 전해주는 것은 대견한 일이다.

현재 남아 있는 향가 중 가장 오래된 것으로는 〈서동요〉가 있으나 이는 민요에 가까운 것이고, 진평왕대 융천사의 〈혜성가〉는 완성된 형식을 보여준다. 이로부터 신라 말에 이르기까지 광덕의 〈원왕생가〉, 득오곡의 〈모죽지랑가〉, 신충의 〈원가〉, 월명사의 〈도솔가〉, 〈제망매가〉, 충담사의 〈안민가〉, 〈찬기파랑가〉, 희명의 〈도천수관음가〉, 영재의 〈우적가〉 등이 전하고, 다시 고려로 넘어와서 균여의 〈보현십종원왕가〉가 전한다.

이러한 향가는 중국을 거쳐 들어온 불교의 사상과 불교 의식 찬가의 영향을 입은 사뇌가가 그 주류를 이루었고, 다시 고대부터 전해 내려온 무가와 지방의 민요의 영향이 있었다. 또 그 표기 수단으로는 중국에서 전래한 한자의 힘을 빌렸으며, 그 이면에는 한문학이 지대한 영향을 끼쳤다. 순수한 한문학적 작품으로 을지문덕의 〈여수장우중문시〉를 비롯하여 몇몇 한시가 단편적으로 전하고 있다.

신라에 와서는 이두문자를 창제하였다는 원효의 아들 설총을 비롯하여 강수, 김대문, 녹진 등의 한학자가 있었고, 그 최후를 장식한 최치원은 우리나라 한학자의 비조라고 한다. 이들로 말미암아 많은 한적의 저술이 이루어졌고 설화집, 승전들이 저술되었다. 그 중 최치원이 지은 문집 《계원필경》은 실로 유명하다.

삼국 말엽부터 우리나라의 많은 자제들이 중국에 유학을 갔다. 이들은 해파만리의 이역으로 여행하여 새로운 지식을 받아들인 것이다. 역사는 하루아침에 이루어지지 않는다. 우리 한문학의 전통은 실로 이 때에 제자리를 잡은 것이다.

중국에서 들어온 것은 이러한 문학뿐만이 아니었다. 백제에 들어온 기악, 당에서 전해진 가면희와 백희, 이들은 고대부터 있던 민속적인 바탕과 결부되어 우리 가무희의

발전에 새로운 계기를 마련하였으며 음악과 잡희의 꽃을
피게 하였다. 최치원이 지었다는 《향악잡영》은 멀리 중앙
아시아의 잡희가 우리나라에서 연출되었다는 사실을 알려
주는 것이다.

유의 사항

1. 민족성이 문학에 반영되었음을 입증할 것.
2. 문학에 표기법이 적용된 예를 제시할 것.
3. 원고지 사용법을 지킬 것.
4. 1,200자 내외로 쓸 것.

(3) 완성형

완성형은 글의 일부분을 제시한 다음 나머지 부분을 완성하
라는 방식이다. 서론을 제시하고 본론이나 결론을 쓰게 할 수
도 있고, 결론을 쓴 다음 서론이나 본론을 유도할 수도 있다.
어느 경우가 됐든 제시문을 잘 읽고 그 글이 말하고자 하는 바
를 잘 파악하여 나머지 부분을 적절하게 논술해야 한다.

그 예를 들어 보면 다음과 같다.

다음 글을 읽고, 나머지 본론과 결론을 완성하시오.

환경이 파괴되고 있다. 급증하는 자동차와 가전 제품으
로 공기가 오염되고 있으며, 각종 기름과 농약으로 물이 더
럽혀지고, 개발이라는 이름으로 산림이 없어져간다. 이로

써 우리의 건강은 위협을 받게 되고, 급기야는 인류의 멸망이 닥쳐오는 게 아닌가 하는 우려의 목소리도 커지고 있다.

이제 우리는 환경을 보호하고 인류를 구원해야 할 여러 가지 방안이 필요하게 되었다. 이에는 과학적 방법도 있고, 정책적·경제적 해결책도 있겠지만, 많은 사람들의 인식을 바꿀 수 있는 문학을 통해서도 방법이 제시되어야 함을 밝히고자 한다. 즉, 모든 행위에는 사고가 문제이며, 올바른 사고만이 이를 해결할 수 있다는 점에 초점을 두려 한다.

유의 사항

1. 제시한 논지에 맞게 쓸 것.
2. 800자 내외로 쓸 것.

(4) 자료 요약형

자료 요약형은 자료를 제시해 놓고, 그것을 일정한 분량으로 요약하라고 지시하는 것이다. 이와 같은 문제 유형은 논리적인 기술을 보려는 것이 아니라, 자료를 얼마나 잘 이해하고 있으며, 그것을 정리할 수 있는 능력이 있는지를 파악하기 위함이다.

그 예를 들어 보면 다음과 같다.

다음 글을 읽고 500자 내외로 요약하시오.

북한에 관한 모든 것이 금지되던 시절이 있었다. 민주주의를 외치며 학생들이 거리로 쏟아져 나오던 시절이 있었다. 불과 10여 년 전 일이지만 지금 한국 사회에서 그런 일들을 기억하고 있는 사람이 몇이나 될까. 내가 한국을 발견한 것은 1988년이었지만 돌이켜보면 너무나 먼 과거처럼 느껴진다.

경제 발전과 의식 구조, 사회의 변화 등 한국에서는 모든 것이 너무 빨리 변하는 것 같다. 김대중(金大中) 대통령의 방북을 계기로 갑자기 북한에 관한 모든 것이 대유행이다. 경제 위기가 엊그제 일이었는데도 지금은 의사들까지 나서 파업의 권리를 외치고 있다.

나는 파업이 '국민적 스포츠'인 나라, 프랑스 출신이다. 1946년 헌법 전문에 명시된 파업에 관한 권리에 따라 프랑스 노동자들은 임금뿐만 아니라 기업 경영에서 정부 정책에 이르기까지 적극적으로 개입할 수 있는 권리를 누리고 있다. 파업은 명백한 시민의 권리이며, 파업을 받아들인다는 것은 성숙한 민주주의의 증거이기도 하다. 그렇다고 해서 파업이 아무렇게나 행해질 수 있는 것은 아니다.

의약 분업에 관한 의사들의 요구가 정당한지는 논외로 치더라도 병원과 환자를 저버릴 권리가 과연 그들에게 있는 것일까. 대부분의 병원이 국립인 프랑스에서 의료 종사자들의 파업은 엄격한 절차와 규정에 따라 조건부로 시행된다. 파업에 들어가더라도 최소한의 서비스는 유지하는 것이 원칙이다. 그런 점에서 프랑스에서 의사는 일반 노동자들과 똑같은 조건으로 파업의 권리를 누리지 못한다고 볼 수 있다.

법에 보장된 파업의 권리를 부정하자는 것이 아니라 그들이 다루는 일이 워낙 중요하다고 보기 때문이다. '아플 때 치료받을 수 있다.'는 것은 인간의 가장 기본적인 권리에 속한다. 생명이 촌각을 다투는 상황에서 환자는 이유 여하를 막론하고 신속하게 치료받을 수 있어야 한다. 그건 인권의 문제다.

파업에 따른 온갖 종류의 불편을 경험하고, 또 그것에 익숙해질 대로 익숙해진 프랑스인임에도 불구하고 나는 의사가 모자라 응급환자를 돌려보냈다는 소식에 경악하고 분노했다.

물론 대부분의 병원이 사립인 민주주의 국가 한국에서 병원에서 일하는 몇몇 사람들에게서만 파업의 권리를 박탈한다는 것은 어려운 일일 것이다. 그러나 그들이 가진 '책임'과 '사명'에 비추어 파업의 권리를 다른 방법으로 행사할 수는 없었을까.

한국에 살면서 은행이나 회사 직원들이 머리띠를 동여매거나 완장을 두른 채 자리를 지키면서도 '충분히' 자신들의 요구를 표명하는 것을 여러 번 보았다. 일반 노동자들도 이런 식으로 파업을 하는데 하물며 '꼭 있어야 할 노동자'들이 모여 있는 병원에서 택한 방법이 집단 폐업이란 말인가.

오늘날 유럽에서 의사는 더 이상 성공의 대명사로 통하지 않는다. 일반 전문의의 소득이 여느 중소기업 간부의 봉급보다 많지 않은 실정이기 때문에 의사라는 직업은 사회적 지위 향상을 꿈꾸는 이들의 기대에 부응하지 못한다. 따라서 감히 단언컨대 의사가 되는 것은 신부가 되는 것과 같은 이유, 즉 '사명감'에 의해서일 것이다.

사명감. 의사라는 직업을 설명하는 데 있어 이보다 더 적절한 단어가 있을까. 나는 친절하고 능력 있고 인간적인 한국 의사 선생님들을 만났던 것을 기쁘고 영광스럽게 생각한다. 하지만 과연 한국에서 의사가 사명감의 문제일까. 솔직히 말해 의사가 됨에 있어서 부와 지위가 가장 중요한 기준으로 간주되고 있는 건 아닐까.

몇 년 전 한 프랑스 친구가 사고로 얼굴에 큰 상처를 입어 응급수술을 받아야 했던 적이 있다. 친구는 서울에 있는 큰 병원으로 급히 실려갔는데 수중에 충분한 돈이 없다는 이유로 치료를 거부당했다. 다행히 그는 그 대학병원 교수 한 분을 알고 있었다. 노발대발 뛰어오신 의사 선생님께선 응급실 인턴을 모두 모아놓고 히포크라테스 선서에 명시된 의사의 윤리를 몇 번이고 상기시켰다.

내가 아닌 다른 사람을 위해 헌신·봉사하고 고통을 덜어주고, 병을 고쳐 낫게 하는 사람, 아픔으로 고통받는 이를 위해 자기 자리를 꿋꿋이 지키는 사람, 의사. 그보다 더 고귀하고 아름다운 직업이 또 있을까.

유의 사항

1. 논리적으로 쓸 것.
2. 원고지 사용법을 지킬 것.

논술연습

1. 우리의 전통 문화는 순수한 한민족이 가지고 있었던 문화에 외래 문화가 합해져 이룩된 것이라고 보는 견해가 있다. 이에 동조하는 측면에서 그 근거를 제시하여 증명해 보라 (1,200자 내외).

2. 다음 글은 논설문 중 서론에 해당된다. 이 글을 완성하라 (800자 내외).

> 우리 한글은 15세기 조선 제4대 임금인 세종 시대에 만들어진 것이다. 당시의 이름은 '훈민정음' 즉 '백성을 가르치는 올바른 글'이라는 뜻이다. 이 글을 만든 동기를 세종은 '불쌍한 백성들이 하고 싶은 말이 있어도 중국과 우리말이 달라서 제대로 그 뜻을 널리 펴지 못해서 28자를 만드니 날마다 씀에 편하게 하기 위함이다.'라고 하였다. 한글이 세계에 그 유례가 없는 가장 과학적이고 첨가어에 알맞는 표기법이라는 것은 이미 널리 알려져 있는 사실이다. 이를 다시 간단히 살펴보고, 왜 한글이 훌륭한 글자인지를 증명하려 한다.

깜짝상식

▮ 소비 혁명점

일반적으로, 소비의 주요한 부분을 차지하는 대도시 사람들의 소비 성향이 크게 바뀌는 지점인 1인당 GNP 5,000달러에서 7,000달러 사이를 소비 혁명점으로 보고 있다. 우리나라는 1인당 GNP 10,000달러를 돌파, 소비 혁명점을 크게 벗어났다.

1. 우리나라의 전통 문화는 고유한 것인가, 아니면 외래의 문화가 적절히 배합된 것인가? 이에 대한 해답은 세계의 어느 나라든 자기만의 문화를 가질 수 없다는 점에서 후자의 견해가 옳다는 데에 모아진다. 그럼 그 근거를 들어 보기로 하자.

   우리 민족은 원래 알타이어족으로서 중앙 아시아에서 살던 족속이 동남쪽으로 내려와 정착한 것으로 추정된다. 선사 시대에는 고유의 문화를 가지고 고립된 채 살았으나, 점차 타민족과의 교류와 접촉으로 다른 문화를 받아들였던 것이다. 예를 들면, 중국으로부터 들어온 한자의 수입이 그것이다. 이로 말미암아 순수어가 한자어로 많이 변질되었으며, 불교의 전래 또한 우리 문화를 상당히 바꿔놓았다.

   삼국 시대의 중국 문화 유입, 고려 시대의 중국과 몽고와의 교류, 조선 시대의 중국의 영향, 조선 시대 말에 시작된 서양 문물의 도입도 우리 문화에 영향을 미쳤다. 또한 36년간의 일제 시대를 통한 일본 문화 유입, 해방 후의 미국을 비롯한 서구 문화의 도입은 무시하지 못할 정도가 되었다.

   그러므로 우리 문화는 순수한 외래의 문화가 혼합되어 온 것이라는 데 의심의 여지가 없다.

2. 첫째, 한글은 동양 철학인 음양 오행설을 기조로 구성되었다.

   둘째, 인도와 중국을 통해서 들어온 성운학(聲韻學)에 언

▌GR
(Green Round)
환경·공해 문제를 무역 거래에 연계시키려는 다자간 협상을 말한다. GR은 선진국들이 지구 환경 보전이란 명분을 내세워 추진하고 있지만, 자국 제품 보호와 개도국의 시장 접근을 제한하려는 속셈이 있는 것이다.

어학적 이론의 근거를 두고 있다.

셋째, 음성 기관과 이 세상의 기본 요소인 '천(天), 지(地), 인(人)'을 본떠서 글자 모양을 만들었다.

넷째, 초성과 중성의 가름은 현대 언어학에서의 음운과 동일하다.

다섯째, 음소 문자로 만들어 첨가어인 우리말의 표기에 적당할 뿐만 아니라, 자연의 소리, 외국어까지 모두 표기할 수 있다.

1. 역사주의의 빈곤 

| 읽기 전에 |　세계사에서 인간이 그 가치를 인정받은 역사는 오래되지 않았으며, 그 기간을 근대화라고 해도 과언이 아니다. 그래서 찾은 것이 인간은 이성을 가지고 있고, 그 이성은 보편적이라는 것이다. 그러나 몇몇 국가들은 그것을 부정하고, 민족에 따라 우열의 문화가 존재한다고 믿었는데 그것이 역사주의다. 이 글은 역사주의의 태동과 폐해를 지적하고 있다.

이성과 자연법에 대한 회의

개화 이래 우리는 근대화란 곧 서구화라고 이해해 왔다. 근대화란 용어부터가 너무 넓어, 그 개념 속에 무엇을 넣는가에 따라서 여러 가지로 엇갈리는 개념 규정으로 애매해지는 것은 어쩔 수 없는 일이다. 그러나 이 근대화를 역사적 개념으로 고정시킬 때 혼란은 훨씬 줄어든다.

역사적 전개 과정에서는 주로 절대주의 시대의 근대 국가화를 근대화라고 지칭했다. 특히 이탈리아 통일에서 전형적으로 나타난 것처럼, 중세의 보편적 명분(종교적 권위) 질서로부터 각 민족이 '1민족 1국가'의 원리에 따라 지상의 국왕권의 강화를 통해 '네이션 스테이트'를 형성한 과정을 근대화로 이해하는 것이 통설이 되었다.

> **네이션 스테이트**
> (nation-state)
> 민족 국가.

따라서 사상사적으로 근대화는 결국 세속화가 된다. 인간 위에 군림하던 초월적인 보편자를 땅으로 끌어내려 세속적 국가, 세속적 인간 속에 그 보편자를 내재화시켰다. 인간성 속에 내재하는 보편으로서 '이성(ration)'의 발견과 그 확대 과정이 근대화 = 세속화였던 것이다.

'이성' 이야말로 인간이 갖춘 신적인 지혜이다. 또한 법률이나 국가도 이성을 가진 인간의 합리적 약속의 산물(계약설)이고, 역사도 결국 이성이 현실을 통해서 전개되는 합리적 과정으로 풀이된다. 그러기에 근대인은 이성에 대한 신앙을 가지고 '모든 이성적인 것은 현실적이요, 현실적인 것은 이성적이다(헤겔).' 라고 표현되는 세계의 합리적 예정 조화를 믿어 왔다.

근대화의 이념 속에는 이와 같은 보편주의적 이성의 실현이 깃들어 있다. 그 때문에 우리는 서구 문화를 수용하는 입장에서 항용 서구 문화를 '보편'으로, 따라서 우리 민족 문화를 '특수'로 낮추는 것이 온당한 듯이 착각해 온 것이다. 이성주의는 외줄기 단원적 세계상을 구성하고 19세기 이래 서구 중심의 세계사상을 고정화시켰다.

그러나 주로 19세기 독일과 러시아에서 서구 문화의 보편성에 대한 회의가 고개를 쳐들었다. 그것은 보편주의적인 '자연법 = 이성' 사상에 대한 도전으로 나타났다.

어느 민족이든 모든 민족이나 국가에 타당한 보편적 법칙의 존재를 부인하고 각 문화권마다, 또는 각 민족마다 자기의 고유한 발전 법칙이 있다는 새 문화론이 나타났다. 따라서 서구 문화만이 온 지표 위에 군림하는 단일 중심적인 문화 보편이 아니고 그것도 하나의 특수에 불과하다는 다원적 문화론의 성립을 모색하게 된 것이다. 이것이 17세기 이래 지배해 온 자연법 사상에 대한 도전으로서의 독일의 역사주의(Historismus) 운동이다.

반이성과 특수성 역사주의

독일의 역사가인 마이네케(Meinecke)는 '역사주의의 대두야말로 서구의 사조가 경험한 최대의 정신 혁명의 하나였다.'라고 선언했다. 역사주의는 세계사적 보편성을 부인하고 특수성·개체성을 강조하려는 하나의 방법이며 동시에 선진 영국의 역사 발전 패턴을 역사 발전의 모범으로 삼기를 거부하고, 후진 독일이 그의 독자적 발전의 길을 모색하기 위한 민족주의 이데올로기 구실을 해 왔다.

'민주주의는 하나다.', '민주주의에 무슨 후진국형'이니 '기초적', '행정적', '민족적' 등의 형용사가 필요하냐라고 주장한다면 그 주장 속에는 알게 모르게 자연법적 보편주의가 전제된다. 각 문화권마다 민족마다의 특수성은 필연적인 것이 못된다. 그러나 민주주의에 대해 자기 나라 실정에 맞는 변형을 정당화하려면 거기에는 역사주의가 전제된다. 칼 마르크스도, 그의 세계관은 서구 중심적 단일 사관이었으므로 그 바탕에 계몽 사조를 계승한 자연주의의 아들이다. 그러나 오늘날 전후 공산권에서도 모든 나라가 반드시 소련 공산당의 모델을 따르지 않고 각 나라마다 사회주의에의 '독자적인 길'이 논의된다. 이와 같은 '독자 노선'도 역사주의적 사고의 한 모습이라고 할 수 있다.

역사주의는 한마디로 반자연법 = 반이성의 비합리주의의 일종이요, 인간 사회의 모든 현상은 역사적·시대적 조건에 의해 규정되는 상대적인 것이라는 강한 의식이 깔려 있다. 따라서 역사주의는 일반화를 거부하는 개체주의가 된다. 이 세상에서 어떤 민족이든 문화든간에 각기 개성을 가졌으므로 세계사적 보편은 부정된다는 것이다.

이는 역사 신앙으로 발전된다. 즉 인간 생활의 모든 현상은 본질적으로 역사적이며 따라서 시간적으로 제약되어 있고 생성·변화하는 것으로 파악된다. 생성·변화하는 개체들에 대해 그 위에서 예정·조화하는 '이성'이나 '보편자' 따위는 인정하지 않는다.

결국 역사주의적 본질은 '역사에 있어서 개체성과 발전에 대한 감각, 모든 인간적인 형성물의 끊임없는 유동과 자기 유동에 대한 감각'이라고 정의할 수 있다. 이런 태도는 자기 민족 문화의 독자성을 지나치게 강조하고 본질적으로 우월한 문화와 낮은 문화, 선진과 후진의 구별을 무시한다. 그 때문에 역사주의는 상대주의가 되고 보편적 가치를 무시함으로써 한 민족의 열광적 우월감을 정당화하는 데 광분하게 된다.

민족적 개성을 강조하는 망상

이 역사주의 운동이 독일 낭만주의 운동 속에서 일어난 것은 우연한 일이 아니다. 특히 독일에서 계몽사상의 합리주의와 그 추산성·비역사성에 대해 반기를 든 메사(J. Maser)와 헤르더(Herder)가 역사주의의 선구로 간주된다.

역사주의는 반데카르트주의이다. 또한 독일 낭만주의에서 나타났듯이 역사주의는 역사의 주역을 개인보다는 민족에서 구한다. 그들은 역사 발전을 설명하기 위해 개인보다 공동 사회적 집단으로서의 민족의 민족적 개성을 강조한다.

당시 독일에서 자연법적 보편에 반대하고 나선 자비니(Savigny)는 법의 역사성, 민족성을 강조하여 '법은 민족의 민족 정신(Volksgeist)의 표현이다.'라고 주장했다.

독일 낭만주의는 계몽적 이성에 반대하고 그 반동으로 감정·본능·직관을 존중하는 문예 운동인 '스투름 운트 드랑'에서 독일 고유의 것, 정신적인 것을 찾는 데 열중하게 되었다.

우선 슐레겔(Schlegel)은 객관에 대한 주관의 절대적 자유를 제창하고 무한에 대한 동경, 자아의 숭배로 그 개성 만능의 철학을 전개했으며, 독일의 그림(Grimm) 형제는 전래 민요, 민화 속으로 파고들어가 독일 민족 고유의 정서 형식을 찾아 독일 국민 문학의 형성에 기여했다.

'독일적인 것', '독일 민족 고유의 것'의 모색은 결국 전래 민화·신화·민요 등에 나타난 비합리적 집단 의식에 돌아가게 되고, 배타적으로 자기 민족만이 우월하다고 망상한 나치즘의 광기도 이 독일 로만티크와 역사주의에서 터 잡은 사상 풍토 위에 돋은 독버섯이었다. 근래 북한에서 소위 '주체사상'이라 해서 모든 외래 사상, 심지어는 소련의 철학·경제학마저 '수정주의'라고 낙인 찍어 배척하면서 '학문의 쇼비니즘화'를 강행하고 있다.

이처럼 역사주의는 민족 고유의 개성만 강조한 나머지 과대망상증에 빠지고 널리 인류성, 세계사 등과의 연관을 망각하게 되기 쉽다. 제2차 세계대전에서 저질러진 나치스 국가주의의 비극도 기실 '나쁜 역사주의'가 저지른 망상의 결과였다고 전후 서독의 사상계는 반성하고 있다.

역사법칙주의 인간 소외

또한 제1차 세계대전을 계기로 독일에는 역사주의의 위기가 도래한 것이다. 모든 것을 역사화하고 개체적 특수성만 강조할 때 '가치의 상대화'가 나타난다. 각 민족은 각자 자기 문화가 제일 우수하고 따라서 문화에 대해서 그 우열을 평정할 기준 그 자체가 역사주의에서는 거부된다.

이 시기 1920년대에는 마르크스주의적 역사주의가 관심을 끌게 되었다. 이 역사주의는 역사적 법칙의 필연성을 토대로 해서 미래의 역사 발전 방향에 대한 예언과 확신을 전파시켰기 때문이다.

그 이전의 독일 역사주의가 민족적 개성을 갖기 위해 과거로 되돌아간 복고주의적 방향이었다면, 마르크스주의적 역사주의는 미래의 예언을 추구하는 '역사법칙주의'였다. 칼 포퍼는 그의 저서《역사주의의 빈곤》에서 주로 이와 같은 마르크스주의와 나치스 독일의 '역사법칙주의'를 신랄하게 비판했다. 그는 역사법칙주의를 historismus와 구별해서 따로 historicismus라고 명명했다.

역사법칙주의란 역사의 미래를 과학적으로 예언할 수 있으며 그와 같은 미래 사회의 예언이 사회과학의 목적이라고 생각하는 '도그마'이다. 19세기는 이 때문에 '역사 이데올로기'의 시대였다. 역사 이데올로기는 오늘날과 같은 신이 없는 시대에 현대인에게 세속적인 '신화' 내지는 '대용 종교'의 역할을 해 왔다. 그것은 역사의 필연적 법칙에 의해 설정된 유토피아의 예언이다. 이와 같은 필연 사관은 대중들에게 유토피아가 반드시 도래한다는 확신을 심어 주고 과격한 혁명에로 대중을 동원하는 프로파간다(propaganda, 선전)의 효과를 가지는 것이 사실이다. 그러나 역사의 필연적 진행에 대한 신앙은 결코 과학적일 수 없다는 것이 역사법칙주의에 대한 포퍼의 비난이다.

포퍼는 이 책의 권두, 그 헌사에서 '역사적 운명이라는 준엄한 법칙을 신봉한 페시미스트와 코뮤니스트의 희생물이 된 온갖 신조·국적·민족에 속하는 무수한 남녀에의 추억에 바친다.'라고 썼다. 이처럼 그는 페시미스트와 코뮤니스트의 '역사 필연론'과 역사적 예측에 대한 신앙을 '역사법칙주의'라고 단죄하는 것이다.

한마디로 평하여 역사법칙은 가설이다. 마르크스의 유물사관도 대충 역사 연구의 테두리 또는 향방을 정해주는 거시적 설명 가설에 불과하다. 그것은 결코 불가피한 필연성을 가진 '법칙'일 수는 없다. 역사법칙주의는 역사의 필연적 진행 코스에 대한 신앙을 전제로 해서 역사 속에서 인간의 능동적 역할을 과소평가하거나 무시하게 되었다. 환경이 인간을 만든다는 명제를 필연성을 가진 주장으로 강조하면 인간은 그 능동성을 삭제당한다.

이와 마찬가지로 역사 결정론도 사회적·시대적 조건을 극복하려는 인간의 능동적 노력을 무시하고 항상 수동적으로 대세에 적응할 것을 권하게 된다. 그 표본이 다름아닌 스탈린주의하에서 1인의 주체성만 있고 만인의 대세 순응이 강요된 과승 동조 체제요, 1인에 의해 강요된 '이데올로기의 로봇화'였다.

미숙한 자아의 나르시시즘

20세기에 들어서서 이처럼 자연법이 타살당한 후 그 왕좌에는 민족 정신이, 그리고 역사신이 대신 올라앉았다. 그 민족 정신과 역사신의 화신으로 자처하는 현인신(現人神)은 히틀러였고 스탈린이었다. 바로 후진 독일과 후진 러시아가 세계사적 이성을 거부하고 민족적 특수성의 도그마로 혹은 역사의 필연적 법칙의 천복변설(千福辯說)을 가지고 대중을 동원할 수가 있었다.

그것은 칸트에서 표현된 이성적 인격으로서 개인이 뒤로 물러서고 비합리적 집단 심리의 열광으로 인한 자아 상실의 무력감으로 나타났다.

대중은 개인으로서 무력감, 깊은 피해 망상에 젖어 오히려 자기를 억압하는 강자를 그리워하게 되기도 하고 타인을 괴롭히는 공격적 쾌락에 젖게 되기도 한다. 에리히 프롬은 현대인이 사디즘과 마조히즘을 동시에 가지고 있다고 지적했다. 역사주의는 후진 독일의 경우, 특히 제1차 세계대전에서 받은 깊은 열등감에서 역으로 대리 발산하여 관념화한 과대 망상의 이데올로기일 수도 있다.

역사주의는 심리학적으로 민족적인 '자폐증' 같은 것이 될 우려가 있지 않은가, 역사주의에는 민족적 나르시시즘, 곧 민족의 자기애를 지나칠 정도로 풍기는 면이 없지 않다. 그러나 객관적으로 자신을 다른 민족들 중의 하나로 일반화해서 진실하게 자기를 파악할 수 있을 만큼 성장하면 역사주의는 자연히 소멸되는 것이 아니겠는가? 역사주의는 근대 국가를 형성하는 도상의 민족이 풋사랑처럼 한번 가져보는 나르시시즘의 일면임을 반성해 볼 만하다.

— 신일철(고려대 교수, 철학)

 **풀•어•봅•시•다** ●●●●●●●●●●●●●●●●●●●●●●●●●●●●●●●●●●●●●●

1. 근대화가 세속화라는 말의 의미는 무엇인가?

2. 역사주의는 왜 생겼는가?

3. 독재자들이 흔히 역사주의를 표방하는 이유는 무엇인가?

4. 역사주의와 역사법칙주의의 차이는 무엇인가?

 **해•답**

1. 중세의 종교적 권위(신을 위주로 한) 시대에서 인간의 본성을 추구하게 되었다는 뜻이다.

2. 보편주의적인 이성관에 회의를 느끼고 인종간에는 우열의 차이가 있으며, 민족마다 다른 문화 발전 법칙이 존재한다고 보았기 때문이다.

3. 자기 민족의 특수성을 내세워 거기에 맞는 체제 또는 이념을 만들어 백성을 속박할 수 있기 때문이다.

4. 역사주의는 민족적 개성을 찾기 위해 과거로 되돌아간 복고주의적임에 비하여, 역사법칙주의는 미래의 예언을 추구한다.

2. 밀레니엄에 가져갈 문화

| 읽기 전에 | 한민족은 다른 민족과는 다른 고유한 문화를 가지고 있다. 그러나 근대화가 이루어지면서 우리는 고유의 문화보다는 새로운 신종 문화를 받아들이는 데 급급했다. 그러한 현상은 우리 사회를 발전시키는 데 기여하기도 했지만, 반면에 나쁜 영향을 끼친 측면도 없지 않다. 새로운 세대에 버리고 고쳐야 할 문화는 무엇인지, 이 글을 읽으면서 생각해 보자.

행위과학 분야에 피그말리온(pygmalion) 효과라는 이론이 있다. 어떤 어렴풋한 행위 요인에 대해 행위 주체나 그 주체에 크게 영향을 미치는 부모·교사·상사 등이 그 요인에 긍정적 효과를 발생시킨다고 믿으면 실제로 그 긍정적인 효과가 발생한다는 이론이다.

의문점이 있는 실험이긴 했지만 오래 전에 이스라엘 신병 훈련소에서 피그말리온 효과를 나타내는 실험을 했다. 신병을 두 개의 부대로 나누어 한 부대에서는 잘못에 대해 야단과 기합으로 훈련을 했고, 다른 부대에서는 반대로 잘한 것에 대해 칭찬과 격려로 훈련을 한 결과 나중 부대의 성적이 월등했다.

우리는 국난을 겪으면서 국민성에 대해 자조적이었지만 88 서울올림픽을 치를 때는 모든 국민이 '우리는 잘할 수 있다.'는 자신감에 신바람이 난 적도 있다.

우리 기성세대에게는 역시 6·25전쟁이 지난 세기의 출발점이다. 6·25전쟁에서 4·19 그리고 5·16에서 국제통화기

금(IMF) 사태를 거쳐 이제 새 세기는 '민주주의'와 '시장경제'가 정착하는 시대다. 초등학교 시절 우리는 은근과 끈기의 민족이라고 배웠다. 그러나 몇 번의 수난을 겪으면서 우리 문화는 과격과 조급함으로 변했다. 빨리빨리가 우리 몸에 배었고 문화 유적마저 수치스러우면 없애버리는 과격함이 우리 역사 바로잡기였다. 세계화는 우리 정체성을 인식하는 데서 시작해야 한다. 그런데 무엇이 우리의 정체성인가.

첫째, 우리의 억척스러움이다. 1960, 1970년대 한강의 기적을 만들고 가난을 딛고 일어서는 데는 우리의 영웅들이 있었다. 해외건설 노무자들은 기술로 거대한 토목구조물을 만든 것이 아니라 은근과 끈기로 실패를 끊임없이 반복해 억척스럽게 이루어 놓았고, 섬유공장에서 전자공장에서 끼니를 거르며 일하던 또순이들은 까다로운 외국인 품질검사원의 불합격 판정에 눈물을 흘리면서도 묵묵히 지루한 작업을 반복했다. 품질이 개선돼 가면서 생소한 CPM이니 TQM이란 말과 함께 재벌이 생기고 과격하던 학생 데모가 노동쟁의로 변했다.

둘째, 우리의 평등의식이다. 건설노무자가 아파트를 사고, 또순이가 텔레비전, 냉장고를 구입하는 동안 우리의 재계 지도자들은 세계를 누볐다. 그러나 국내 노동쟁의 현상은 과격했고 성급했다. 서양식 경제논리로 따지더라도 나라의 부가 심각하게 편중된 것은 아니었다. 배가 고픈 것은 참더라도 배가 아픈 것은 참지 못한다는 우리 정서 탓일까. 나라 밖에서 할 경쟁을 나라 안에서만 하다 보니 능력이 없어 탈락하는 이웃이 생겼다.

셋째, 우리의 이웃 돕기다. IMF에 구제금융을 받겠다는 나라에서 외채 갚겠다고 금 모으기 운동을 하는 우리 발상을 서양 사람들은 이해하지 못한다. 그것도 지폐의 가치를 우려해 저축해 놓은 금괴가 아니라 기념으로 마련한 가락지와 장식물이다. 서양식 자선도 동양식 자비도 우리의 이웃 돕기가 아니다. 지연이 있고 학연이 있고 일가 친척이 있는 우리에게 중요한 것은 이웃이다.

넷째, 우리의 촌스런 자신감이다. 서양 사람들은 '샴페인을 너무 일찍 터뜨렸다.'는 표현을 쓴다. 샴페인은 우리 술이 아니다. 천연 자원도 문화 유산도 가진 게 별로 없는 우리의 촌스러움에는 변명할 여지가 없다.

그렇다고 해서 첨단기술을 하지 말라는 이유가 없다. 정보통신 기술은 이제 코드화할 수 있는 인류의 기술 유산을 모두가 공유할 수 있게 해준다.

기술은 활용해 인류 발전에 기여하는 사람들의 것이다. 서양의 골프도 우리가 잘 칠 수 있고 서양의 야구도 우리가 잘 할 수 있다. 아마존의 베조스처럼, 소프트 뱅크의 손정의처럼 컴퓨터로 세계 기업을 일으킬 자신이 있다.

자신감에는 촌스러움이 문제가 아니다. 그러나 촌스러움이 남에게 피해를 주거나 혐오감을 주어서는 안 된다. 세계는 남과 우리가 같이 살아가는 사회다.

새 세기에 가져갈 우리 문화는 먼지도 털어버리고 때도 닦아버리고 정리하고 잘 포장해 우리의 정체성으로 만들어야 한다. 그래야 우리의 민주주의·시장경제가 정착할 수 있고 우리의 경쟁력도 소생시킬 수 있다.

― 배순훈(한국과학기술원 교수)

 · 어 · 봅 · 시 · 다 ●●●

1. 우리에게 피그말리온 효과가 나타난 예로 든 것은?

2. 필자가 지적한 우리의 정체성이 꼭 나쁘지만은 않다고 생각한다면, 그 점을 지적해 보자.

3. 필자가 주장하는 가장 바람직한 미래의 문화는 무엇인가?

 해 · 답

1. 88서울올림픽.

2. 억척스러움 : 천연자원이 없는 나라이므로 노력으로 극복할 수밖에 없다.

  평등의식 : 자유주의, 민주주의의 발전에 기여할 수 있다.

  이웃 돕기 : 상부상조의 정신은 바람직하다.

3. 민주주의 · 시장경제가 자리잡은 사회.

3. 한민족의 뿌리

| 읽기 전에 | 이 글은 북방에로의 자유로운 왕래에 즈음하여, 우리 민족의 뿌리를 신화와 전설에 입각하여 설명하고 있다. 특히 신라는 '거도 설화'에 바탕을 두어 도래족과 토착민들로 이루어진 민족임을 거론하고 있다. 신화와 전설, 설화의 성격을 먼저 이해하고, 필자가 주장하는 바를 검토해 보자.

요즘 북방 외교의 기류를 타고 중국, 몽골, 러시아에 다녀오는 사람이 많아졌다. 이들 여행자 가운데는 한민족의 뿌리를 찾으려는 학술 회의와 학술 기행도 자주 신문지상에 보도되어 우리의 눈길을 끌고 있다. 우리와 언어적으로 친척 관계에 있는 퉁구스어, 몽골어, 돌궐어를 사용하던 옛 사람들이 살던 중앙아시아로 이어지는 초원 지대는 늘 우리의 관심의 대상이었으며, 그곳에 살던 사람들이 남겨놓은 문화 유산이나 유적들은 우리의 문화와 밀접한 관계가 있다는 것이 지적되어 왔다. 북방으로 열리는 외교적 통로에 따라 그쪽을 향해 문화적 시선이 쏠리는 것은 우리 학계의 자연스런 동향이라고 할 수 있다.

우리 한민족은 북방 기마 민족의 후예들이다. 몽골리안 반점을 들출 것도 없이 88올림픽을 겪으면서 몽골 선수들의 모습에서 우리의 모습과 너무나 닮아 있다는 것을 실감하게 되었다. 우리의 조상들은 말을 몰아 이 땅에 이주해 왔고, 이 땅에 이주해 온 그들은 산악과 구릉으로 이루어진 이 땅의 지형적인

퉁구스어
동부시베리아, 북만주 등지에 분포한 몽고계의 한 종족이 쓰는 언어.

돌궐어
투르크의 한자어 발음. 6세기 중엽에 출현하여 2세기 동안 몽고, 중앙아시아에 살던 종족의 언어.

제약에 따라 유목 생활을 버리고 정착 농경 생활에 들어가게 된다. 먼저 온 무리는 농경을 위하여 정착 생활에 들어가고, 거기에 다시 말을 탄 사람들이 뒤를 이어 밀려오고 있었다.

아버지의 명을 받들어 북부여에 온 해모수는 토착민 유화와 혼인하고, 동부여로 옮겨간 유화는 동부여에서 주몽을 낳고, 주몽은 자기가 기른 말을 타고 졸본으로 옮겨 자리잡게 되고, 다시 주몽의 아들 온조는 한강 유역의 하남 위례성에 도읍하게 되는데, 이것도 북방 기마 민족이 한반도로 남하 진출하는 경위를 보여주는 것이다.

신라가 건국되는 시기의 경주에는 선주족과 후래족이 함께 나라를 세우는 사실이 반영되어 있다.

《삼국사기》 열전에 거도(居道) 설화가 전해지고 있는데, 그 이야기는 이러하다.

거도는 그 씨족과 성씨를 전하지 않으므로 어느 곳 사람인지 알 수 없다. 그는 신라 4대 임금 탈해(脫解) 이사금에게 벼슬하여 칸(于, 족장)이 되었다. 이때 우시산국(于尸山國, 지금의 울산)과 거칠산국(居柒山國, 지금의 동래)이 이웃 지경에 끼어 있어 자못 나라의 근심거리가 되었다. 거도는 변방의 관장이 되어 몰래 이 두 나라를 병합할 뜻을 품고 있었다. 해마다 한 번씩 말무리를 장토(張吐)의 들판에 모아서 병사들로 하여금 그 말을 타고 달리게 하여 놀이로 삼게 하니, 이때 사람들은 마숙(馬叔)이라 일컬었다. 두 나라 사람들은 이를 익히 보고는 신라에서 늘 하는 일이라 하여 괴이히 여기지 않아 이에 병마를 일으켜 두 나라를 멸망시켰다.

거도는 기마병을 이용하여 이웃의 두 나라를 멸망시켰던 것이다. 거도가 이끄는 무리들은 중원의 북방에 살던 흉노가 광활한 초원을 말을 타고 달리던 것처럼, 장토의 들판을 말을 타고 달리는 놀이를 하고 있었다. 장토지야(張吐之野)에서 기마이주하던 이들의 모습은 바로 북방으로부터 한반도로 이동해 온 기마 민족의 모습이며, 이들 기병단을 지휘하던 거도는 이 기마 민족의 족장임을 보여주는 것이다.

거도는 기마병단을 가지고 건국 시기의 신라에 이바지하고 있다. 그러나 거도를 부리고 있던 탈해왕은 선진 문화를 가지고 배를 타고 바다를 건너온 도래족(渡來族)이었던 것이다. 경주 지역에는 이들 기마족과 도래족을 맞이한 선주족이 있었다. 먼저 와서 정착 생활에 들어간 선주족은 김알지를 배출하고 있는 것이다.

아직도 풀리지 않고 있는 고대 문화의 허다한 과제는 이들 선주족과 후래족의 성격을 밝힘으로써 그 실마리가 풀려나갈 것이다.

— 윤철중(상명대 교수, 국문학)

풀·어·봅·시·다

1. 언어적으로 친척 관계에 있는 것은 문화와 어떤 연관성이 있는가?

2. 신라의 선주족과 후래인은 누구라고 필자는 주장하는가?

3. 위 글에 나타난 사실로 우리 민족의 뿌리가 완전히 밝혀지고 있는가?

해·답

1. 언어적으로 같은 어계에 속해 있다면, 같은 조상을 가진 민족이었을 가능성이

크다. 그러므로 문화적으로도 유사한 양상을 보이는 것이다.
2. 먼저 와서 정착하고 있던 원주민이 있었으며, 뒤에 기마 민족이 선진 문화를 가
   지고 배를 타고 건너왔다.
3. 거도 전설에 의한 하나의 가설일 뿐이며, 더 많은 기록과 인류학적 · 고고학적
   연구가 이루어져야 한다.

 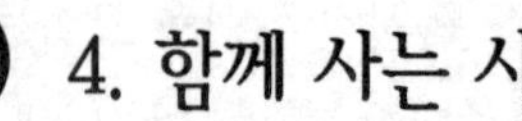 # 4. 함께 사는 사회를 위하여

| 읽기 전에 | 인간의 특성 중 하나는 공동 사회를 이루고 그 속에서 함께 사는 것이다. 공동 사회는 나름대로의 질서가 있고, 규범이 있다. 따라서 협동하는 분위기가 조성되어야 원만한 삶을 영위할 수 있다. 필자는 이 글에서 사람이 사회에서 더불어 살아갈 수 있는 지혜를 가르쳐주고 있다.

사람은 혼자 살지 못한다. 태어나면서부터 다른 사람의 보호를 받아야 살 수 있고 서로의 일을 나누어 가지면서 협력해서 사는 것이다. 그렇다고 해서 사람들의 생활이 항상 평화로운 것은 아니다. 다투기도 하고 경쟁도 하고 정쟁도 한다. 그러나 결국은 보다 나은 질서를 찾고 새로운 평화를 찾는다.

옛날처럼 농사만 짓고 살았던 농경 사회에서는 질서가 잡히고 평화가 오래 지속되었다. 그러나 산업 사회에 들어와서는 경쟁이 심해지고 이해 관계가 복잡하게 얽혀서 사람들의 마음을 하나로 합하기가 어려워졌다. 그 주된 이유 중 하나는 사람들이 하는 일이 모두 다르기 때문이다. 현대 사회에는 전문직도 있고 사무직도 있고 노동자도 있다. 앞으로 사회가 아무리 바뀌더라도 모두가 똑같은 일을 하는 사회는 되지 않을 것이다. 사회는 점점 전문화되고 일의 능률을 위해서 일이 세분화되고 다원화될 것이기 때문이다.

우리는 그저 사회라고 하지만 하나의 사회 속에는 많은 집단이 있고 사람들은 이러한 집단 속에 참여하고 있다. 가족·학교·기업·정당·국가 조직 등 수많은 집단이 하나의 사회 속에 통합되어 있다. 사회가 질서를 가지려면 그 속에 있는 집단이 질서를 가지고 있어야 한다. 집단의 질서가 깨지면 사회가 혼란스럽고 시끄러워진다. 그러면 전체 사회의 질서가 무너지고 만다. 따라서 집단의 질서가 바로잡혀 있으면 전체 사회의 질서도 곧바로 잡힐 수 있는 것이다.

집단의 질서를 잡기 위해서는 첫째로 성원들의 목표가 같아야 한다. 그것은 집단만이 아니라 사회도 마찬가지이다. 사회는 어떤 공동 목표를 가지고 있다. 그 목표는 뚜렷할 수도 있고 때로는 막연할 수도 있다. 그러나 집단 성원들이 모두가 다른 생각을 가지고 있으면 공동 목표는 깨지고 만다.

가령 기업체에서 기업주나 경영자가 생각하고 있는 것과 근로자가 생각하고 있는 것이 다르면 대립이 일어나고 갈등이 생긴다. 한쪽이 이윤만 올리려고 하고 다른 쪽이 임금만 많이 받기를 원한다면 노사 분쟁이 일어나기 마련이다. 그러나 기업주가 조직 성원 모두 함께 잘살아 보자고 진정으로 생각하고 있고 근로자도 회사가 잘 되고 그럼으로써 서로가 잘 될 수 있다고 생각하고 있으면 공동 목표가 뚜렷해지고 서로 협력하는 분위기를 만들어 낼 수가 있다.

그렇지만 서로 어긋나는 생각을 가지고 있으면 일은 뒤틀린다. 기업주가 근로자를 이용해서 돈이나 벌어보자고 생각하고 있고, 근로자도 회사는 어떻게 되었건 내 몫만 챙겨야겠다고 생각하고 있으면 서로가 손해를 본다. 개인들이 나만 잘살아 보자고 생각하고 있으면 일이 되지 않는다. 함께 잘살자는 생각을 가지고 있어야 한다.

우리나라 사람들은 함께 잘살아 보자는 생각이 적은 것 같다. 모두가 민주화, 민주화하면서도 민주화가 잘 안 되는 것은 민주화를 통해서 모두 함께 잘살아 보자는 생각이 없기 때문인 것이다. 나만 잘살아 보자고 생각하고 있는 사람이 많다.

둘째로, 일의 분담이 잘 되어 있어야 한다. 가정에서도 부모와 자녀들 사이에 일의 분담이 잘 되면 평화로운 가정이 될 수 있다. 기업도 일의 분담이 합리적으로 되어 있고 사람들이 자기가 맡은 일을 통해서 보람을 느끼고 있으면 능률도 오르고 생활에 활기가 넘친다. 그러나 하기 싫은 일을 억지로 하고 있다든지 남들과 비교해서 부당한 대우를 받고 있다고 생각하면 불평이 나오고 분위기가 명랑해지지 않는다. 자기가 맡고 있는 일에 긍지를 느낀다는 것은 중요한 일이다.

흔히 우리나라 사람들은 직업 의식이 박약하다고 한다. 한마디로 직업에 대한 만족도가 적기 때문이다. 취직하기도 어려운 우리 처지에서 자기 적성에 맞는 직업을 찾기가 어려운 것은 사실이지만 그렇다고 적합하지 않은 사람에게 원하지 않는 일을 맡긴다는 것은 문제이다. 그리고 일단 일을 맡았으면 책임 있게 일을 수행하는 책임 의식이 있어야 한다는 점도 중요하다. 일의 분담 구소가 합리적이라는 것은 일과 사람이 모순 없이 결합되어야지 틈이 벌어지거나 어긋나면 안 된다는 것을 말하는 것이다.

중요한 일을 맡고 있는 사람에게는 그렇지 않은 사람보다 보수가 많이 지급되는 것은 당연하다. 그러나 그가 맡고 있는 일에 비해서 받는 보수가 아주 적거나 또는 너무 과다한 일이 주어지면 불평등 의식이 생기고 불만 의식을 조장한다. 함께 잘 산다는 것은 각자가 하고 있는 일에 대해 응분의 보수가 주어지고 있다고 생각할 때 가능하다. 이것은 가정에서도 또한 사회에서도 마찬가지이다. 흔히 정직한 사람이 잘살아야 한다지만 사회는 결코 그렇지 않기 때문에 사회 문제가 일어나듯이 직장에서도 공정성이 결여되면 심각한 내부 갈등을 겪게 되는 것이다.

셋째로, 규범 체계가 바로잡혀 있어야 한다. 많은 사람들이 하나의 집단에서 살게 되면 서로가 기대하는 규칙을 지켜야 한다. 사회에는 가지각색의 규칙이 있다. 공식적인 것도 있고 비공식적인 것도 있다. 사람들은 서로 따르고 있는 관례를 상대방이 깨뜨리면 기분이 상하게 된다. 규범 체계가 있기 때문이다. 규범 체계란 집단 성원간의 약속이고 따라야 하는 행동의 기준이다. 규범 질서가 문란하다는 것은 모두가 제멋대로 행동한다는 것을 의미하는 것일 뿐 사회적 통합성이 없다는 것을 뜻한다.

사람들은 규범을 내 것으로 알아야 한다. 내 물건을 다른 사람이 지키지 않으면 기분이 나빠진다. 이것은 집단 규범을 나의 일부라고 생각하고 있기 때문이다. 그러나 남이야 지키든 말든 나는 모르겠다고 생각하면 규범은 있으나마나이고 집단 질서를 유지하는 틀이 깨지고 만다. 규범은 구속성을 가지고 있다. 사람들은 자기를 구속하는 틀을 인정하고 있어야 한다.

집단 성원은 누구든 규범을 지키고 있어야 한다. 상층부는 지키지 않고 하위층의 사람에게만 강요한다면 규범 체계의 정당성은 깨지고 만다. 모두 함께 잘살기 위해서는 모두 함께 공

동의 규범을 지킬 줄 알아야 한다. 규범 체계가 잘 지켜지면
공동의 목표 체계도 확립될 수가 있고 또한 일의 분담도 순조
로울 수가 있다. 모두 함께 잘살기 위해서는 같은 목표 같은
규범을 내 것으로 생각하고 있어야 하는 것이다.

— 고영복(서울대 교수, 사회학)

풀·어·봄·시·다

1. 사람의 마음을 하나로 합하기가 어려워진 이유는 무엇인가?
2. 사회의 공동 목표는 무엇인가?
3. 일의 분담을 잘 하는 방법은 무엇인가?
4. 규범 체계를 잘 유지하는 방법은 무엇인가?

해·답

1. 산업 사회에서 경쟁이 치열해지고, 이해 관계가 복잡하게 얽혀 있기 때문이다.
2. 더불어 잘살아 보자는 것이다.
3. 합리적으로 일을 맡기고 모순이 없어야 하며, 능력에 맞는 분담을 하고, 성과에
   맞게 이익이 배분되어야 한다.
4. 규칙과 질서를 지켜야 한다.

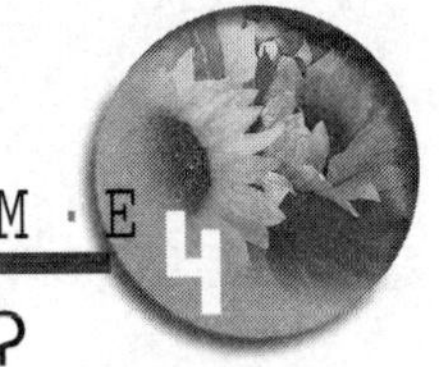

어떻게 답안을 작성할 것인가?

논술 시험에는 출제 기관마다 평가 기준이 있다. 그것이 일치하는 것은 아니나 대개는 다음과 같은 기준에서 평가한다.

(1) 형식면으로 보는 평가 기준

1) 문장의 적정성

이 항목은 문장의 형식이 제대로 갖추어져 있는가, 문장의 요소들은 적절히 배열되어 있는가, 문장의 호응 관계는 잘 지켜지고 있는가, 연결어미·종결어미·조사와 같은 것은 잘 사용되어 있는가 등을 보는 것이다. 이와 같은 요소가 제대로 지켜지지 않으면, 이른바 비문(非文), 즉 비문법적인 문장이거나 잘 이해할 수 없는 이상한 문장이 되어 버린다.

2) 국어 규범의 준수

국어 규범은 '한글 맞춤법'이나 '표준어 규정'을 말한다. 즉, 논술의 문장에는 특별한 경우가 아니면 지역 방언이나 은어·비어·유행어 같은 말은 사용하지 말아야 한다. 띄어쓰기

깜짝상식

▮ 18마크

청소년들에게 유해한 내용을 담은 TV 영화의 주시청 시간대 방송을 금지할 뿐만 아니라, 청소년 유해물 판정 영화에 청소년 시청 불가 사실을 표시하는 마크를 말한다.

나 문장 부호도 유효 적절하게 써야 한다. 또한 원고지에 쓸 경우는 원고지 사용법, 교정 부호 등도 잘 지켜야 한다.

3) 어휘의 적절성

어휘는 논술의 주제에 맞게 쓰여져야 한다. 너무 어려운 단어를 선택하거나 너무 진부한 단어를 선택하는 것도 좋은 방법이 아니다. 특히 그 문장에는 어울리지 않는 어휘를 쓰거나, 자신도 그 의미를 잘 모르면서 쓴다면, 전체적인 문장의 의미가 전달될 수 없다.

그러므로 어휘는 쉬우면서도 이해하기 편하며, 그 자리에 꼭 있어야 할 것을 찾아 써야 한다. 어려운 한자어나 외래어를 많이 사용하면 점수가 잘 나올 것이라는 기대는 하지 않는 것이 좋다. 쉬운 말이라도 자신의 생각을 가장 잘 표현할 수 있는 어휘가 가장 적절하다.

4) 분량의 적당성

대개 논술 시험은 분량이 주어진다. 즉 '1,200자 이내'라든가, '1,000자 내외'라는 조건을 말하는데, '1,200자'라고 하는 것은 200자 원고지 6매 정도로, 여기에는 띄어쓰기에 들어가는 빈칸까지 포함된다. 논술에서는 분량을 정확히 맞추는 것이 중요하지만 대개 10퍼센트 정도 분량 초과나 미달은 인정해 준다. 그러나 그보다 많으면 감점을 하는 경우도 많다.

주어진 분량만큼 쓴다는 것은 글쓰기 연습을 많이 해 보았느냐, 아니냐에 달려 있고, 또 출제관이 그 정도의 분량에서 자신의 견해를 말하기를 바라고 있으니, 그 정도로 맞추는 게 높은 점수를 받는 비결이다.

(2) 내용면으로 보는 평가 기준

1) 주제의 정확성

논술 시험은 주제가 이미 주어지는 것이기 때문에 그 주제에 맞게 글을 썼는가가 평가의 중요한 기준이 된다. 그 다음으로 주제를 얼마나 정확히 기술하고 있으며, 간단 명료하게 나타내고 있는가를 본다. 그러므로 모든 소주제와 보조 개념들은 주제에 맞추어 쓰여져야 하며, 그 주제 안에서 통일되어야 한다. 주제가 갑자기 바뀐다든지, 앞뒤가 맞지 않는다든지, 화제가 엉뚱한 곳으로 흘러가면 감점 대상이 된다.

2) 구성의 논리성

논술의 구성은 보통 서론·본론·결론으로 이루어지는 삼단 논법으로 구성된다. 이것은 명제를 논증해 가는 과정인데, 논증의 방법으로는 연역적 방법과 귀납적 방법이 있는데 어느 방법이든 상관은 없으나, 자체적으로 모순이 있어서는 안 된다. 즉, 자신이 주장하는 명제에 맞는 적절한 논거를 제시하여 결론에 이르러야 한다는 것이다. 결론이 아무리 적절하다 할지라도 논증의 과정이 명확하지 않거나, 논리가 왔다갔다하거나, 불필요한 논거를 제시하면 감점 대상이 된다.

3) 내용의 독창성

글은 어디까지나 창작이다. 남의 글을 모방하거나 표절한다면 자신의 글이 될 수 없다. 논술도 일종의 창작이다. 그러므로 자신의 생각을 창의적으로 기술하지 않으면 안 된다. 남이 이미 주장해 놓은 것을 그대로 답습한다면 그 논술은 쓸모 없는 글이다. 물론 남의 주장을 펴올 수는 있으나, 그것은 인용이나 비판의 대상으로서만 가져와야 한다.

독창성이란 자신의 생각을 잘 정리하고 창의적으로 표현하는 능력을 말한다. 주제를 확실히 파악하여 그에 걸맞게 문제 해결 방안을 제시하는 능력도 포함되는 것임은 두말할 나위가 없다.

1. 다음 기사를 참조하여 우리 사회의 '남아 선호 사상'에 대한 비판론을 써라(1,200자 내외).

> 　2010년에는 결혼을 하지 못한 남자들로 인한 동성애와 성병, AIDS 등이 급증, 심각한 사회 문제가 될 것이라는 지적이 나왔다.
>
> 　한국보건사회연구원 문현상(文顯相), 장영식(張英植), 김유정(金柔敬) 연구 위원은 19일 '출산율 예측과 인구 구조 안정을 위한 적정 출산 수준'이란 보고서를 통해 이같이 밝혔다.
>
> 　이들은 보고서에서 1990년 결혼 적령 여성(24~27세)을 1백으로 할 때 결혼 적령 남성(27~30세)이 110.2로 남녀 성비(性比)의 균형이 심하게 무너졌으며, 오는 2010년에는 결혼 적령 남성이 128.0에 달해 더 심화될 것으로 예측했다.
>
> — 김창기(기자)

깜짝상식

▌ E메일 폭탄

컴퓨터 해킹 수법 중의 하나로서, 기가(10억) 바이트급 용량의 정보를 특정업체의 컴퓨터에 계속 보내 시스템을 다운시켜 버리는 것이다. 컴퓨터가 도저히 수용할 수 없을 정도로 많은 우편물이 매일 PC 통신으로 날아오는 것이 그 대표적인 예이다.

2. 방송은 그 공공성과 전파성으로 봐서 정부에서 규제를 해야 한다는 의견과 언론의 자유를 보장해야 하기 때문에 자율에 맡겨야 한다는 의견이 있을 수 있다. 이에 대하여 다음의 글을 완성하여 본인의 견해를 밝혀 보자(1,000자 내외).

▌ 하도급(下都給)
경제적·기술적으로 열등한 지위에 있는 중소기업이 특정 대기업에 종속되어 그 지배 통제하에 주문을 받아 생산하는 것으로, 하청(下請)이라고도 한다. 하도급을 이용하는 이유는 대기업의 입장에서는 중소기업의 저렴한 생산비를 활용할 수 있는데다 자본 설비의 고정화를 피할 수 있기 때문이다.

> 규제와 자율은 대립 개념이다. 규제를 강화하면서 자율의 폭을 넓힐 수는 없다. 최근 방송법 개정을 둘러싼 정부와 방송 노조간의 대립되는 주장을 들으면 규제와 자율의 개념이 엇갈리고 혼동돼 있어 무엇이 규제고 무엇이 자율인지 혼란스럽기 짝이 없다.

3. 우리나라는 교통 사고 발생률이 가장 높은 나라로 인식되어 있다. 늘어나는 자동차에 비하여 교통 질서 의식은 향상되지 않고 있는데, 이에 대한 해결 방안을 제시해 보라(1,200자 내외).

4. 다음 기사를 읽고, 인구 도시 집중화의 해결책에 대하여 논술하시오(1,200자 내외).

> 지난 한 해 동안에도 인구 이동이 적어지는 추세가 지속돼 우리나라 사람들은 인구 1백 명 중 19.5명이 읍·면·동의 경계를 넘어 사는 곳을 옮겼다.
>
> 그러나 이러한 이동률은 일본의 5.3명, 대만의 7.4명(1993년 기준)에 비하면 3, 4배가 높아, 우리나라 사람들이 여전히 인구 이동의 '소용돌이' 속에 있는 것으로 나타났다.
>
> 또 서울은 다른 시·도로의 전출자가 전입자보다 많았지만 대부분 분당, 일산 등 신도시로 이사했으며, 서울, 인천, 경기 등 수도권 전체 인구는 갈수록 늘어 서울의 광역화 현

상이 뚜렷해지고 있다.

통계청이 한 해 동안 주민등록 전입 신고를 토대로 작성한 1994년 인구 이동 집계 결과에 따르면 1994년 중 다른 읍·면·동으로 거주지를 바꾼 사람은 전체 인구의 19.5퍼센트인 879만 2천 명으로, 1993년보다 1만 5천 명이 줄었다.

시·도별 인구 이동률은 10명 중 3명 이상이 이사를 가거나 온 경기도(32%)가 가장 높았으며, 다음으로는 대전(31.6%), 광주(30.9%), 인천(30.1%) 등의 순이었다.

또 다른 시·도로부터의 전입자가 전출자보다 많기로는 역시 경기도가 최고로 전입 초과자가 32만 2천 명에 달했으며, 다음으로는 인천(3만 7천 명), 대전(3만 명), 경남(2만 명) 등의 순이었다. 반면 서울은 다시 시·도로의 전출자가 더 많아 전출 초과자가 23만 6천 명에 달했고, 부산(5만 7천 명), 전남(4만 6천 명), 전북(2만 3천 명), 충남(2만 명) 등도 역시 인구가 줄었다.

서울에서 다른 시·도로 옮겨간 81만 명 중 54만 2천 명은 인근 경기도로 전출해, 경기도 총전입자의 67.9퍼센트를 차지했다. 특히 수도권 5개 신도시의 전입자 42만 8천 명 중 76.4퍼센트인 32만 7천 명이 서울로부터의 전입자여서 신도시 개발이 '탈서울' 현상의 주요 원인인 것으로 분석됐다.

1. 남아 선호 사상은 우리 민족의 뿌리 깊은 남존 여비 사상에
기인하는 바가 크다. 게다가 산아 제한으로 아기를 하나나
둘을 낳을 경우 가능하면 남아를 가지려고 하는 사회적 풍
조도 문제가 된다. 여아를 낳으면 남아가 태어날 때까지 또
낳지만, 남아가 태어나면 그만 낳으니 여아가 모자랄 수밖
에 없다. 이로 인하여 생기는 문제는 결혼 문제 등 사회적
혼란으로 이어질 소지가 있다. 이런 문제에 대하여 상론하
면 된다.

2. 어느 정도 방송의 자율을 허용하고, 어느 선까지 규제해야
하는지에 대한 논란은 끊이지 않고 있다. 아래의 글은 제시
문의 뒷부분이다. 이러한 내용에 유의하여 자신의 의견을
써 보자.

> 다른 매체와는 달리 방송이란 국가의 적절한 규제 속에
> 서 편성의 자율성을 살리는 게 정도(正道)다. 그러나 정부
> 의 통합 방송 법안을 보면 자율의 폭을 넓힌다면서 부분적
> 으로는 규제를 강화하고 있다. 방송의 자율권을 주장하는
> PD연합회의 주장은 방송의 신규 가입 규제는 더욱 강화하
> 라면서 방송자유위원회를 만들어 방송의 자율성을 높이자
> 고 한다. 모두 서로의 기득권만 주장하고 있다.
>
> 우리가 보기엔 적절한 규제 속에 방송의 자율성을 높이
> 자는 정부안은 우리의 방송 풍토에서는 불가피한 선택이라

고 본다. 문제는 규제의 적정 수준이다. 참고삼아 방송 사업 참여 제한 조항을 보자. 지상파 방송은 현행대로 신규 참여를 제한하고, 대기업의 위성 방송 참여와 종합 유선 방송국의 복수 소유는 허용하고 있다. 그러면서 위성 방송의 보도 부문은 철저히 제한한다. 얼핏 보면 상당한 규제 완화로 보일지 모르지만 자세히 보면 정부 편의주의에 불과하다.

위성 방송 1개 채널을 운영하는 데 연간 3백억~4백억 원이 드니 울며 겨자 먹기로 대기업과 언론사 참여를 유도하면서, 보도 방송이 늘어나면 통제가 불가능하기 때문에 보도 방송은 금지하려는 것으로 이해할 수밖에 없다. 급하면 풀고 아쉬우면 묶는가. 막대한 투자를 했다면 보도 방송이든 음악 방송이든 편성에 대해서는 기본적으로 자율권을 보장하는 게 방송의 제한적 자율권이다.

방송 내용에 문제가 있다면 사후 심의를 통해 규제하는 것이지 무슨 방송은 해야 되고, 해서는 안 된다는 규제까지 해서야 어느 기업이 흔쾌히 방송 사업에 참여할 수 있겠는가.

바야흐로 멀티미디어 시대다. 참여와 경쟁을 통해 방송 미디어를 활성화하는 게 세계화 전략이다. 참여도 제한하고 편성도 제한해서는 선의의 경쟁이 될 수 없다. 기왕 규제를 완화해 방송 편성의 자율성을 높이려면 제한된 참여지만 편성의 자율권을 신장하는 방향으로 통합 방송법이 제정되어야 할 것이다.

3. 교통 사고를 줄이기 위해서는 도로 정비와 확충, 교통 법규
   의 준수, 사회적 양식, 시민 정신의 제고 등이 필요하다. 이
   를 토대로 작성해 보자.

4. 도시 집중화의 원인으로 다음 세 가지를 들 수 있다. 첫째,
   도시에 교육 기관이 밀집돼 있고 편의 시설 등이 우수하다.
   둘째, 경제의 중심지이기 때문에 생활하는 데 편리하다. 셋
   째, 문화 시설이 집중돼 있어 지적 문화 향유 욕구를 충족
   시켜 준다.
   　이에 대한 해결책으로는 첫째, 시골의 교육 시설을 개선
   하고 교육의 평준화를 꾀한다. 둘째, 시골의 소득 증대를
   통하여 부의 편중 현상을 해소한다. 셋째, 시골에 편의 시
   설과 문화 시설을 늘려 생활권 안에서 문화 생활을 누릴 수
   있도록 한다.

1. 삶의 질 

| 읽기 전에 |　경제적 풍요로움이나 직위, 권력에 관계없이 각자가 느끼는 행복의 수위에는 차이가 있다. 이것을 필자는 '삶의 질'로 표현하고 있다. 이러한 '삶의 질'은 자신이 만들기보다는 사회나 환경이 지배하는 경우가 더 많다고 볼 때, 우리 스스로의 '삶의 질'을 높이기 위해서는 어떠한 자세를 가져야 할지에 대하여 생각하며 이 글을 읽어 보자.

　　요즈음 주위를 둘러보면 많은 사람들이 지쳐 있음을 느끼게 된다. 정치나 경제 상황에 대해서 비판은 무성하나 뾰족한 대안이 없어 보인다. 더러는 이제 생각조차 하기 싫고 뉴스도 듣기 싫다는 체념 상태에 이르고 있음을 본다. 그러나 정치와 경제의 매듭이 갈수록 얽히는 이러한 상황일수록 마라톤 주자와 같은 지구력과 미래를 내다보는 장기적인 안목으로 어려움을 극복해야 한다.

　정치·경제 상황에 대한 실망에서 비롯된 이런 체념들은 국민의 의식에도 악영향을 미쳐 일할 의욕을 잃어버리게 하고 있다. 이 해괴한 국가적 체념 상태를 극복해야 한다. 이를 위해서는 먼저 국가적 비전 제시가 필요하다. 국가 비전은 반드시 거창한 주제들만으로 이루어져야 한다고 생각하지 않는다. 국민 모두가 피부로 느낄 수 있는 생활과 직결된 작은 주제들도 필요하다. 그 한 가지가 바로 '삶의 질(quality of life)'의 향상이다.

　정치판이 난장판으로 변해가고, 주식시장의 주가는 날로 곤두박질치는 요즈음 같은 시기에 무슨 한가한 소리냐고 비난할 수도 있다. 그러나 정치인들의 끝모를 정권욕에 점점 지쳐가는 국민들에게는 누가 대통령이 되느냐보다 중요할 수도 있는 것이 바로 삶의 질을 높이는 문제이다.

　너도나도 해외여행을 다녀오고, 상점에는 세계적인 유명 제품들이 가득해졌다고 해서 우리의 삶의 질이 높아졌다고 생각한다면 이만저만한 오해가 아니다. 삶의 질은 하루하루의 평범한 생활 속에서 모든 사람이 편안하고 행복한 마음을 좀더 자주 느낄 수 있을 때 높아지는 것이다. 이때 필수적인 것은 깨끗한 환경과 편안한 휴식 공간의 마련이다.

　우리의 상황을 보자. 지난 여름 유난히 자주 오존주의보를 내던 서울의 공기와 뿌연 하늘은 우리의 심신을 조금씩 갉아먹고 있다. 모처럼 휴일이라 가족 나들이라도 갈라치면 끔찍한 교통 상황에 녹초가 되기 일쑤다. 아이들이 마음 놓고 뛰어놀 놀이터 공간은 점점 주차장으로 변해가고 생활에 지친 현대인들이 마음을 달래며 편안히 산책할 공원은 찾아보기 어렵다. 서울을 비롯한 대부분의 도시들은 스스로가 만들어낸 쓰레기 더미에 깔려 어찌할 바를 모르고 있다.

　이렇듯 척박한 환경 속에서 사람들이 고운 심성을 유지하리라 기대하는 것은 무리한 일이다. 남에게 친절함을 베풀 여유를 가지기 어려울 수밖에 없다. 선진국을 여행해 본 사람들은 누구나 하는 소리가 있다. "그 나라는 참 깨끗하고 사람들이 참 친절한데, 우리는 이래서야." 문화 사대주의라고 일축해 버릴 수만은 없는, 삶의 질의 차이를 단적으로 표현하는 말이 아닌가 한다.

앞에서 언급한 생활 환경 이외에 삶의 질을 높이는 데 빠질 수 없는 또 하나의 과제는 문화 수준의 향상이다. 독자적인 문화를 가지지 못하고 다른 문화를 베끼는 데만 연연해한다면 잘해야 아류의 위치를 전전할 뿐이다. 단적으로 최근 한국 영화의 몰락이 말해주듯 우리의 정신이 들어 있지 않은 문화는 스스로에게도 남에게도 인정받을 수 없다. 우리만의 뛰어난 문화를 창조하고 이를 다 함께 향유할 때 비로소 삶의 질을 이야기할 수 있을 것이다.

지금까지 많은 이들이 삶의 질의 문제를 지적했다. 이제는 그 구체적인 해결의 실마리를 풀어야 될 때이다. 이웃 나라 이야기를 해서 안됐지만, 일본인이 쓴 《한국이 죽어도 일본을 따라잡을 수 없는 18가지 이유》라는 책에서 '한국인들은 자신들의 문제를 잘 알면서도 시정 노력을 하지 않는 점을 꼬집었다.'는 글을 본 적이 있다. 자존심 상하는 비아냥거림이기는 하나 그냥 흘려듣고만 있을 수는 없다.

사실 일본의 삶의 질이 우리를 앞지르게 된 것은 수천 년의 역사 중에서 최근 100년 남짓한 기간의 일이다. 백제의 문화 전수, 조선의 통신사 파견 등의 역사를 생각하면 어쩌다 열등한 삶의 질과 참략적 문화 역류 속에 놓이는 지경이 되었는지 곰곰이 되짚어 보아야 한다.

공사다망하고 이 생각 저 생각으로 머리가 어지러운 우리의 대선주자들이지만 삶의 질에 관한 고민은 다 같이 하고 있을 것으로 믿는다. 이번 대선주자들이 그 고민을 해결하기 위한 첫발을 내디뎌야 한다. 그들이 제시하는 국가 비전 속에 질적으로 변화된 우리 삶의 모습이 담겨 있기를 바란다.

— 채서일(고려대 교수, 경영학)

 **풀•어•봅•시•다** ⋯⋯⋯⋯⋯⋯⋯⋯⋯⋯⋯⋯⋯⋯⋯⋯⋯⋯⋯⋯⋯⋯⋯⋯⋯⋯

1. 필자는 우리나라 국민들이 침체된 이유를 무엇이라고 생각하는가?

2. '삶의 질'의 진정한 모습은 무엇인가?

3. 어떤 방법으로 '삶의 질'을 높일 수 있는가?

 **해•답**

1. 정치적·경제적인 상황에 대한 실망에서 비롯되었다.

2. 깨끗한 환경, 편안한 휴식 공간, 높은 문화 수준에서 사는 것.

3. '삶의 질'을 높이기 위해서는 지도자나 국민 모두가 힘을 합쳐야 한다.

2. 학교 폭력, 유기적 접근을 

| 읽기 전에 | 폭력은 어느 사회에서나 존재하지만, 밝고 순수하게 자라나야 할 청소년들이 폭력을 일삼는 것은 심각한 일이 아닐 수 없다. 왜냐하면 그들이 성인이 됐을 때 그 위험성은 더욱 커질 수 있으며, 피해자가 겪을 장애나 후유증도 문제가 되기 때문이다. 이 글을 읽음으로써 청소년 폭력의 심각성을 다시 한번 생각해 보는 계기가 되도록 한다.

위험 수위를 넘은 학교 폭력이 심각한 사회문제가 되고 있다. 최근 언론보도를 통해 접하는 학교 폭력의 실상은 소름이 돋을 정도다. 몇 푼 안 되는 생활보조금의 일부를 정기적으로 갈취당하던 생활보호대상 학생이 자퇴하는가 하면, 특별한 이유 없이 선배들로부터 집단 구타당한 여중생이 스스로 목숨을 끊었다. 말을 듣지 않는다며 고교생들이 급우를 저수지에 빠뜨려 숨지게 하는, 상상조차 할 수 없는 일까지 벌어졌다.

최근 3개월 동안 학교 폭력에 의해 자살하거나 피살된 학생이 보도된 것만 7건이며, 공개되지 않은 것까지 합하면 20건에 가깝다. 학교 폭력이 더 이상 단순 폭행이나 금품 갈취 수준에 머무르지 않고 '살인'의 수위에 이르렀다는 것을 최근의 사례가 말해주고 있다. 우발적인 상태를 넘어 조직화·흉포화되고 있는 것이다. 전국 중·고교에는 일본 만화에서 이름을 따고 조직 운영이 성인 조직에 버금가는 '일진회'라는 폭력 서클이 유행병처럼 번지고 있다고 한다.

사태가 이 지경에 이르자 정부는 관계 장관 대책회의까지 갖는 등 대책 마련에 부산하다. 경찰은 그동안 성인 폭력 조직에만 적용하던 범죄 단체 조직 혐의를 학생 폭력 서클에도 적용하는 등 강력한 단속 활동을 펴고 있다.

하지만 학교 폭력은 이 같은 대응만으로 해결할 수 있는 문제가 아니다. 학부모의 92퍼센트, 교사의 82퍼센트가 학교 폭력의 심각성을 우려하고 있다는 최근 현장교육개혁연구위원회의 조사 결과는 학교 폭력이 얼마나 일반화돼 있는가를 잘 말해주고 있다. 철저한 원인 분석과 다각적인 대책 없이는 아무리 학교 폭력을 해결한다고 해도 미봉책이 되고 말 것이다. 학교 폭력이 오늘과 같은 상황에 이른 것도 그동안 우리 사회가 간헐적인 위험신호에 둔감해 대책 마련을 소홀히 해 온 때문이다.

이제는 실효성 있는 대책을 마련해야 할 때다. 이를 위해서는 학교 폭력의 원인은 무엇이며, 그 실태는 어떤지를 제대로 알아야 한다. 학교 폭력은 지금 일종의 또래집단 문화처럼 일상화되고 있다는 데 심각성이 있다. 이는 우리 아이들의 조숙화(早熟化)와 주변 환경에 의해 심리적 공격성이 커지고 있기 때문이다. 단순히 입시 위주의 교육이 빚어내는 병폐라고 잘라 말할 수 없는 실정이다. 말하자면 학교 폭력은 단순한 교육 현장의 문제가 아니라 사회 공동의 과제가 되고 있는 것이다.

따라서 학교 폭력에 대한 대책은 종합적이면서도 지속적이어야 효력을 발휘할 수 있다. 또 그 방안은 인식의 전환, 환경의 개선, 단속 등 제도적 장치의 완비로 압축할 수 있다.

우선 교직자의 문제 인식과 각성이 선행돼야 한다. 학생 폭력의 3건 중 2건은 운동장·화장실·교실 등 교내에서 발생하는 것으로 나타나고 있다. 그런데도 정작 폭력 사태가 발생하면 학교 측은 이를 숨기거나 축소한 채 음성적인 해결책을 찾으려고 한다. 그래서 번번이 핵심을 비켜가고 만다. 가정이나 사회 탓으로 돌리기 전에 교사들부터 학교 폭력은 내 문제라는 인식이 있어야 할 것이다.

다음은 사회적인 환경을 검토하는 일이다. 가장 우려되는 것이 매스컴의 프로그램에 선정적이고 폭력적인 것들이 많다는 점이다. 이는 폭력의 위험성과 죄의식을 둔감하게 하는 중요한 환경이 되고 있다. 학교 폭력에 대한 보도 또한 심층적인 자세가 아쉽다.

우리는 단순히 충격성 전달에 머무르고 말지만, 일본의 경우는 학생의 자살사건이 발생하면 가족·교사·친구·가해학생·시민·심리학자·교육전문가 등을 동원해 심층 진단하고 대책을 세우는 노력을 하고 있다.

마지막으로 사법당국의 단속을 포함해 정부가 결정한 정책을 보다 지속적이고 일관성 있게 추진하는 노력을 기울여야 한다. 그동안의 청소년 대책은 발표 때만 그럴듯하고 정권이나 주무장관이 바뀌면 유야무야된 경우가 많았다.

학교 폭력은 단기적으로 해결될 문제가 아니다. 이제는 사회 전체가 청소년 문제에 대해 진지하게 반성하고 실천적인 노력을 기울여야 한다.

— 김종기(청소년폭력예방재단 이사장)

1. 학교 폭력이 심화되는 원인은 무엇이라고 보는가?

2. 학교 폭력의 해결 방안은 무엇이라고 보는가?

 해•답

1. 그에 대한 대책 마련을 소홀히 했기 때문이다.

2. 원인과 실태 파악, 인식의 전환, 환경의 개선, 단속 등 제도적 장치가 완비되어
   야 한다.

3. 전통의 현대적 의의 

| 읽기 전에 |　전통이란 무엇인가? 전통은 현대를 사는 우리에게 긍정적인 것인가, 아니면 부정적인 것인가? 전통은 개인이 만든 것이 아니며, 개인이 책임질 일도 아니고, 개인의 평가에 의하여 좌지우지될 것도 아니다. 필자는 이 글에서 전통에 대한 올바른 인식과 우리가 그 바탕 위에서 해야 할 행동의 방향을 제시해 주고 있다.

　　요즈음 전통에 대한 반성과 모색이 왕성하게 논의되기 시작한 것은 우리 문화의 자각과 전망을 위하여 미더운 일이요, 또 마땅히 있어야 할 일이어서 이러한 관심의 대두를 우리는 동경하여 마지않는다. 그러나 '전통'이란 말은 그 개념이 매우 모호해서 종잡을 수가 없는 데다가 논자(論者)에 따라 이 '전통'이란 말을 파악하는 각도가 다르고 거기에 부여하는 개념이 한결같지가 않다. 그러므로 전통에 대한 논의는 몇 차례 싹트긴 했어도 제각기 단편적인 생각을 발표하고 서로 다른 개념을 가지고 동문서답을 하다가 흐지부지 식어버리고 만 것이 이때까지의 상례였다.

　　전통에 대한 논의가 이와 같은 전철을 되풀이하지 않으려면 우리는 먼저 전통이란 말의 기본 개념을 설정하여 전통 논의의 공동 광장을 마련해야 하고, 그 바탕 위에서 가치관에 대한 논란과 새로운 문화 수립에 있어서의 전통의 계승과 창조의 방향을 논의해야 한다. 이러한 기초 공사를 위해서는 이때까지 우리 논단에 나타난 전통 문제에 대한 몇 가지 근본적인 유견을 깨뜨려야 하고 '전통론'이 빠지기 쉬운 함정에 적신호를 붙임으로써 '전통론'이 눈을 돌리지 않으면 안 될 필수 조건을 제시해야 하며, 그에 의하여 전통의 현대적 탐구의 기본 방향이 모색되어야 한다.

지금까지 논의된 전통에 대한 태도는 크게 나누어 두 가지로 볼 수 있다. 부정적 태도가 그 하나요, 긍정적 태도가 그 다른 하나이다. 그러나 자세히 분석해 보면 그 부정이나 긍정은 모두 다 논거가 지극히 피상적일 뿐 아니라, 대개의 경우 전통이란 용어를 임의의 일면만 추출 확대하는 오해에서 비롯된 것임을 알 수 있다. 지나치거나 공소(空疎)한 부정 또는 긍정은 전통의 진의 파악에는 다 함께 장애가 된다.

애초에 전통을 부정하는 논자는 전통이란 말 자체부터를 못 쓸 것이나 버려야 할 것의 대명사로 삼고 있다. '낙후된 전통 사회를 하루바삐 탈각하고' 운운하는 사람들은 전통이란 개념을 한갓 완만한 답보와 인습의 질곡에 사로잡힌 것만으로 오인하기 때문에 이런 생각을 가진 사람에게 전통을 탐구하느니 어쩌느니 하는 것은 엄청난 잠꼬대가 아니면 기겁 초풍할 궤변이요, 난센스로밖에 받아들이지 않을 것이다.

이와 같이 전통을 부정 대상으로 지칭하는 것은 그들이 전통을 인습이란 개념과 혼동하여 인습이란 말의 동의어로 사용하기 때문이다. 전통은 물론 역사적으로 형성되는 것이므로 그 역사적 경과에 있어 자연히 인습과는 피와 살의 관계에 있는 것이 사실이어서 쉽사리 떼어놓기는 힘들다. 그러나 전통은 인습과는 엄격히 구별되어야 한다. 인습은 역사의 대사 기능에

124

있어 부패한 자로 버려질 운명에 있고 또 버려야 할 것이지만 전통은 새로운 생명의 원천으로서 좋은 뜻으로 살려서 이어받아야 할 풍습이요, 방법이요, 눈인 것이다. 전통은 역사적으로 생성된 살아 있는 과거이지만 그것은 과거를 위해서가 아니라 도리어 현실의 가치관과 미래의 전망을 위해서만 의의가 있는 것이다. 만일 전통을 버려야 할 인습의 뜻으로 보거나 그렇지는 않다고 해도 전통을 찾다가 보면 인습만 버릴 수가 없으니까 전통이 아깝더라도 인습을 깨뜨리기 위해서 버려야 한다고 주장하는 이가 있다면 그는 나쁜 인습을 타파하려다가 좋은 전통마저 깨뜨리게 되는 논리적 귀결에 직면하게 될 것이다. 그렇게 되면 그 깨뜨린 인습에 대치할 새로운 전통의 바탕을 상실하고 당황해할 것이다.

전통은 새로운 창조의 재료요 방법이며, 전통은 새로운 창조의 주체요 가치인 것이다. 이러한 전통이 없는 곳에 또는 전통을 깨뜨려버린 곳에 무엇을 어떻게 받아들이며 어떻게 소화하며 어떻게 만들 수가 있는가. 이러한 정당한 의미의 전통을 부정하는 논리는 마침내 무주체 용화주의 · 외화주의에 떨어질 수밖에 없는 것이다.

새로운 전통의 수립이란 이름 아래 우리의 역사적 풍토와 역사적 현실에 맞지 않는 이질적인 사상 · 제도를 주입하기 위하여 선파괴 후건설 전법을 강조하는 모든 외래 사상이 항상 민족주의 · 보수주의 · 독립주의가 지니는 전통주의 · 주체주의 · 연합주의를 적으로 돌리는 것이고, 그 미끼로서 세계주의 · 진보주의 · 연방주의를 표방하는 것을 우리는 익히 보아 온 것이다. 전통 부정론은 논리적으로 이들 이론에 암합될 필연성이 개재해 있다. 얼핏 보아 매우 과학적이고 진보적인 논리같이 보이지만 전통을 부정하고는 낙후성을 극복하기는커녕 영원한 추수와 온실적 문화를 면할 수가 없을 것이다.

전통을 부정하는 또 하나의 다른 논거는 우리에겐 의지할 전통이란 것이 없다는 견해다. 조선 시대까지는 전통이란 것이 있었지만 우리의 시문화 운동은 그 전통을 부정하는 데서 출발하였고, 따라서 현대의 우리는 단절된 전통, 곧 전통이 없는 곳에 처해 있다는 견해가 그것이다. 이러한 주장은 일견하여 매우 현실을 직시한 논리같이 보이지만 전통의 본질을 오인했을 뿐 아니라 이론으로도 중대한 결함이 있는 것이다.

왜 그런가? 첫째, 전통은 역사적 개념이다. 비록 표면상으로는 전통이 단절된 듯이 보여도 역사는 단절될 수가 없는 것이다. 한 시대의 전범으로서의 전통이 무너지고 새로운 전범으로서의 전통이 바뀌어 들어서지 못한 모색의 공백기를 지적하여 곧 전통을 부정한다면 그러한 논리 추궁의 결과는 이 땅에 새로운 전통의 수립이 불가능하다는 결론에 떨어지지 않을 수가 없을 것이다.

그러나 신문화 50년의 역사는 이미 하나의 전통을 이루고 있다. 이인직 · 최남선이 개척한 신문학의 작품이 비록 오늘 이 땅의 시인 · 작가의 전범이 되지는 못하였더라도 그들을 통해서 받아들인 서구적 전통 이입의 교량적 방법은 확실히 하나의 전통을 이룬 것이 사실이다. 아무리 종래의 우리 전통과는 아주 다른 이질적 전통이라 하여 전통이 단절된 듯이 보여도 우리 아닌 남의 눈으로 볼 때는 그 이질 문화의 섭취 수용에 있어서 '우리적 전통'의 작용이 보이는 것이다. 이것이 전통으로 하여금 집단적 개념이 되게 하는 까닭이다. 오랜 세월의 우리 전통이 무너졌다 해서 서구의 역사와 문화가 낳은 전통을 그대로 우리의 전통으로 삼을 수는 없고 그것은 언제나 우리 민족 집단의 공동적 사고 방식인 문화와 융합, 변성됨으로써만 새로운 전통이 될 수 있는 것이기 때문이다.

지금 낡은 전통의 고목은 무너지고 모든 유수한 지성인이 제각기 전통의 묘목을 꽂고 있다고 하지만, 그것은 새로운 전통이란 나무의 한 지초에 불과하다. 한 개인의 행위를 우리는 전통이라 부르지 않는다. 그 개인의 행위와 방법이 다른 많은 사람에 의하여 계승될 때만 우리는 그것을 아무개의 또는 무슨 집단의 전통이라고 부른다. 전통은 적어도 한 개인 이상 일가의 가풍, 한 지역의 향풍, 한 학교의 학풍 하는 식으로 집단적 전범이 될 때에 한해서 전통이란 의의에 값하는 것이다.

그러므로 오늘 우리가 의거할 전통이 없는 곳에서 찾아지는 전통, 찾아야 할 전통은 모든 뜻 있는 이의 전통 탐구의 노력의 밑바탕에 깔려 있는 양질의 공통 인자를 추출하는 길이다. 이것이 전통의 역사적 · 집단적 형성의 의의인 것이다. 전통은 의식적 · 당위적인 이상이면서도 그것만으로 가능한 것이 아니고 자연적 · 생성적인 개념과의 조화에서만 가능한 것임을 알 수 있다.

무엇보다도 전통은 문화적 개념이다. 문화는 복합 생성을 그 본질로 한다. 그 복합은 질적으로 유사한 것끼리는 짧은 기간에 무리 없이 융합되지만, 이질적일수록 그 혼융의 역사적 기간과 길항이 오래 걸리는 것은 사실이다. 그러나 전통이 그 주류에 있어서 이질적인 것의 교체가 더디다 해서 전통을 단절된

길항(拮抗)
서로 버티고 대항함.

것으로 볼 수는 없는 것이다. 오늘 이미 하나의 문화적 전통을 이룬 서구적 전통도, 그리스·로마 이래의 장구한 역사로서, 헬레니즘과 히브리즘의 이질적 전통이 융합된 것임은 이미 다 아는 상식이 아닌가.

지금은 끊어졌다는 우리의 고대 이래의 전통도 알고 보면 샤머니즘에, 선교에, 불교에, 도교에, 유교에, 실학파를 통해 받아들인 천주교적 전통까지 혼합된 것이고, 그것들 사이에는 유사한 것도 있었지만 상당히 이질적인 것이 교착하여 견고 튼튼끝에 이루어진 전통이요, 그것을 어느 것이나 다 '우리화' 시켜 받아들임으로써 우리의 전통이 되었던 것이다.

이런 의미에서 본다면 오늘의 일시적 전통의 혼미를 전통의 단절로 속단하고 그것으로써 전통 부정의 논거를 삼는 것이 얼마나 허망한 논리인가를 알 것이다. 끊어지고 바뀌고 붙고 녹는 것을 계속하면서 그것을 일관하는 것이 전통이란 것이다. 그러므로 전통의 혼미란, 곧 주체 의식의 혼미란 뜻에 지나지 않는다. 전통 탐구의 현대적 의의는 바로 문화의 기본적 주체 의식의 각성과 시대적 가치관의 검사, 이 양자의 관계에 대한 탐구의 요청에 지나지 않는 것이다.

전통을 긍정하는 논자들은 전통이란 말에 복고의 향수와 나태의 우상 같은 것을 느끼고 있다. 언필칭 4천 년 문화 민족이니, 활자와 거북선 등이 세계 최초임을 자랑하고 있다. 이러한 전통론은 외적의 지배 아래 우리의 문화적 전통이 말살되고 문화적 긍지가 교육 문화에서 아주 사라질 시기에 한마디만 들어도 눈물겹게 감격하던 그런 시절의 공소한 내용의 것에서 한 걸음도 진전된 것이 없는 논리들이다. 이러한 안가(安價)한 전통론은 민족 의식 보수의 공에도 불구하고 오늘에 와선 이미 혐오의 대상이 된 지 오래다. 4천 년 문화 민족이면 무슨 소용이 있느냐. 활자가 아무리 세계에서 처음 발명되었어도 조판·인쇄 기술이 상부하지 못해 그 뒤에도 목각판이 더 많이 쓰여져서 구텐베르크의 그것을 당할 수 없고, 거북선이 최초의 장갑선임에는 틀림이 없으나 최초의 잠수함이라고 과장되던 것도 옛 이야기다.

전통과 주체 의식의 자각에는 민족적 긍지와 자기 자존의 신념이 불가결의 것이지만, 새로운 창조를 위한 아무런 탐구도 없이 한갓 복고 취미와 보수주의에 멈춰 있는 한 전통은 계승될 수도 존재할 수도 없는 것이다. 전통의 지나친 긍정의 태도에는 전통과 모방의 개념을 혼동하는 폐단이 있다. 전통은 창조의 재료요 원동력이지만, 창조는 전통의 방법이요, 창조를 통해서만 전통은 계승된다는 이 중대한 사실을 그들은 망각하고 있다. 옛 것을 준수하고 모방하는 것만이 전통을 찾는 것인 줄 알다가는 그 소중한 전통을 잃고 말 것이다.

옛 것의 흉내만 낸다면 전통이 무슨 보람이 있으며 어떻게 새로운 시대의 여범(興範)이 될 힘을 지닐 수 있는가 말이다. 전통의 계승은 옛 것과 같으면서 항시 새로운 양상으로 창조될 때만 가능한 것이다. 추사 김정희의 글씨 전통은 추사체 그대로 흉내만 낸 철적 도인 같은 사람을 통해서 계승되는 것은 아니다. 그것은 사람만 다르다뿐이지, 문화적으로는 추사의 것에 지나지 않는다. 모방만으로는 계승이 안 되는 것이다. 그 시대에 맞추고 앞서 가면서 전통의 맥락을 지니고 어느 한 면이 새로 창조될 때 우리는 그것을 바른 의미의 창조라 하고 동시에 그것을 바른 의미의 전통의 계승이라고 부른다. 이런 뜻에서 본다면 전통의 계승은 모방에서가 아니라 도리어 전통에 대한 새로운 해석, 정당한 저항으로만 가능하다는 역논리가 성립되는 것이다.

전통을 긍정하는 또 하나 다른 태도는 순수 한국적인 모색의 태도다. 한국 문화란 한국의 성격이요, 그 내용은 인류 공동의 세계 문화다. 한국 문화 —— 민족 문화는 세계 문화 안의 한국적 양식의 발견과 형성에 있는 것이지, 한국 특유 고립의 것만으로 이루어질 수는 없는 것이다.

한국 문화의 주체가 희미해지는 때에 그러한 순수 한국적인 것을 찾는 것은 의의 있는 방향이라고 할 수가 있겠지만 앞으로의 한국 문화 전통의 전개에 하등의 시대적 의의도 없는, 하나의 세계 문화에 아무 새로움도 없는 것을 굉장한 것으로 착각하고 그것이 새로운 인간이나 생활의 원형으로 제시되는 류의 맹목적 복고의 전통 긍정 태도도 비판과 경고를 받아야 한다.

본질적으로 말해서 한국 사람이 보고 만들고 쓴 것이면 자연히 한국적이 되는 것이다. 아무리 서구 추수의 모더니즘도 한국적 성격이 있는 법이다. 더구나 우리의 새로운 전통은 우리의 바탕에 중국과 인도의 것이 어울린 고대 이래의 전통과 거기에 우리가 새로 받아들인 그리스 · 로마 이래의 서구적 전통이 붙은 것이라면, 이것들을 한국의 도가니에 한데 넣어서 끓여낸 광물인 우리의 새 문화는 그 광물의 원형을 찾는 것이 우리가 오늘 말하는 전통 탐구의 의의임을 생각할 때, 우리의 새로운 전통은 우리 것이면서 세계 문화 공동의 과제를 향한 것이어야 하고 낙후된 것을 극복하고 선구성에도 전화의 계기를 찾자면 세계적인 것의 우리적 형성이 있어야 하는 것이다.

순수 한국적이란 것은 없다. 있어도 그것은 원시의 유물이 아니면 아려한 골동 취미다. 다만 한국적 머리와 눈과 심장과 손이 있을 뿐이다. 그것의 발견과 자각과 창조에 순수 한국적인 것이 재료가 되고 자극이 될 따름이다.

이상으로써 우리는 전통에 대한 부정과 긍정의 두 가지 태도, 네 가지 논거를 분석 비판해 보았다. 그 요점을 추려서 결론을 삼아 앞으로의 전통 논의의 방향을 찾는다면 다음의 몇 마디가 될 것이다.

첫째, 전통과 인습은 구별이 되어야 한다. 전통은 인습과 한 덩이로 엉겨 있는, 낡은 역사 속에 깃들어 있는 새로운 생명의 정수다.

둘째, 전통과 모방은 구별되어야 한다. 전통은 옛 것과 피가 통하는 현재 속에 깃들어 있는 전대적(前代的) 혈통의 창조다.

셋째, 전통은 역사적 · 가치적 개념이다. 옛부터 내려온 것이면서도 옛날의 자랑을 위하여 존재하지 않고 미래를 위한 가치 속에 구현된다.

넷째, 전통은 집단적이요 주체적 개념이다. 개인이 창조하면서도 한 집단이 공동으로 형성하고 공존하는 것이요, 남이 볼 때 더 확연한 것이지만 객관자의 것이 아니요, 행위자 제각기가 체득하고 각고할 성질의 것이다.

진실로 전통 탐구의 현대적 의의는 이와 같은 전제 아래서만 체득될 것이다. 한국적 사고 방식의 원형은 추상과 형성과 체득과 아울러 그를 위한 역사와 문화의 새로운 해석과 저항을 통해서만 이 전통은 창조되고 계승될 것이다.

— 조지훈(시인)

 **풀·어·봅·시·다** ··

1. 필자는 그간의 전통에 대한 논의가 어떠했다고 보는가?
2. 전통을 부정하는 사람들의 견해는 무엇이고, 필자는 그것을 어떻게 보고 있는가?
3. 전통을 긍정하는 사람들의 두 가지 논점은 무엇인가?
4. 필자가 말하는 참다운 전통이란 무엇인가?

 **해·답**

1. 전통에 대하여 제각기 단편적인 생각을 발표하고, 서로 다른 개념을 가지고 동문서답을 해왔다.
2. 전통을 부정의 대상으로 삼아 전통을 인습과 혼동하여 사용하거나, 우리에겐 의지할 전통이 없다고 한다. 그러나 전통과 인습은 구별되어야 하며 인습을 없애자는 것은 전통을 없애자는 것과 같다. 우리에게 의지할 전통이 없다고 하나 전통은 역사·문화적 개념이기 때문에 전통이 없다는 것은 말이 안 된다.
3. 전통이란 말에 복고의 향수와 나태의 우상 같은 것을 느끼고, 순수 한국적인 것만을 모색한다.
4. 외래의 것이라도 우리의 것으로 만들면 우리의 전통이 되는 것이다. 즉 참다운 전통은 순수한 우리의 것과 외래의 것을 합친 혼합된 것이다.

어떻게 전개할 것인가?

집을 짓기 위해서는 먼저 집터가 있어야 하고, 설계도를 그려야 하며, 자재가 마련되어야 한다. 글에서 집터는 글을 쓸 상황, 설계도는 구상(構想), 자재는 제재 또는 재료라 할 수 있다. 그런데 집은 그런 것들이 모두 마련되었다고 해서 그냥 지어지지는 않는다. 기초를 다지고, 기둥을 세우고, 벽을 만들고, 창을 내는 등 순서에 따라 지어야 한다. 벽돌이 들어가야 할 곳에는 벽돌을 써야 하고, 유리가 들어가야 할 곳에는 유리를 써야 한다. 또한 방, 부엌, 마루, 화장실 등 모든 구성체가 적재적소에 놓여야만 좋은 건물이 이루어질 수 있는 것이다.

논술도 마찬가지다. 아무렇게나 문장 또는 제재를 이어만 놓는다고 되는 것이 아니라, 일정한 원리 속에서 전개되어야 한다. 이를 '논술 전개의 원리'라 하는데, 그것은 자료 선택의 원리, 자료 배열의 원리, 충분한 뒷받침의 원리로 나누어 볼 수 있다.

(1) 자료 선택의 원리 — 통일성(統一性)

자료 선택의 원리는 논술을 기술할 경우 제재는 이미 결정되어 있는 주제와 관련이 있어야 하고, 또한 주제를 위하여 꼭 필요한 것만 선택되어야 한다는 뜻이다. 논술은 제재를 바탕으로 이루어지며, 그 제재에 의하여 주제에 대한 모든 실례와 증거가 제시되고, 이론이 전개되어야 한다. 통일성을 정리해 보면 다음과 같다.

1) 논지(論旨)의 통일성 : 주장하는 논지가 통일되어야 한다.

2) 관점(觀點)의 통일성 : 필자가 사물을 보는 관점, 즉 견해가 통일되어야 한다.

3) 목적(目的)의 통일성 : 필자가 독자에게서 바라는 목적이 통일되어야 한다.

4) 문체(文體)의 통일성 : 한 글에서는 문체가 통일되어야 한다.

(2) 자료 배열의 원리 — 연결성(連結性)

자료 배열의 원리는 모든 제재들이 주제의 효과적인 전개를 위해 올바르게 배열되는 것, 즉 구성을 말한다. 아무리 훌륭한 제재들이라 할지라도 있어야 할 곳에 있지 않고 아무렇게나 나열되어 있다면 좋은 논술문이라 할 수 없다. 논술의 구성은 전개적 구성과 논리적 구성으로 나눌 수 있다.

1) 전개적 구성

전개적 구성은 시간적 순서에 의한 것, 공간적 순서에 의한 것, 논리적 순서에 의한 것으로 대별된다.

① 시간적 순서에 의한 구성

시간적 순서에 의한 구성은 글의 내용을 시간의 순서에 따라 배열하는 것이다. 시간의 순서에는 순행(順行)과 역행(逆行)이 있다.

㉠ 과거 — 현재 — 미래 : 순행
㉡ 미래 — 현재 — 과거 : 역행

② 공간적 순서에 의한 구성

공간적 순서에 의한 구성은 공간의 순서, 예를 들면 자연 풍경, 생물의 움직임 등을 서술할 때 순서에 따라 배열하는 것이다. 즉, 이들을 먼 곳에서부터 가까운 곳으로, 가까운 곳에서 먼 곳으로, 또는 왼쪽에서 오른쪽으로, 오른쪽에서 왼쪽으로 전개한다.

③ 논리적 순서에 의한 구성

논리적 순서에 의한 구성은 글의 내용을 원인에서 결과로, 혹은 결과에서 원인으로 전개하거나 일반적인 것에서 특수한 것으로, 혹은 특수한 것에서 일반적인 것으로 전개하는 것이다.

2) 논리적 구성

① 삼단 구성

삼단 구성은 가장 기본적인 구성으로서 다음과 같이 전개된다.

$$\text{삼단 구성} \begin{cases} \text{서론(序論) 또는 도입(導入)} \\ \text{본론(本論) 또는 전개(展開)} \\ \text{결론(結論) 또는 정리(整理)} \end{cases}$$

대개의 논술은 삼단 구성으로 이루어지며, 이 경우 제재의 배열은 다음과 같이 기술한다.

• 서론 쓰기

서론은 본격적으로 자신의 주장이나 이론을 펼치기에 앞서 자신이 다루려는 주제나 목적 등을 독자들에게 알려주고, 독자들의 주제에 대한 관심을 불러일으키는 부분이다. 그러므로 여기에서는 자신이 다루려는 주제를 정확히 제시하고, 그 주제의 범위나 성질, 주제를 해결하려는 방법이나 쓰는 사람의 관점과 입장을 분명히 밝혀야 한다.

이와 같이 서론은 글을 전개하는 도입 부분이므로, 본론에 들어갈 내용, 즉 본격적인 내용을 시사하는 정도로 그치고, 구체적인 내용을 언급할 필요가 없으며, 불필요한 말을 늘어놓아 길이가 길어지지 않도록 유의해야 한다.

• 본론 쓰기

본론은 글쓰는 이가 말하려고 하는 본격적인 내용을 다루는 부분이다. 어떤 사람들은 글에 '본론'이라고 쓰기도 하나 소제목을 붙이는 것이 좋은 방법이다. 본론을 두세 부분으로 나누어 서술할 경우에는 더욱 그러하다.

본론을 기술할 때는 자신의 주장이나 내용을 몇 가지로 나누어서 다루어야 한다. 그러나 중구난방(衆口難邦)식으로 언급하다 보면, 이야기들이 서로 얽혀서 무슨 말인지 모르게 되므로 쓰기 전에 내용을 분류하여, 중주제 또는 소주제를 정한 다음 통일성을 갖추어 부문별로 언급하는 것이 좋다.

본론에서는 중주제나 소주제를 중심으로 논증해 나가야 하는데, 논증은 실험·자연 법칙·상식·증언 등에 의하여 행해지며, 논리적으로는 연역적 방법·귀납적 방법으로 이루어진다.

서술의 방법은 정의(定義)·비교(比較)·분류(分類)·분석(分析)·인용(引用)·예시(例示) 등이 있다. 묘사에는 인물 묘사·상황 묘사가 있고, 서사법으로는 주관적 서술·객관적 서술·대화식 서술이 있다.

어떤 방법에 의하건 본론에서는 주제에 맞추어 제시된 문제를 해결하고, 자신의 주장을 명백히 하며, 독자들의 공감을 유도하여 설득하는 데 집약되어야 한다.

각 부분이 끝나면 그 부분에 해당하는 결론을 내리고, 내용을 정리한다.

• 결론 쓰기

결론에서는 본론에서 언급한 논의를 통하여 나타난 문제점이나 주장을 간추려서 정리하고, 그 내용을 종합하거나 요약하여 결론을 맺는다.

결론은 필요 이상으로 장황해서는 안 되며, 본론에서 언급한 내용이 아닌 새로운 문제를 언급하는 일은 피해야 한다. 그렇게 될 경우 독자들은 새로운 문제에 대한 궁금증을 가지게 될 것이며, 그 글이 완전히 끝났다고 생각하지 않을 것이기 때문이다.

때로는 결론의 끝 부분에서 그 글에서 다루지 않은 부족한 점을 말하기도 하고, 앞으로 그 문제가 어떤 방법으로 해결되었으면 좋겠다는 의견을 덧붙이기도 한다.

② 사단 구성

사단 구성은 삼단 구성에서 본론을 둘로 나눈 것으로 긴 논술이나 논문, 보고서 등에 쓰인다. 사단 구성은 다음과 같이 전개한다.

사단 구성 ┬ 기(起) 또는 서론
      ├ 승(承) 또는 전개, 설화
      ├ 전(轉) 또는 발전, 논증
      └ 결(結) 또는 결론

(3) 충분한 뒷받침의 원리 — 강조성(强調性)

충분한 뒷받침의 원리는 글을 쓰는 이가 주제를 분명히 나타내기 위해서나 강조하기 위해 사용하는 기법이다. 여기에는 충분한 자료 제시에 의한 방법, 자리에 의한 방법, 수사법에 의한 방법이 있다.

1) 충분한 자료 제시에 의한 방법

충분한 자료 제시에 의한 방법은 글을 쓰는 이가 나타내려고 하는 주제를 분명하게, 또는 강조하기 위해 될 수 있는 한 많은 자료를 논거로 제시한다는 뜻이다.

2) 자리에 의한 방법

글쓴 이가 나타내려는 주제를 어느 자리에 놓느냐에 따라 강조의 강도가 달라지기 때문에, 어떻게 적절하고 효과적인 자리에 놓느냐 하는 것을 말한다. 글에는 주제가 있고, 한 단락에도 하나 또는 그 이상의 소주제문이 있다고 했는데, 주로 여기

서는 소주제문을 어디에 놓느냐 하는 것이 문제다. 단락은 소
주제문의 위치에 따라 두괄식, 미괄식, 양괄식, 병렬식으로 나
누어진다.

3) 수사법에 의한 방법

수사법에 의한 방법은 설득력 있고 효과적인 표현을 하기 위
한 문장이나 언어의 사용을 통하여 강조하는 것을 말한다. 이
런 수사법에는 반복법, 과장법, 도치법, 열거법, 점층법, 영탄
법 등이 있다.

1. 다음 기사를 참조하여 대기의 오존층을 보호할 수 있는 방안에 대하여 논술하라(1,200자 내외).

성층권(成層圈, stratosphere) 대기 구분의 하나로 대류권과 중간권 사이에 위치하는 부분을 말한다. 성층권의 아랫부분인 대류권계면의 고도는 고위도 지방에서는 10킬로미터 전후, 열대에서는 약 17킬로미터이며 중위도를 대표하는 표준대기에서는 11킬로미터이다.

오존(O_3)은 두 얼굴을 가진 야누스 같은 기체다.

성층권의 오존층은 해로운 태양 자외선을 차단, 지구상의 생물체를 지켜 주는 보호막이다. 피부암까지 유발할 수 있는 자외선을 흡수하면서 산소 분자(O_2)와 산소 원자(O)로 분해해 자외선의 빛 에너지를 없애 주기 때문이다.

반면 지표면에 가까운 대기의 오존은 강한 산화력(酸化力)을 가진 분해된 산소 원자가 동·식물과 환경에 치명적인 영향을 끼친다.

동물의 호흡기를 통해 몸 안에 들어가 호흡기 세포에 피해를 주면서 질환을 일으키고, 식물은 잎 세포에 포함된 색소를 탈색시켜 광합성을 못하도록 한다. 심한 경우 대기 중 광화학적 스모그를 일으켜 시정장애를 유발한다.

그러나 이러한 산화력 때문에 오존은 살균·소독에 이용되기도 한다. 호흡기 세포가 파괴되듯 단세포 생물인 세균 등이 죽기 때문이다.

바닷가 공기가 맑은 것은 이런 이유에서다. 공기 중 세균이 오존에서 분해된 산소 원자의 강한 산화력으로 죽어 없어지면서 공기가 그만큼 깨끗해지는 식이다.

한편 서울시가 오존 경보제를 도입하기 전에는 오존 농도가 발령 기준치를 넘은 때가 몇 번 있었다.

2. 다음 기사를 읽고, '핵 개발이 인류에게 주는 위험'이라는 제목으로 논술하라(1,200자 내외).

'히로시마 원자폭탄 투하로 인한 한국인 원폭 피해자들은 배척당하는 자들이거나 혹은 잊혀진 상태로 방치돼 있었다.'고 프랑스《르 몽드》지가 2일 보도했다.

이 신문은 '히로시마 1945년 8월 6일'이라는 특집 기사에서 당시 히로시마에는 약 5만 명의 한국인이 있었다고 밝히고, 이 중 3만 명이 현장에서 희생되었으며 생존자 중 1만 5천 명은 귀국하고 5천 명은 일본에 잔류했다고 말했다. 또 나가사키에는 한국인 2만 명이 거주하는 마을이 있었는데, 이 중 9천 명이 현장에서 즉사하고 생존자 중 8천 명은 귀국했으나 2천 명이 일본 땅에 남았다고 한다.

《르 몽드》는 지난 1970년 한국 정부가 히로시마에 한국인 원폭 희생자를 위한 위령탑을 세웠으나 이 탑은 아직도 평화 공원 외곽에 방치돼 있다고 전하며, '일본 땅의 한국인 원폭 희생자들은 이중으로 비극적인 운명을 겪었다.'고 말하고, 이들은 차별받고 이용당하는 피합병국의 희생자이면서 동시에 침략자의 땅에서 원폭에 노출된 채 숨져 갔다고 묘사했다.

깜짝상식

┃포리스토피아 (forestopia)

산림청(山林廳)이 강원도 홍천군 운두령 일대에 건설하려는 다목적 산림 경영 단지를 가리키는 말이다. 약 7천5백만 평 규모로 우리나라 최대인 이 포리스토피아 단지에는 기본 시험림과 야생 동물원, 용재 경영림, 청소년 수련장, 자연 관찰원, 자연 휴양림, 생태 보존림, 자연 보존림 등이 들어설 예정이다.

한국인 원폭 피해자들의 고통은 여기서 그치지 않고 그들이 고국에 돌아왔을 때 동포들로부터 배척받는 존재로 전락했다고 《르 몽드》는 말하면서 '원자폭탄이 한국을 일본의 압제로부터 해방했음에도 불구하고 한국인 원폭피해자들은 친일파적 방해 세력으로 몰아세움을 당했다.'고 밝혔다.

《르 몽드》는 피폭 당시 15세였다는 한국인 온부명 씨의 일화를 소개하면서 온몸에 화상을 입은 그가 1945년 부산항에 도착했을 때 그를 전염병 환자로 오인한 사람들이 DDT를 뿌리면서 내몰았던 일도 있었다고 말했다.

한국인 원폭 피해자들의 고통은 실직, 당사자 결혼 문제 등에 그치지 않고 오늘날 그 2세들까지도 상대편으로부터 파혼당하는 사례가 있다고 전했다.

그러나 한국 정부는 오랫동안 이들 한국인 원폭 피해자들의 운명에 아무런 관심도 기울이지 않았다고 《르 몽드》는 비판했다.

3. 산림의 황폐는 생물의 생존권을 앗아가기 때문에 그 수가 감소되거나 멸종한다. 요즘 우리나라는 산림 개발에 힘써 사라졌던 동물들이 많이 돌아오고 있다. 그런데 이 동물들을 무분별하게 남획하고 학살하는 만행이 자주 일어나고 있는데, 이를 방지할 수 있는 방안에 대하여 논하라(1,000자 내외).

4. 다음 기사를 참조하여 '환경 오염은 남북한의 공동 책임' 이
   라는 제목으로 논술하라(1,200자 내외).

> 북한의 산하가 환경 오염으로 시름시름 앓으며 죽어 가
> 고 있다. 산업 시설의 생산성이 낮은 데다 공해 방지 시설
> 마저 제대로 갖추지 않아 한민족의 정기가 어린 백두산에
> 도 강산성비가 내리고 있다. 또 두만강은 식수는커녕 공업
> 용수로도 쓰지 못할 만큼 환경 오염이 가속화하고 있는 것
> 으로 밝혀졌다.
>
> 한국환경기술개발원 정희성 선임 연구원은 18일 개발원
> 주최로 서울 세종문화회관에서 열린 '남북한 환경 공동체
> 를 위한 협력 방안' 세미나에서 이같이 밝혔다.
>
> 이에 따르면 압록강 하류 경공업 단지와 두만강 하류 나
> 진, 선봉, 청진을 축으로 한 중공업 지역 등 주요 공업 지대
> 대기는 매연으로 심각하게 오염돼 있다고 한다. 또 공업 지
> 역을 지나는 압록강과 두만강은 악취를 풍길 정도로 수질
> 오염이 심각하다는 것이다.
>
> 특히 백두산에는 수소 이온 농도(PH) 4.6의 강한 산성
> 비가 내리고 있는 것으로 중국 길림성 한인 자치주 환경보
> 호국 측정 결과 나타났다.
>
> 또한 수질 오염도 심각해 두만강은 분뇨 처리 시설과 하
> 수 처리 시설의 미비, 농약과 비료의 과다 사용으로 상류
> 100킬로미터를 뺀 나머지 수역의 물은 상수원수나 농업 용
> 수는 물론 공업 용수로도 사용할 수 없는 5급수 이하로 크
> 게 오염됐다.

압록강은 두만강보다 다소 덜 오염됐으나 3급수이며, 대동강도 남포 지역의 공장에서 배출되는 폐수로 오염이 심하다. 이에 못지않게 해양 산림 생태계 파괴도 심각하다.

원산 앞바다는 해조류가 사라진 지 오래고 물의 빛깔이 붉은색으로 변해 어류의 떼죽음을 몰고 오는 적조 현상도 매년 나타나고 있다. 산림 자원도 80퍼센트가 무분별한 개간과 벌목 사업으로 황폐해져 생태계 파괴를 몰고 왔다.

특히 백두산의 밀림과 두만강, 압록강의 원시림 등이 남벌, 개간으로 크게 훼손되고 있으며 백두산 야생 동물도 밀렵으로 씨가 마르고 있다는 것이다.

발표에 따르면 남한이 1980년대 중반 도시화와 생활 수준 향상 때문에 환경 오염이 악화되는 '소비 오염 시대'에 들어선 데 비해 북한은 생산으로 인한 '생산 오염 단계'에 머물러 있는 것으로 나타났다.

논·술·연·습·의·길·잡·이

1. 오존층은 주로 성층권 상층의 오존이 밀집해 있는 층을 말한다. 이 오존층 덕분에 지구상의 생물이 살아갈 수 있는 것이다. 오존층의 높이는 20~25킬로미터인데 계절에 따라 변하며, 겨울에서 봄까지는 낮고, 여름에서 가을까지는 높다. 이 오존층은 태양 활동과도 밀접한 관련이 있으나, 지구에서의 오염에도 큰 영향을 받는 것으로 알려졌다. 즉,

지구에서 더러운 가스나 연기 같은 것이 올라가서 오존층을
파괴하는 경우가 생기는 것이다. 그렇게 되면 태양의 자외
선을 흡수하는 기능이 없어지고, 태양열을 막지 못하여 기
후 변화에 영향을 미칠 수가 있다. 그러므로 오존층을 보존
하는 일은 우리의 생명을 보호하는 것이며, 그 방안은 지구
상에서 공해를 일으키지 않아야 한다.

2. 핵 개발은 전쟁을 억제하고 평화를 수호하는 역할을 한다.
또한 에너지를 생산하는 방향으로 이용하여 인류의 복지에
이바지한다는 것은 주지의 사실이다. 그러나 전쟁이 일어나
서 핵폭탄을 사용한다든지, 핵 시설이 고장이 나거나 파괴
된다면 인류에게 큰 재앙이 올 수 있다. 그것은 제2차 세계
대전 때, 일본의 히로시마에 터뜨린 원자폭탄 때문에 수십
만 명이 죽었고, 거기에서 살아난 사람들도 그 후유증으로
고생하고 있으며, 소련의 체르노빌에서의 원전 사고로 인해
수십만 명이 병마에 시달리고 있다는 소식 등이 증명해 주
고 있다.
　　핵폭탄은 언제 실수로 터질지 모르며, 원전 사고는 우리
의 옆에서도 언제든지 일어날 수 있는 개연성이 있다. 그러
므로 지나친 핵 개발은 억제되어야 하며, 이미 만든 것이라
면 안전에 만전을 기울여야 할 것이다.

3. 동물을 남획하거나 학살하는 이유는 야생 동물이 농작물을
해친다든가, 야생 동물을 잡아 몸보신을 하겠다든가, 취미
로 사냥을 하기 때문이다. 그러므로 이를 막기 위해서는 농

▌인턴 사원제

주로 대기업체에서 방
학 기간 중 졸업 예정
자를 선발하여 실무
부서에 배치, 연수를
거친 다음 본인이 희
망할 경우 정식 사원
으로 채용하는 제도
로, 최근 이 제도를 도
입하는 기업체들이 늘
고 있다. 긍정적 측면
이 적지 않지만 이를
악용하는 사례도 발생
하고 있다.

▌재산 분할 청구권
(財産分割請求權)
이혼한 당사자 중 한 쪽이 다른 한쪽에 대해 결혼 중에 쌍방의 협력으로 이룩한 재산의 분할을 청구할 수 있는 권리를 가리키는데, 청구권 내용에 분쟁이 있을 때에는 가정 법원이 이를 조정할 수 있다.

촌의 농산물을 보호할 수 있는 장치를 마련하고, 야생 동물을 보호할 수 있는 법령을 강화하며, 야생 동물이 몸에 좋다는 지나친 기대를 갖지 않도록 홍보를 해야 한다. 또한 불법 무기를 소지하지 않도록 단속을 강화해야 한다.

4. 우리나라가 정치적·이념적으로 분단되어 있다고는 하나, 자연까지 나누어져 있는 것은 아니다. 즉, 하늘, 강, 비다 등은 여전히 남북이 이어져 있으며, 공기, 물 등은 공동 소유물인 것이다. 그러므로 어느 쪽이든 환경을 오염시키는 것은 그쪽만의 피해가 되는 것이 아니라, 다른 쪽에도 심각한 문제를 야기할 소지가 있다. 결론적으로, 남북한은 통일된 민족의 앞날을 위해 환경 오염 방지에 힘써야 한다는 것을 강조하면 된다.

| 읽기 전에 | 물질적으로는 풍요로워졌으나 인간의 삶이 행복해지고 환경 오염이 심각하다는 것은 확실히 문제가 있다. 이 글의 필자는 그 점을 우려하고, 주거 문화나 휴식 공간이 조잡하고 협소함에 대하여 비판적인 견해를 피력하고 있다. 이와 같은 문제에 대하여 해결 방안이 있는지를 생각해 보면서 이 글을 읽어 보자.

　며칠 전 텔레비전에서 본, 장마가 몰고 온 흙더미에 파묻혀 죽었던 소떼의 모습이 아직도 눈에 선하다. 죽은 소떼의 주인은 운 좋게 화를 면했다 해도 전재산에 다름 아닐 소떼의 죽음 앞에서 어떻게 또다시 살아갈 기운을 추스릴 수나 있을지 마음이 쓰인다.

　이제 얼마 지나 드맑은 가을날이 찾아오면 소떼들의 죽음도, 지금껏 다른 일들이 그랬던 것처럼 잊혀지겠지만 폭우가 할퀴어 놓은 이곳저곳의 커다란 생채기들로 해서 우리들 인간의 힘이란 게 얼마나 미약한가를 새삼 느끼게 된다.

인간적 삶을 위하여

　첨단 정보 시대를 열어 간다는 '윈도우 95'가 시판되던 시기와 맞물린 탓에 태풍이나 폭우, 지진 같은 자연 재해의 위력이 더욱 생생하게 다가왔는지도 모를 일이다. 때로 우리는 우리가 이룩해 온 기계 문명의 놀라운 성취에 취해 자연의 거대한 힘을 잊고서 살아가는 것은 아닌지, 폭우나 지진을 자연이 인간에게 보내는 어떤 조짐의 신호로 여겨야 하는 것은 아닐까 하는 생각을 해보게 된다.

어디 자연 재해뿐일까. 거듭되고 있는 여러 종류의 재해들은 우리 모두에게 운이 나쁘면 언제 어디서 목숨을 잃게 될지도 모른다는 위기감에 빠져 들게 한다.

삶은 찰나일 수밖에 없는 것, 살아 있는 동안이라도 흥청망청 놀고 보자는 마음을 갖게 되는 것은 이런 위기 상황에 대한 반작용에서 비롯되는 것은 아닌지, 우리나라에 진출해 있는 외국 유명 체인의 음식점이 날로 번창해 가고 고급 수입 의류업체가 세계 다른 어느 나라보다도 호황을 누린다는 소식은 먹고 입는 일에 우리가 얼마나 과감한(?) 지출을 하고 있는지를 단적으로 말해 주는 예가 아닌가 싶다.

오늘의 삶을 내일을 위한 준비로만 여기는 자세도 바람직한 것은 아니겠지만 소비는 곧 즐거움이라는 태도로 살아간다는 것 또한 문제가 있는 것이 아닐까. 우리에게 주어진 오늘 하루하루가 정말로 소중하다면 먹고 마시고 노는 일에 골몰하기에 앞서 우리의 삶이 이루어지는 생활의 터전들이 과연 인간적 삶이 가능한 공간인지부터 헤아려 보는 노력이 앞서야 하는 것이 아닐까?

최소한의 삶의 공간도 확보하지 못한 사람들이 많이 있는 형편인지라 모두들 그저 자신들의 보금자리를 마련할 수 있다는 것, 그 이상의 것을 바라는 욕구를 미안한 것으로 여겨 온 탓이겠지만 도심의 대부분이 아파트 단지로 메워져 가는 우리들의 주거 여건은 조금도 나아질 줄을 모른다. 20년 전에 지어진 아파트 단지나 지금 한창 여기저기 세워지고 있는 재건축 아파트들을 보자. 그처럼 변화할 줄 모르고 그저 성냥갑 모양을 고수할 뿐더러 단지 내의 삭막함은 단조롭다 못해 비인간적이기까지 하다. 말썽 많은 아파트 내부 수리 공사도 이처럼 전혀 나아질 줄 모르는 천편 일률적인 아파트 공간에 대한 식상함 때문에 빚어진 일이라고 해도 지나치지 않을 것이다.

소득이 높아짐과 함께 생활 수준이 나아지면 당연히 자신들만의 주거 공간에 대한 소망 또한 커지게 마련이다. 국민 개개인의 소득이 향상된 것에 비해 아파트 같은 주거 공간뿐 아니라 학교 또는 공공건물, 그리고 공원 등 사람들 모두가 이용할 수 있는 장소들은 마치 버려진 곳 취급이라도 받듯 몹시 낙후되어 있다.

저마다 개성이라곤 없는 일률적 모습을 한 아파트에서 자라나고 있는 아이들이 참으로 살풍경한 학교 건물에서 공부하고 방과 후라고 해 봐야 학교 주변의 답답한 노래방이나 비디오방을 쳇바퀴 돌 듯하며 지내는 것이 오늘날 우리 아이들의 형편이다. 21세기는 문화와 정보의 시대라는데 이 멋없고 여유 없으며 삭막한 도시에서 커가는 우리 아이들이 무엇을 보고 느끼면서 살아가고 있는지 살펴보아야 할 때다.

과감한 투자 필요

지금껏 우리가 성급하게 만들어 온 이 조악하고 삶의 향기라고는 좀체로 배어 있지 않은 도시에서 삶에 대한 이유를 배우고 아름다운 미래에 대한 상상의 날개를 한껏 돋울 수 있는 공간을 조금씩이라도 만들어 나가는 일은 이제 더 이상 미룰 수

없는 일이다. 먹고 마시고 놀러 다니는 데 쏟아 붓는 기력과
비용의 10분의 1만이라도 우리의 환경을 돌보는 일에 돌려 놓
는다면 우리의 주거 공간과 공공 시설은 지금보다 훨씬 나아지
게 될 것이다.

　아름다운 공원과 쾌적한 산책로를 아쉬워하는 시민 의식은
그 언제쯤이나 우리에게 찾아들게 될 것인지.

— 김향숙(소설가)

 **풀 • 어 • 봅 • 시 • 다** ···

1. 필자는 자연의 재해를 어떤 눈으로 보고 있는가?
2. 필자는 소비 중심의 생활을 어떻게 역설적으로 표현하고 있는가?
3. 도시의 공간에서 자라나는 아이들에게 필요한 것은 무엇이라고 보고 있는가?

 **해 • 답**

1. 인간의 힘으로는 억제할 수 없는 자연의 힘에 놀라워하며, 인간이 과학의 발전
   으로 자연의 힘을 잊고 있지나 않나 경외의 시선을 보내고 있다.
2. 삶은 찰나에 지나지 않으니 살아 있는 동안 흥청망청 놀고 보자.
3. 삶에 대한 이유를 배우고 아름다운 미래에 대한 상상의 날개를 한껏 펼칠 수 있
   는 공간을 만들어 주어야 한다.

2. 호화 생활의 심리 

| 읽기 전에 | 경제적으로 좀 여유가 있다고 하여 낭비를 일삼고 사치를 한다든가, 옛날에 어렵게 살았으니 실컷 한번 써 보자는 생각은 위험한 발상이다. 이러한 사치 풍조가 이웃을 부추기고 급기야는 잘못된 사회 분위기를 조장할 수 있기 때문이다. 이 글을 읽어 보고 우리 사회의 문제점이 무엇인지를 생각해 보자.

은퇴하신 나의 사촌형님 내외께서 유럽 관광 여행을 다녀오셨다고 해서 얼마 전에 인사차 그분 댁을 방문했다. 관광 여행 중에 있었던 여러 가지 경험을 말씀하시는 가운데 형님께서는 스위스에서 보았던 놀라운 사실 하나를 털어 놓으셨다.

한국 관광객이 스위스에 가면 빼놓지 않고 들르는 방문 코스가 하나 있는데 바로 최고급 시계를 생산하는 공장이다. 시계 하나 값이 무려 10만 달러인데 같은 한국인 관광단 중 적지 않은 사람들이 이 시계를 앞다투어 사더라는 것이다.

한국인의 호화 관광은 최근 동남아에서 정평이 나 있다. 한국 관광객은 돈을 물 쓰듯 하고 사치 고가품을 싹쓸어 가기 때문에 동남아에서 한국 관광객은 '봉' 취급을 받는다고 한다.

일부 부유층에 국한됐던 호화 사치 생활은 5 · 6공화국에 들어와 중 · 상류층에 급격히 확산됐다. 몇천만 원짜리 이탈리아 가구가 날개 돋친 듯이 팔리고 서너 번밖에 신지 못할 나일론 스타킹이 금박이를 붙여서 10만 원을 호가하는데도 불구하고 불티나게 팔려 나간다. 기타 외제 승용차, 냉장고, 세탁기, TV 등이 무수히 수입되어 국내 산업체를 위축시키고 있다.

왜 이러한 호화 생활이 판치고 있으며, 그들은 도대체 어떤 부류의 사람들일까? 보나마나 갑자기 돈이 넘쳐 흘러 주체를 못하는 부동산 투기업자, 증권 투자가, 기타 불로 소득자일 것이다. 부동산에 불과 2~3년 동안만 투자해도 20~30배의 수익이 나니 그들에게는 돈이 돈으로 보이지 않는 것은 낭연하다.

그러나 돈이 많다고 해서 다 사치하고 낭비하지는 않는다. 유독 한국 국민만 그런 것 같다.

돈으로 따지면 아직도 우리는 가난한 살림이고, 잘사는 사람은 일본 사람, 미국 사람, 그리고 독일 사람이다. 세계적인 부국(富國)이면서도 구두쇠 노릇을 하는 독일인, 그들은 아직도 식구 수를 따져 가면서 저녁 음식으로 쓸 감자 수를 헤아린다. 기업 회장도 20평 아파트에 살고 중·상류층도 15평 아파트에 사는 일본 사람에게 한국 상품을 많이 사달라, 기술 이전을 해달라 애걸복걸하는 우리 모습을 일본 국민은 어떻게 바라보고 있을까?

2년 전 미국 뉴욕 대학에 교환 교수로 가 있는 동안 그들의 검소한 생활을 다시 한 번 엿볼 수 있었다. 내가 전세를 든 주인집은 중류층 가정이었는데도 불구하고 그들은 1960년도의 고물 냉장고와 세탁기를 그대로 사용하고 있었다. 어느 날, 점심 때 학교 나갈 일이 없어서 집에서 더운 점심을 먹고 있는데, 주인집 초등학교 1학년짜리가 2층의 우리 식구에게 놀러 왔다. 그 소녀는 우리가 밥을 먹는 것을 보고는 깜짝 놀라면

서, "점심에도 더운 음식을 드세요? 우리는 점심은 간단하게
찬 음식으로 때워요."라고 말하여 우리 부부를 당황하게 만들
었다.

외국에 나가 살아본 적이 있는 사람은 그들이 얼마나 검소하
고 알뜰하게 사는지를, 그리고 반대로 우리 국민들이 얼마나
사치스러운지를 뼈저리게 느낀다.

그런데 외국인들은 돈을 아낄 줄 알 뿐 아니라 돈을 쓸 때는
쓸 줄도 안다. 그들은 평생 아껴 모은 돈을 자식에게 유산으로
남기기보다는 육영 재단, 학교 재단, 그리고 사회사업 기관에
아낌없이 희사한다. 우리나라의 재벌들, 상류층은 자식에게 무
엇을 남겨주지 못해서 갖은 안간힘을 쓰는데 말이다. 그래서
열세 살 먹은 재벌 집 아들이 수십억대의 땅을 소유하고 있다.

한때 너무 굶주리고 또 너무 헐벗고 살아왔기 때문에 그것이
한이 되어 한번 실컷 먹어 보고 한번 실컷 호사해 보고픈 욕망
이 우리 국민의 사치에 내재된 심리일까? 우리의 가난한 과거
를 잘 아는 외국인들이 차마 이런 식으로 우리의 사치를 해석
할까 봐 얼굴이 붉어진다.

교양이 가식적인 말이 아니라 몸에 밴 태도와 행동에서 비치
는 것처럼 개인의 부(富)도 온몸에 휘감긴 보석 장신구로 나타
나는 것은 아니다.

돈을 아낄 줄 아는 태도, 그러면서도 돈을 쓸 데 쓰는 품위
에서 부귀(富貴)가 돋보이는 것이다.

— 이훈구(연세대 교수, 심리학)

 어 • 봅 • 시 • 다 ••

1. 필자는 과소비를 일삼는 부류의 사람들을 어떤 사람들이라고 보는가?

2. 외국 사람들은 검소하게 살다가 어느 때 돈을 쓴다고 말하고 있는가?

3. 필자는 한국인들의 사치 심리를 어떻게 판단하고 있는가?

4. 유산 문제에 있어서 우리가 외국인들에게서 본받아야 할 점을 약술해 보자.

 해 • 답

1. 정상적으로 돈을 벌지 않은 사람들, 다시 말해 부동산 투기업자, 증권 투자가, 기타 불로 소득자를 말한다.

2. 육영 재단이나 학교 재단, 사회사업 기관에 희사한다.

3. 옛날에 너무 굶주리고 헐벗고 못살았기 때문에 생긴 보상 심리라고 생각한다.

4. 자식들에게는 일정한 시기까지만 도움을 주고, 아이들 스스로 자립심을 키우도록 하며, 재산은 사회에 환원시켜 여러 사람들에게 혜택이 주어지도록 한다.

| 읽기 전에 | 언어를 떠나서는 우리의 삶이 영위될 수가 없다. 그러나 언어의 본질이 무엇인가를 아는 것은 쉬운 일이 아니다. 또한 언어와 사고와의 관계, 언어와 문화와의 관계, 언어와 다른 학문과의 관계는 우리에게 지대한 관심사라 할 수 있다. 필자는 이 글에서 언어와 사고, 즉 말과 얼은 밀접한 관련이 있다는 것을 여러 학자들의 연구 결과를 인용하여 증명하고 있다.

언어는 눈으로 보고 귀로 듣는 감성적인 기능에 영향을 줄 뿐만 아니라 정서적인 느낌과 이성적인 생각을 이끌어 가는 힘을 가졌다고 한다. 언어의 이와 같은 창조적인 힘은, 따라서 우리가 외적인 혹은 내적인 현실을 이해하는 데 크게 작용한다. 언어는 늘 우리가 현실을 보고 이해하는 각도를 결정한다는 것이다.

곧 보기를 들면, 영어나 독일어나 우리말은 각각 특이한 의미 관련의 구조와 특이한 뉘앙스를 갖고 있다. 그러므로 이러한 언어는 특이한 의미 관련의 구조와 특이한 뉘앙스로 말미암아 특이한 빛을 현실에 던져서 그 현실을 특이하게 밝힌다. 다시 말하면 하나의 종류의 언어 아래서 현실은 늘 특이하게 나타나는 것이다. 그뿐만 아니라 한 종류의 언어 안에서도 특이한 낱말들과 그 낱말들의 연결은 언제나 현실을 특이하게 드러나게 한다. 보기를 들면, 모두 아는 바와 같이 '잡초'와 같은 말은 일정한 풀들을 특이한 입장에서 보게 하고, 그 풀들을 특이하게 밝힌다.

이러한 의미에서 훔볼트는 '우리는 언어가 우리에게 보여주는 대로 현실을 인식한다.'고 말했다. 인간은 언어를 엮어내는 바로 그 과정을 통해서 언어에 의해서 구속된다. 사실에 있어서 현실은 무한한 복합 현상이기 때문에 언어를 통해서 비로소 그 일정한 구조가 특이하게 드러나게 된다.

헤르더는 인간은 언어를 통해서만 이성을 가진다고 했다. 왜냐하면 말만이 감각적인 인상의 큰 바다 속에서 하나의 파도를 구별해서 보존할 수 있기 때문이다. 인간이 외부 세계와 내면 세계에서 받아들이는 감각적인 인상들은 사실 바다 물결의 넘실거림처럼 매우 크고 많으며 끝없이 연속적이기 때문에 그것들을 뚜렷이 붙들어서 인식하기는 어려울 것이다. 언어 속에 간직되어 있는 형식들과 카테고리들을 통해서 비로소 그 끝없는 물결의 넘실거림 속에서 하나하나의 파도를 구별해서 붙들 수 있다는 것이다.

모든 언어는 늘 일정한 문화적인 전통 속에서 자라난다. 그러므로 모든 언어 속에는 그 일정한 문화적인 전통과 더불어 이룩된 일정한 형식들과 카테고리들이 담겨 있어서 그 언어와 더불어 생활하는 사람들로 하여금 늘 그 형식과 카테고리들을 통해서 외부적인 혹은 내부적인 현실을 파악하게 한다. 우리가 한 종류의 언어만을 사용하고 있는 동안에는 이러한 사실을 깨닫지 못하지만 전혀 다른 종류의 언어를 사용해 보면 비교가 되기 때문에 이런 사실을 분명하게 깨달을 수 있게 된다.

그래서 훔볼트는 말하기를, 모든 언어는 그 낱말들의 특수성과 문법 구조의 특수성을 통해서 제약된 현실의 특수한 해석이라고 했다. 곧 훔볼트는 모든 언어는 그것이 그 속에서 자라난 문화적인 전통 속에서 이룩된 일정한 세계상(Weltansicht) 혹은 세계관(Weltanschaung)을 표현한다는 것이다. 다시 말하면 모든 언어에는 한 겨레의 문화적인 전통 속에서 자라난 '얼'이 담겨 있다고 한다. 언어는 늘 하나의 공동체와 더불어 자라는데 그 언어 속에는 그 공동체의 정신적인 전통이 담겨 있어서 공동체에 속한 사람들의 정서와 사유와 감성까지 인도한다는 것이다. 이것을 바이스게르바는 언어학적으로 다음과 같이 설명한다.

(1) 모든 언어가 일정한 음성 형식들에 있어서의 낱말들과 표현 수단들을 갖고 있다는 것은 누구나 알고 있다.

(2) 그리고 또한 음성 형식들만으로는 아직 언어라고 할 수 없다는 것도 확실하다. 낱말은 어떤 사물을 표시하는 '기호' 만은 아니며, 표현 수단은 어떤 사상의 단순한 '껍질' 은 아니다. 음성 형식들을 언어와 동일시하고 이 음성 형식들과 이들이 표시하는 사물들의 영역의 두 계층만을 인정하는 통속적인 언어만은 너무 피상적이다.

(3) 언어에는 낱말들의 '의미' 와 표현 수단들의 '기능' 이 있다. 이러한 '의미들' 과 '기능들' 을 분석해 들어가면 우리는 상상적인 '중간 세계(Zwischenwelt)' 에 부딪히게 된다. 이 중간 세계를 통해서 음성 형식들과 그것들이 표시하는 사물들과의 연결이 가능하게 된다.

(4) 이러한 상상적인 중간 세계는 허구적인 이념들(Ideen)이나 혹은 보편 타당한 사유 형식들에 의해서 성립된 것이 아니다. 인간의 정신이 그 속에 사유의 대상들(Gegenstände)을

설정하고 그 속에서 외부 세계의 사물들이 인간에 의한 정치와 판단과 파악을 통해서 형성되고 인식된다.

(5) 그런데 이러한 중간 세계는 '객관적인 존재'와 인간의 의식 안에 있는 '주관적인 존재' 사이에 위치하는 것으로서, 언어와 불가분의 관계를 갖고 있는 언어의 광장이다. 곧 그 중간 세계는 인간의 정신적인 소유가 되기 위해서 재창조된 세계이며, 여기에서 언어의 창조적인 힘이 발휘된다. 이러한 에네르기아가 발휘되는 이 광장을 우리는 모든 언어의 세계상(Weltbild)이라고 한다.

바이스게르바의 이러한 이론에 의하여 영어에는 앵글로색슨의 세계상이 있고 독일어에는 독일 민족의 전통적인 세계상이 있고, 우리말에는 우리 겨레상이 있다는 것이다. 그 세계상은 우리의 감성적인 지각과 감정적인 표현과 정서적인 느낌과 이상적인 사유를 인도한다. 다시 말하면 그 세계상은 우리의 삶을 지배한다. 그러면서 그 세계상은 그 공동체와 더불어 역사적으로 이룩된 전통적인 것이다. 그래서 나는 이것을 우리말의 '얼'이라고 부른다. 우리말에 담겨 있는 우리 겨레의 '얼'이라는 뜻이다. 이 '얼'은 우리가 우리말을 사용하고 있는 동안 우리의 느낌과 생각과 행동을 지배한다.

이미 말한 바와 같이 낱말들은 단순히 사물들을 표시하는 기호들이 아니며, 표현 수단들은 단순히 보편적인 사상의 껍질들이 아니다. 모든 언어에는 각각 특수한 내용이 있으며, 따라서 중간 세계의 모양들도 언어마다 다르다. 언어의 차이는 각 공동체의 문화적인 전통의 특이성과 연결되고 그 민족의 사유와 생활을 지배하게 된다. 따라서 우리말에 담겨 있는 것은 우리의 '얼'이고, 언어의 차이는 '얼'의 성격의 차이를 가져온다.

위에서 말한 사실을 확인한 것이 미국의 물리학자이며 언어학자인 우오르프(Whorf)의 '언어학적 상대성 원리(the linguistic relative principle)'이다. 우오르프는 모든 언어들을 사용하는 모든 사람들에게 해당하는 하나의 보편 타당한 '자연적인 논리학'이 있다는 것을 반대한다. 왜냐하면 인간은 언제나 특수한 언어를 중개로 해서만 사유하기 때문이다.

그는 인간의 생각의 형성은 자립적인 프로세스가 아니고 특수한 언어의 문법에 의존하기 때문에 여러 언어들의 문법의 차이에 따라서 달라진다고 했다. 우오르프는 이와 같은 자신의 이론을 아인슈타인의 물리학적인 상대성 원리를 본받아서 언어학적인 상대성 원리라고 불렀다.

모든 언어는 하나의 큰 구조 체계인데, 그 안에 여러 형식들과 카테고리들이 이미 마련되어 있다. 이처럼 이미 설정되어 있는 형식들과 카테고리들을 토대로 해서 사람들은 자신을 전달하고 자연을 조직적으로 정리하고 모든 현상들과 그 관련상을 파악하고 그의 생각을 인도하여 자신의 의식의 구조를 설립한다. 그런데 우오르프에 의하면 모든 서로 다른 언어들 속에 담겨 있는 여러 세계상들은 근본적으로 동등한 정당성을 가졌다는 것이다. 그러므로 언어학은 여러 가지 세계상들을 개관하고 그 하나하나의 세계상의 상대성을 인식할 수 있게 해야 한다고 말한다.

우리는 지금 서양 기술 문명의 압도적인 지배 아래 살면서 번역 문화의 혼탁 속에서 갈피를 못 잡고 있기 때문에 흔히 인도-유럽말에 제약된 논리와 세계상을 유일의 과학적이고 정당

상대성 원리
좌표계를 변환시키더라도 물리 법칙은 변함이 없다는 원리.

한 세계상으로 오해하는 일이 많다. 그리스어 '형상(*ημορφη*)'
과 '질량(*ηυλη*)'을 통해서 2원론적으로 파악된 세계상과, 독일
어 '정신(Geist)'과 '자연(Natur)'을 통해서 2원론적으로 파
악된 세계상과, 중국어 음(陰)과 양(陽) 혹은 이(理)와 기(氣)
를 통해서 2원론적으로 파악된 세계상은 같은 2원론적으로 구
성된 세계상들이라고 해도 서로 전연 다르다. 관찰된 각도들과
내용들과 구조들이 모두 다르다. 그리고 어느 쪽이 더 우월한
세계상이라고 말할 수는 없다.

우오르프는 인도-유럽 말 외의 언어들, 특히 북아메리카의
호피(Hopi) 말을 자세히 연구한 결과 다음과 같은 사실을 지
적하고 있다.

유럽 사람들이 모든 현상들을 어떤 불변의 실체의 여러 가지
양상들로 생각하는 것은 주어와 술어의 2원적인 구조의 특징
을 가진 인도-유럽 말의 문법 구조의 결과라고 하면서, 이것은
모든 현상들을 물체화하는 경향을 가졌다고 한다. 그러면서 우
오르프는 현대 이론물리학이 당면하고 있는 개념적인 난관들
은 현대 과학의 개념들이 유럽적인 사유의 영역 안에서 발전되
었기 때문이 아닌가 하는 물음을 제기하고 있다. 그리고 인도
유럽적인 사유는 현대 물리학이 도달한 새로운 차원의 영역을
설명하기에는 부적당하기 때문에 혹 다른 언어를 통해서 그 개
념적인 난관들이 극복될 수 있지 않겠느냐는 희망을 표시하고
있다. 곧 우오르프는 인도-유럽 말에서 발전한 현대 과학 개념
들은 이제는 과학적인 발전의 장애가 된다고 생각한다.

그러므로 우리는 어떤 특정한 언어와 그 속에 담겨 있는 세
계상이 반드시 우월하다고 생각할 이유는 없다. 우리는 다만

여러 가지 서로 다른 언어 속에 담겨 있는 세계상들이 모두 개성들을 가졌으며 상대적이라는 것을 인식할 필요가 있다. 다시 말하면 하나의 언어 공동체의 언어 속에 살아 있는 역사적인 얼은 개성이라는 것이다.

하나의 언어 공동체의 역사적인 얼은 언어를 통해서 문화 창조의 전제가 되며 수단이 되고 또한 힘이 된다. 참으로 문화 창조는 언어 속에 살아 있는 일의 힘에 의한 것이다. 그렇기 때문에 지나간 몇십 년 동안에 문화의 거의 모든 영역들에서 언어에 대한 관심이 높아진 것을 우리는 발견할 수 있다. 기술학은 언어 규격의 문제를 다루게 되었고, 경제학은 언어의 선전력에 주목하고, 종교는 종교적인 계시와 언어와의 관계를 살피기 시작했으며, 법률학은 법 용어의 중요성을 더욱 절실히 깨닫게 되었다. 이것은 전체 문화의 구조에 있어서의 언어의 의미 깊은 위치가 밝혀져 가고 있다는 것을 말한다.

하나의 언어 공동체의 풍속, 습관, 속담, 격언 그리고 토속 신앙 등은 언어와 밀접한 관계를 갖고 있을 뿐만 아니라 우리의 기술, 경제, 법률, 종교, 과학, 예술의 모든 영역들에 있어서의 모든 행위는 언어라고 하는 수단이 주어져 있는 전제로서 받아들이고 있다.

이 언어라는 수단이 사용되는 정도에 따라 그 언어 속에 살아 있는 얼이 사람들이 의식하지 못할 만큼 자명하고 당연한 존재로서 움직이게 된다. 수와 기호들의 조작을 통해서 엄격하게 합리적으로 전개된다고 생각되는 수학에 있어서도 그의 기본 공리들이나 기본 원리들 속에 아직 분석되지 아니한 언어가 숨어 있는 것을 발견할 수 있다.

말의 예술인 시문학은 물론이지만, 조각이나 미술, 음악에 있어서도 언어의 전제는 배제될 수 없으며, 특히 언어 속에 담겨 있는 세계상과는 밀접한 관계를 갖고 있다. 다만 예술가들은 그것을 분명하게 의식하지 못하는 것뿐이다. 그러나 우리가 시대마다 민족마다 예술의 표현 방식들이 달라지는 이유들을 자세히 살펴보면 그것을 알아낼 수 있다. 그러므로 우리의 모든 행위들에 있어서 함께 작용하는 언어 생활은 곧 사상적인 중간 세계와 거기에 형성된 우리말의 세계상과 거기에 살아 있는 겨레의 얼이 문화 창조의 전제이며, 또한 문화 창조의 길이다.

언어는 이와 같이 문화 창조의 전제일 뿐만 아니라 또한 문화 창조의 길이기도 하다. 우리는 기술이나 경제나 종교나 법률이나 과학을 위해서 언어적인 수단을 발전시킨다. 전통적인 종교나 법률을 해석하는 데도 언어라고 하는 수단은 중요한 구실을 한다. 시문학에 있어서는 언어적인 수단이 바로 예술이 된다. 이 모든 경우에 있어서 언어는 언제나 다만 어떤 목적을 위한 수단에 불과한 것이 아니고 함께 형성하는 창조적인 힘을 가졌다.

언어는 문화 창조의 전제이며 동시에 수단이지만, 더 나아가서는 그 언어 속에 담겨 있는 세계상과 거기에 살아 있는 얼로 인해서 또한 문화 창조의 목적이기도 하다. 왜냐하면 문화 창조는 결국 그 언어 공동체의 세계상과 얼을 더욱 알차고 풍부하게 하고 빛나게 하는 것을 목적으로 하기 때문이다. 우리의 문화 창조는 우리 겨레의 얼을 빛나게 하는 것을 지향한다. 우리가 언어의 세계상과 거기에 살아 있는 얼을 이해하면 언어가 역사를 이끌어 가는 힘이라는 것을 쉽게 알 수 있다.

물론 이미 하나의 낱말이나 하나의 특수한 언어 표현이 역사를 지배할 수도 있다는 것을 부인할 수는 없다. '평등', '우애', '자유'라는 말이 혁명의 불길에 부채질하였고, '은혜를 통한 구원'이라는 말이 종교 개혁자의 마음에 초인적인 힘을 주었으며 '부르주아'와 '프롤레타리아'라는 말은 모든 사람들의 사회를 관찰하는 눈을 일정한 형식으로 고정시킴으로써 역사를 뒤흔들어 놓았다. 이론적으로는 우리가 언어의 세계상이라는 것이 무엇인지를 알고 거기에 살아 있는 얼이 우리의 역사적인 삶에 대해서 무엇을 의미하는지를 알면 언어와 역사와의 관계는 분명해진다.

언어가 만일 훔볼트가 말하는 대로 참다운 '에네르기아'로서 한 민족의 전체적인 정신적 잠재력이 드러나는 길이라면 이것은 곧 역사를 이끌어 가는 힘이다. 언어는 객관적인 사물에 붙어서 그것을 표시하는 기호는 아니다. 그러면서 또한 언어는 개인의 주관적인 표상도 아니다. 그것은 하나의 언어 공동체의 사회적인 공기라는 의미에서 초주관적이다.

그러므로 결국 언어는 객관적인 사물과 주관적인 표상 사이에 이룩된 '중간 세계'이다. 이 중간 세계는 그 언어에 의해서 생활하는 모든 개인들의 마음에 투영되어 주관적인 모든 표상을 결정하고 모든 생각을 인도한다. 그래서 이 중간 세계에는 그 언어의 세계상이 담겨 있다고 한다. 이 세계상은 그 언어 공동체의 역사적인 정신 생활을 통해서 이룩된 것이며 그 공동체에 속한 모든 사람들의 삶을 지배하기 때문에 이 세계상은 거기에 그 겨레의 얼이 살아 있는 장소라고 할 수 있다. 언어

의 세계상에 살아 있는 얼은 문화를 창조하는 힘이며 또한 역
사를 움직이는 힘이다.

— 이규호(전 문교부 장관, 언어철학)

풀•어•봅•시•다 ‧‧

1. '하나의 현실이 늘 특이한 형태로 나타난다.'는 말의 뜻은 무엇인가?
2. 바이스게르바가 말하는 중간 세계란 무엇인가?
3. '얼'과 '언어'는 어떤 관계가 있다는 말인가?
4. '언어가 문화 창조의 전제이며 길이다.'는 뜻은 무엇인가?
5. 언어 표현이 역사를 지배할 수도 있다고 든 예는 무엇인가?

해•답

1. 언어마다 특이한 구조와 특이한 뉘앙스를 가지고 있기 때문에 언어를 통해서
   그 일정한 구조가 특이하게 나타나는 것이다.
2. 언어의 광장이다.
3. '얼'은 우리의 감성적인 지각, 감정적인 표현, 정서적인 느낌, 이상적인 사유를
   말하는데, '언어'는 이런 것을 지배하는 역할을 한다.
4. 이 세상의 모든 영역은 언어를 떠나서 존재할 수 없으며, 그 영역들은 문화 창
   조의 수단이자 방법이기 때문에 언어는 문화 창조의 전제이며 길이 된다.
5. '평등', '우애', '자유' 등의 말이 혁명의 불길에 부채질하였고, '은혜를 통한
   구원'이라는 말이 종교 개혁자들의 마음에 초인적인 힘을 주었으며, '부르주
   아'나 '프롤레타리아'라는 말이 공산주의와 자본주의의 대립을 가져왔다.

제재와 개요는 무엇인가?

1. 제　재

　제재는 소재 또는 쓸거리라고 한다. 즉 주어진 주제에 맞게 글을 꾸미는 재료를 말하는 것이다. 제재는 보통 글의 주제가 주어진 다음 준비하는 것으로 알고 있으나, 좋은 글을 쓰고 많은 글을 쓰는 사람들은 평소에 제재를 찾아 두었다가 주제가 주어지면 거기에 맞는 제재를 골라 글을 쓴다.

　평소에 제재를 많이 갖추어 놓으려면 사물에 특별한 관심을 가지고 견문과 지식을 넓히며, 생각하는 힘을 길러야 한다. 그러기 위해서는 많은 글을 읽고, 경험을 쌓고, 사고를 깊이 하는 습관을 기르는 것이 중요하다. 독서나 경험, 사고에서 얻어진 중요한 내용들을 머릿속에 모두 보관해 둘 수는 없다. 그러므로 좋은 자료가 될 수 있다고 사료되는 것들은 그때그때 카드에 적어 두고, 종류별로 정리해 놓는 것이 좋다.

　논술 시험에서는 주제가 이미 정해지기 때문에 수험생은 평소에 가지고 있었던 제재로 논술을 작성해야 한다. 예컨대 '우리나라의 효에 관한 가치 규명'이라는 주제가 주어졌다면, 이에 맞는 제재는 '삼강오륜에서의 효'라든가, '효자와 인삼이 된 아들', 또는 '땅에서 나온 돌종', '효자와 호랑이' 등의 전설이나 민담 혹은 역사에 기록되어 있는 효자, 효녀 등에 관한 내용이 될 수 있으며, 효에 대한 현대적 해석, 효는 모든 도덕과 예절의 근본이 된다는 등의 내용을 윤리적·도덕적 관점에서 주장할 수 있는데, 이에 적용되는 이론이나 실례가 모두 제재다.

제재는 주제뿐만 아니라 제목과도 밀접한 관련이 있다. 예를 들어 '호랑이도 탄복한 효심'이라는 제목에는 호랑이와 효자에 얽힌 어떤 이야기가 제재로 등장한다는 것을 알 수 있다.

훌륭한 논술을 완성하기 위해서는 좋은 제재가 있어야 한다는 것은 재론할 필요가 없으며, 한 장의 신문에서라도 뭔가 도움이 될 수 있는 것이라면 스크랩을 한다든지, 카드에 적어 두었다가 때때로 논술 연습을 할 때 그것을 이용하는 것이 좋은 방법이다.

2. 개 요

개요는 글의 내용을 구체적으로 도식화하는 것이다. 또한 개요는 글쓴 이가 표현하려고 하는 마음의 준비이므로, 글의 청사진이라 할 수 있다. 개요를 작성할 때의 주의점은 다음과 같다.

첫째, 전체적으로나 부분적으로 순서에 이상이 없는가를 살

▌ 키메라 식물
귤탱(귤+탱자), 마주
(마늘+고추), 바나귤
(바나나+귤), 사과밤
(사과+밤) 등과 같이
두 가지 작물이 접목,
결실된 유전 공학의
산물이다. 키메라
(chimera)는 사자 머
리에 염소의 몸통과
뱀의 꼬리를 가진 그
리스 신화의 괴수 이
름에서 비롯되었다.

핀다. 순서에 이상이 있으면 다시 배열한다.

둘째, 불필요한 부분, 부족한 부분이 있는가를 살핀다. 불필요한 부분은 빼고, 부족한 부분은 보충한다.

셋째, 간단하게 할 부분이 있는지 살핀다. 내용이 복잡해서 난해하거나 혼란이 예상되면 간단하게 정리한다.

넷째, 내용에 오류가 없는지 살핀다. 내용 중에 이상한 부분, 오해를 야기할 수 있는 부분 등을 수정한다.

다섯째, 전체와 부분들이 잘 조화를 이루고 있는지를 살핀다. 즉, 전체의 내용이 주제와 어긋남이 없는지, 대주제와 소주제간에 연결은 잘 되고 있는지를 알아 본다.

3. 주　제

(1) 주제의 정의

단 두 사람이 만나 이야기를 나누더라도 그 대화 속에는 중심되는 내용이 있다. 예를 들어 오래간만에 만난 동창들이라면 학창 시절의 추억담이 될 수 있고, 다른 동문 이야기를 화제로 삼을 수도 있으며, 또는 남을 흉보는 내용일 수도 있다. 만약 중심되는 내용이 정확하지 않으면, 모임을 마친 후에도 무슨 이야기를 나누었는지 모호해지고, 때로는 괜히 시간만 낭비했다는 느낌이 들기도 한다.

마찬가지로 글에서도 핵심되는 내용, 초점이 되는 내용이 주제다. 즉, 주제는 글을 쓰는 이가 나타내려고 하는 중심사상이며, 요지라고 할 수 있다. 따라서 장편 소설과 같은 긴 글이나 짧은 시에서도 주제는 한 가지로 나타난다.

주제는 글쓴 이의 지식, 사상, 감정을 읽는 이들에게 전달하려는 것인데, 읽는 이들이 흥미를 가지지 못하거나, 공감을 느끼지 않으면 그 글은 성공한 것이라고 보기 어렵다. 좋은 주제는 읽는 이들에게 흥미를 유발시키고, 설득할 수 있으며, 도움을 줄 수도 있다.

(2) 주제의 종류

주제는 우리의 생활에 관계된 것이라면 어떤 것이든 가능하지만 이를 구체적으로 대별한다면 다음과 같이 나눌 수 있다.

1) 일상적인 주제

우리들이 살아가는 데에는 의(衣), 식(食), 주(住)가 필수불가결하다. 그런 문제는 항상 우리 곁에 있으며, 누구나 관심을 가지는 것이다. 예컨대, '요즘 생필품값이 너무 오른다.'든가 '집값이 터무니없이 싸졌다.'든가, '날씨가 의생활에 미치는 영향' 등에 관한 문제는 쉽게 다룰 수 있는 주제다.

또한 교육·결혼·취업·사업·정치·환경 등에 관한 주제도 우리들의 일상 생활에서 흔히 접하게 되는 것들로서 좋은 글감을 제공한다.

2) 시사적인 주제

우리들은 날마다 주변이나 국가, 세계에서 일어나는 갖가지 정보와 뉴스 속에 묻혀 산다. 그러한 일들은 인터넷이나 신문, 텔레비전, 라디오, 잡지를 통하여 우리들에게 전달되므로 누구나 관심을 가지고 있다. 예컨대, '미국 비행기가 추락했다.'든가 '전직 대통령이 사형을 구형받았다.'든가 '태풍이 우리나라에 다가온다.'는 등 날마다 주제가 될 수 있는 사건·사고는 끊임없이 일어나고 있다.

3) 학술적인 주제

인문과학이나 자연과학, 또는 예술이나 체육 등에 관한 전문적이고 학문적인 견해를 밝히는 주제를 말한다. 이 경우는 그 방면에 상당히 전문적인 지식을 가지고 있지 않으면, 읽는 이들에게 공감을 주지 못한다. 남의 주장을 비판하든, 자기의 주장을 피력하든 정확한 논리와 근거를 전제해야 성공적인 글을 쓸 수 있다.

4) 재미있는 주제

사람들은 누구나 어렵고 복잡한 삶 속에서 즐겁게 살려는 욕망을 가지고 있다. 그리하여 책을 읽고, 영화나 연극을 감상하며, 음악을 듣고, 여행을 하고, 운동을 한다. 이런 여가 선용이나 취미에 관계된 내용도 좋은 주제를 제공한다.

아니면 전설이나 신화·민요·민담·풍습, 방언·유행어·은어, 음주나 흡연 등에 관한 것도 좋은 주제가 될 수 있다.

5) 욕망을 자극하는 주제

사람들은 삶 속에서 끊임없이 재물·성욕·음식·명예·수면 등에 관한 욕망을 지니고 있다. 이러한 욕망을 추구하는 주제는 어디든지 산재해 있다. 예컨대, 어떤 물건을 사게 한다든지, 열심히 공부를 하게 만든다든지, 돈을 벌 수 있는 방안을 제시하는 것은 누구나 관심을 가질 만한 주제이다.

(3) 대주제와 소주제

글 전체의 주제를 대주제라 하고, 각 단락(문단)의 주제를 소주제라 한다.

하나의 논술은 여러 개의 단락으로 이루어진다. 이 단락마다 나름대로 주제를 가지고 있는데 이것을 소주제라 하고 소주제를 담고 있는 문장을 소주제문이라 한다.

소주제문은 소주제를 간단 명료하게 나타내야 하며, 나머지 문장들은 소주제를 뒷받침하는 역할을 하므로 이를 뒷받침 문장이라 한다.

그러나 소주제는 각각 독립된 것이 아니라 대주제와 관련이 있어야 하고, 소주제가 너무 좁거나 너무 넓은 개념이어서는 안 되므로 알맞은 범위 안에서 정해져야 한다. 그리고 특별한 경우가 아니면 복수의 소주제를 정하지 않는 것이 좋다.

또한 소주제문은 간결하게 쓰고, 확실하고 분명하게 표현해야 한다. 뒷받침 문장들도 소주제와 관련된 내용이어야 하고, 소주제를 중심으로 집약되어야 한다.

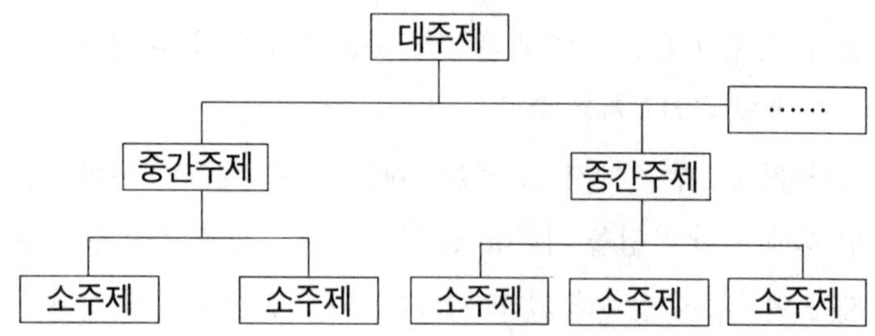

4. 제 목

(1) 제목의 정의

제목은 그 글의 이름이다. 사람이나 나무, 풀도 이름이 있어서 다른 존재와 구분이 되듯이 글도 이름이 있어야 다른 글과 구별할 수 있다. 사람의 이름은 그 사람의 특징과 연관이 없으나 동물이나 식물의 이름은 그 나름의 특징과 연관된 것이 많다.

예를 들면, 뻐꾸기는 뻐꾹뻐꾹 울기 때문에 생긴 이름이고, 쑥은 쑥쑥 자라서 그 이름이 붙었다고 볼 수 있다. 이와 같이 글의 제목도 그 글의 주제나 제재, 혹은 목적에 관련되게 붙여야 한다.

글의 목적은 크게 ① 알리기 위한 것, ② 설득하기 위한 것, ③ 감동을 주기 위한 것으로 나눌 수 있는데, 논술은 첫 번째와 두 번째의 목적에 해당된다.

(2) 제목의 실례

1) 주제와 관련된 제목은 다음과 같다.

• 약 남용의 실태.

• 가까운 이웃이 먼 사촌보다 낫다.

• 여행은 즐거워야 한다.

2) 목적과 관련된 제목은 다음과 같다.

• 컴퓨터의 이해.

• 건강은 건강할 때 지켜야 한다.

• 지나친 욕심은 화를 부른다.

3) 제재와 관련된 제목은 다음과 같다

• 친구와 보낸 하룻밤 이야기.

• 호랑이가 잡아준 묘터.

• 어머니의 편지.

┃테크노 새비족

전자 문명에 관해 진일보한 소비층을 말한다. 이들은 젊은이들이 아니라 PC 등장 초기에 청년기를 보냈던 40대들이다. TAF(Technologically Advanced Family), 즉 '기술적으로 진보한 부류'라는 개념도 있다.

　논술에서는 주어진 주제와 관련 있게 제목을 정해야 하며, 제목은 되도록 간단 명료하고 인상적이며, 친근하고 생동감 있게 표현하는 것이 좋다.

1. 문학의 본질이 쾌락에 있느냐, 교훈에 있느냐 하는 문제는 계속 논란의 대상이었다. 이와 같은 양분된 논리를 하나로 통합할 수 있는 방안을 제시해 보라(1,500자 내외).

2. 근래부터 우리나라의 문학계는 이른바 순수 문학과 참여 문학으로 구분되어 논란이 되어 왔다. 그 중 어느 한쪽을 옹호하는 글을 써 보라(1,200자 내외).

3. '한국 문학은 한민족적 특성만을 나타내야 한다.'는 명제에 대한 반론을 펼쳐라(1,200자 내외).

4. 다음 글을 읽고 '우리 문학이 세계적인 문학으로 인정받을 수 있는 방안'에 대하여 논하라(1,200자 내외).

> 서울대 국문과 권영민(權寧珉) 교수는 지난 2년 간 미국 버클리대학에서 한국 문학 강의를 하다 돌아왔다. 그의 버클리대 체험을 들으면서 미국 속의 한국, 세계 속의 한국이란 게 얼마나 하찮고 보잘것없는가를 절감한다. 구호 속의 세계화가 아닌 세계 속의 한국 문화를 심기 위해 구체적으로 무엇을 해야 할지 새삼 생각케 한다.
>
> 남미 소국 수준 대우
> 권 교수가 버클리대 동아시아어과의 교환 교수로 첫 출

근했을 때 그의 연구실엔 남미(南美)에서 온 다른 교수가 자리잡고 있었다. 그는 연구실 문을 닫고 그 자리에서 집으로 돌아왔다. 사무처에서 왜 학교에 나오지 않느냐고 물었다. 그러자 그는 "나는 비록 작은 분단 국가에서 온 가난한 교수지만 교수직 20년 동안 한 번도 합동 연구실을 써 본 적이 없다."고 대답하고 1인 연구실이 나올 때까지는 집에서 강의준비를 하겠다고 버텼다.

첫 강의가 있던 날, 강의실이랄 게 못 되는 5~6명이 겨우 앉을 좁은 방이 배정됐다. 강의 시간이 임박하면서 복도가 술렁이고 시끄러워졌다. 50여 명의 학생들이 강의실을 찾았지만 자리가 없어 복도에서 서성이는 중이었다. 사무처 직원과 학과장이 달려와 이변(異變)에 놀라면서 당장 강의실을 바꾸고 연구실도 새로 배정했다. 이어 권 교수는 흑판에 '한국 문학사 권영민'이라 크게 쓰고는 이것이 여러분이 공부할 주제고 교수 이름이라고 설명했다. 복도를 지나가던 미국인 교수가 호기심이 발동해 들어와서는 한국에도 고유의 글자가 있느냐고 물었다.

그의 버클리대 한국 문학 강의는 이렇게 어렵사리 시작되었다.

권 교수의 버클리대 체험에서 우리는 몇 가지 분명한 사실을 깨닫는다. 우리가 아무리 소득 1만 달러에 경제협력개발기구(OCED) 선진국 대열로 도약하고 있다는 자부심을 갖고 있지만 한국을 가장 잘 안다는 미국마저도 한국인을 남미 소국 수준으로 대우하고 있고 뜻밖에 한국에 대해 너무 아는 게 없다는 사실이다.

왜 이런 결과가 되었는가. 미국이 한국을 알 수 있는 공식 채널이 없고 우리도 미국에 한국을 알리려는 노력을 등한히 한 데서 온 결과다. 1970년대 말까지만 해도 평화봉사단을 통해 많은 미국 젊은이들이 한국어를 배우고 한국을 체험하는 기회가 있었다. 미국의 지한파(知韓派)란 대부분 당시 평화봉사단 출신이다. 하버드대의 한국학연구소 소장 카터 에케트 교수도 평화봉사단 출신이다. 그러나 이 제도마저 없어지면서 한국을 아는 미국인 숫자는 급속히 줄었다.

박사 과정 고작 7명

국제문화교류재단이 한국학 강좌 설치를 위한 나름대로의 노력을 벌였지만 대부분 기존의 한국학 연구자에 대한 경제적 지원이 될 뿐이다. 한국어·한국 문화를 가르칠 교재도 없고 연구 기관도 부실하다. 다행히 권 교수가 하와이대의 마셜 필 교수와 공동 편집으로 삼성문화재단의 도움을 받아 컬럼비아대에서 《한국 문학 총서》 6권을 올해부터 발간키로 했다는 사실은 중요한 수확이다.

이에 비해 미국의 한국 문화에 대한 수요는 높아지고 있다. 미국 내의 한국인 2세들이 대거 명문 대학에 입학하면서 모국 문화를 배우겠다는 수요가 높아진 탓이고 블록 경제 시대에서 태평양 연안 국가들과의 연계는 미국으로서는 당면 과제이기 때문이다. 수요는 있지만 공급 사이드에서 아무런 준비도 없고 계획도 없다. 수만 명의 미국 대학 박사 과정 이수자 중 한국 문학을 전공하는 미국인 학생은 단

다운사이징 (downsizing)

컴퓨터 시스템에서, 종전의 대형 컴퓨터 중심의 중앙 집중식 시스템 대신에 보다 소형의 하드웨어를 여러 대 분산, 이용하여 컴퓨터 시스템의 저(低)코스트화를 피하는 일이다. 기업 경영에서는 경영 합리화를 위해 기구 축소, 감원(減員) 등 감량(減量) 조치를 취하는 전략을 말한다.

7명뿐이라는 사실은 한미간의 문화 교류가 얼마나 일방적인가를 말해 준다.

기업과 정부 나설 때

문화 전달의 기초는 언어다. 한국어·한국 문학에 대한 기초 소양 위에서 한국 역사와 문화의 전달이 가능하다. 세계를 배우는 일도 시급하지만 세계에 우리 문화를 알리는 일도 동시에 화급하다. 노벨문학상이 그냥 굴러오는 게 아니다. 재미(在美) 중국인들이 동양학 연구소에 어째서 그 많은 헌금을 하고 일본 정부가 얼마나 조직적으로 일본학 연구소에 투자하는지 그 까닭을 알아야 한다. 한 대학 교수의 고군 분투(孤軍奮鬪)에만 기대하지 말고 보다 조직적으로 기업과 정부가 앞장서 이 일을 추진해야 한다. 내년이면 정부 주관의 '문학의 해'가 된다. 안방 이불 속에서 한국 문학만을 주장할 게 아니라 보다 거시적으로 세계 속의 한국 문학을 알리는 조직적 방안이 구체적으로 전개되기를 기대한다.

— 권영빈(중앙일보 논설위원)

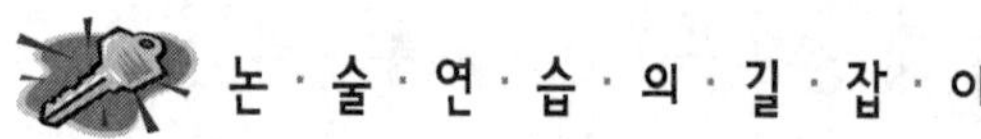

논·술·연·습·의·길·잡·이

1. 문학의 본질이 쾌락에 있다는 주장은 문학의 재미에 중점을 둔 것이다. 재미가 없다면 어느 누가 문학 작품을 읽겠는가

라는 주장이다. 반면에 문학의 본질이 교훈에 있다는 주장
은 문학은 독자들에게 무엇인가를 가르쳐 주고, 남겨 주어
야 한다는 논리다.

그러나 문학은 이 양자의 단점을 극복하고(쾌락이 지나치
면 예술의 경지를 벗어나게 되고, 너무 교훈적이면 철학이나
사상의 교과서처럼 돼 버릴 수 있다) 장점을 고루 혼합한 형
태의 것이 가장 바람직하다는 주장을 펼친다.

2. 순수 문학을 하는 사람들은 문학이 예술의 한 분야이지 정
   치나 이념의 도구가 아니라고 주장하고, 참여 문학을 하는
   사람들은 문학도 시대의 산물이며, 문학가는 사회의 구성원
   이기 때문에 현실을 도외시할 수 없다는 것이다. 이 중 한
   쪽의 입장에 서서 그 이유를 밝힌다.

3. 문학은 인류 공동의 것이다. 우리가 다른 나라의 문학 작품
   을 읽고 공감하는 것은 문학이 어느 민족이건 간에 그들의
   삶과 사고와 느낌에 기반을 두기는 하나, 그 바탕은 동일하
   기 때문이라고 볼 수 있다. 그러므로 한국 문학이라고 해서
   꼭 한민족 특성만을 나타내야 할 필요는 없다. 즉 우리 민
   족의 토속적인 풍습이라든가 구비문학을 소재로 해야 할 당
   위성은 없는 것이다. 우리의 삶과 느낌은 인류 공동의 것이
   므로, 우리 현실을 비판하고 묘사하며 풍자하는 것도 가치
   있는 일이다. 더욱이 세계화·국제화되어 가는 현대에 외래
   의 요소가 혼재한다고 해서 그것을 분리해 낼 수 없는 것이
   기에 더욱 그렇다.

**▌리엔지니어링
(reengineering)**
최근 기업들간의 생존
경쟁이 치열해지면서
서구 및 아시아 일부
기업들 사이에서 나타
나고 있는 새로운 경
영 전략 중 하나로
'조직 재충전'이라 해
석할 수 있다. 리엔지
니어링의 핵심은 생산
성 향상을 위해 기업
을 개선시키는 차원이
아니라 원점에서 출
발, 완전히 재창조하
자는 것이다.

4. 먼저 우리 문학이 외국에 알려지지 않은 원인부터 규명한
   다. 앞의 제시문에서 나타난 것처럼 미국을 비롯한 서양 여
   러 나라에서 우리 문학을 전공하는 학자가 많지 않다는 게
   첫째 원인이다. 그 다음은 언어의 장벽이다. 우리말로 쓰인
   글을 외국어로 정확히 번역할 수 있는 전문가가 별로 없다
   는 것이다. 또한 국가적으로도 우리 문화, 우리 문학을 소
   개할 기관이나 책자, 경제적 도움이 없다는 것을 들 수 있
   는데, 이런 문제가 해결되면 우리 문학도 세계에서 인정받
   는 위치에 오를 수 있다.

1. 한국사의 새로운 이해 

| 읽기 전에 | 식민사관을 가진 사람들은 우리의 민족이 당파적이고 문화적 독창성이 결여되었기 때문에 남의 지배를 받아야 하는 것으로 매도해 왔으며, 아직도 그런 잘못된 민족관을 가진 사람들이 많이 있다. 앞으로 우리들이 독창적이고 진취적이며, 뛰어난 능력을 가진 민족임을 증명할 수 있는 방안이 무엇인지를 생각하면서 이 글을 읽어 보자.

  대외 관계와 함께 항상 논의되는 것은 한국인의 민족성에 관한 문제이다. 우선 가장 나쁜 민족성으로 내세우는 것은 당파성이다. 한국사의 타율성을 강조하는 사람들은 이 당파성도 반도적 성격에서 오는 것이요, 따라서 그것은 고칠 수 없는 선천적인 것이라고 한다. 그러나 고정 불변의 선천적 민족성이라는 것도 있을 수 없으려니와, 설사 그러한 민족성이 있다손 치더라도 장구한 민족사의 전체에서 살펴볼 때에는 당파성을 한국 민족의 선천적인 성격의 산물이라고 고집할 아무런 근거도 없다. 조선 시대에 당쟁이 치열했지만, 그것을 가지고 선천적 민족성으로 삼을 수 없음은 너무도 명백한 일이다.

  한국 민족의 당파성이 특히 문제되는 이유는 그것이 현대와 직결되는 시기에 치열했다는 사실, 따라서 한국 현대의 불행이 그로 말미암은 바가 적지 않다는 사실에서일 것이다. 한국인 자신의 입장에서는 이것은 하나의 자기 반성이다. 그러나 이러한 주장을 외국인들, 특히 일본인들은 한국이 스스로 자립할 수 없다는 표면적 이유로 내세우기 위하여 이용하였다. 그러한 교활한 주장이 모르는 사이에 한국 민족 스스로까지를 사로잡 게 되었던 것이다.

그러면, 만일 당쟁이 민족성에 말미암은 것이 아니라면 그 원인은 어디에 있었는가. 그것은 물론 조선 사회가 지니고 있 는 역사적·사회적 조건에 말미암은 것이다. 어느 민족의 역사 에도 국내적 대립 투쟁은 으레껏 있었다. 단지 각 민족이 처한 역사적·사회적인 특수한 조건이 그러한 국내적인 대립 항쟁 을 각기 색다른 양상을 띠고 나타나게 하였을 뿐이다. 가령, 서양의 중세에 있어서는 그것이 지방 분권적인 형태를 가진 것 이었기 때문에 제후간의 무력 항쟁으로 나타났다. 거기서 우리 는 부단한 국내적인 소규모 전쟁의 연속을 찾아볼 것이다.

그러나 한국은 집권적인 사회였다. 이러한 사회에서 귀족들 은 대개 중앙에 진출하여 관리가 되려는 경향을 나타내게 되는 것이다. 따라서 여기서는 지방 대 지방의 무력 전쟁이 아니라, 중앙의 정계를 무대로 한 권력 대립의 형태로 나타나게 된다. 더구나 시대가 내려오면 내려올수록 양반의 수는 증가해 갔다. 그 반면에 관직의 수는 대략 일정해서 대단한 변화가 없었다. 일정한 수의 관직을 허다한 양반 귀족들이 서로 차지하려고 노 리게 되면, 거기에는 싸움이 벌어질 수밖에 없는 것이다. 더구 나 이 근대 사회에서와 같이 이념이나 정강의 대립이 아닐 때 에는 혈족 관계와 결부되어서 파가 자손에게 계승되게 마련인 것이다.

그러므로 조선의 당쟁은 일정한 역사적 산물이다. 그것은 한 국 민족이 타고난 선천적 성격에서 말미암은 것이 아니다. 그러므로 침략적 야심을 정당화하려는 목적으로 한국 민족의 당쟁성을 제시하여 그 정치적 독립의 가능성을 말살하려는 이론은 객관적인 정당성을 지닐 수 없다.

다음으로는 한국 민족의 문화적 독창성에 관한 문제가 있다. 만일 흔히 말해온 바와 같이 과거의 한국 문화에서 독창적인 것을 찾아 볼 수 없다면 결국 한국인은 선천적으로 문화적인 독창력이 없는 민족성의 소유자가 아닌가 하는 의심을 갖게 된다. 사대주의를 한국사의 특징으로 규정한 사람들이 학문 연구나 문예 작품에서 독창성을 인정치 않는 것은 있을 법한 일이다. 그러나 5천 년의 찬란한 문화를 자랑하는 것이 허장인 것과 꼭 마찬가지로, 한국인의 선천적인 민족성을 모방적이라고 생각하는 것도 과장이다. 우선 이미 지적한 바와 같이 영구불변의 고정된 민족성이란 있을 수 없을 것이기 때문에 그러하다.

혹은 불교나 유교나 미술 같은 구체적인 예를 들어서 한국 민족도 문화적 산물 중에서 수입품이 아닌 것이 하나인들 있느냐고 물을지도 모르겠다. 그러나 이것은 어리석은 질문이다. 도시 순수하게 고유한 문화란 어느 민족에게서도 찾아보기 힘들다. 서구 여러 나라의 종교가 기독교라고 해서 그들을 독창성이 없는 모방적 민족성을 가진 민족들이라고 할 수 없는 것과 마찬가지다. 오히려 다른 민족의 우수한 문화를 받아들이는 진취적 성격이 새로운 문화의 창조에 필요한 요소의 하나가 될 수 있는 것이다.

요는 자기 민족의 역사적 현실에 어떻게 적합하도록 외래 문화를 소화하느냐 하는 데에 문제가 있다. 그리고 이 문제에 있어서 우리는 결코 비관적 견해를 가지고 있지 않다. 우리는 여기서 원효의 종교 개혁 운동, 석굴암 미술, 고려의 청자나 금속 활자, 세종의 한글 창조 등 몇 가지 두드러진 예를 제시할 수가 있다. 우리는 하필 한국 민족의 문화적 소산에 한해서 그 기원이 다른 민족에 있다는 점을 들어 모든 문화는 외래품에 지나지 않는다고 멸시해버릴 필요는 없다. 이러한 생각은 결국 현대 한국의 문화적인 낙차에서 말미암은 그릇된 선입관의 소치일 것으로 생각한다.

이미 설명한 바와 같이, 일부의 논자들은 어떤 선천적인 한국인의 민족성이란 것을 내세워서 그로써 한국사를 설명하려고 하였다. 이러한 경향은 침략주의 어용 학자들뿐만 아니라 일부의 민족주의자들도 갖고 있었다. 그들은 혹은 민족성의 장단점을 가려서 장점은 키우고 단점을 없애고자 하였다. 혹은, 또 한국인의 민족성에 비관한 나머지 이를 개조해야 된다고 주장하기도 하였다.

제국주의적인 침략이 점점 노골화되는 시기에서부터 유난히 이 민족에 대한 논의가 활발해졌었다. 그런데 이 민족성의 논의는 대개 민족성의 우열을 논하는 방향에서 행해졌다. 그리고 그 결과는 뻔한 일이지만, 침략자에게 유리하고 피침략자에게 불리하였다. 즉 민족성의 우열론은 제국주의적인 침략을 뒷받침해주는 이론인 것이다. 이 낡은 전세기의 유물이 아직 자취를 남기고 한국사의 정당한 이해를 방해하고 있다.

한마디로 말해서 한국사에 있어서의 민족성 논의는 본말이 거꾸로 되고 있다. 민족성이 역사를 움직이는 것이 아니라, 반대로 역사가 민족성을 형성하는 것이다. 물론 일단 형성된 민

족성은 어느 한도 안에서 역사를 움직이는 힘이 되었으나, 그
것은 제1차적인 중요성을 지니는 것은 아니었다. 이 진리가 한
국사를 이해하는 데 있어서는 그리 분명하게 인식되어 오지 못
했었던 것이다.

우리는 여기서 삼국 시대 귀족들의 진취적이고 전투적인 성
격과 조선 시대 양반들의 보수적이고 우문적인 성격을 비교해
보는 것이 좋겠다. 이것은 결국 정복 과정을 통해서 고대 국가
를 형성·발전시켜 가려는 귀족들과 안정된 기반 위에서 신분
적인 특권과 학문적인 권위를 유지해 가려는 양반들과의 차이
에서 오는 것이라고 생각한다. 요컨대 한국인의 민족성은 한국
의 역사적 소산인 것이며, 그러한 의미에서 일정한 역사적인
의의를 지니고 있을 뿐이다.

— 이기백(역사학자)

풀·어·봅·시·다 ···

1. 필자는 조선 시대 당파성의 원인은 무엇이라고 하였는가?

2. 우리 민족의 문화적 독창성에 대한 왜곡이 나타나는 이유는 무엇인가?

3. 필자는 한 민족의 독창적 문화라는 게 존재한다고 보았는가?

4. '역사가 민족성을 형성한다.'는 참뜻은 무엇인가?

 **해·답**

1. 중앙의 정계를 무대로 한 권력 대립이었다. 즉 한정된 관직에 대한 쟁탈전이며,
   혈연 관계에 대한 쟁탈전이자 혈연 관계에 의한 보복과도 연결된다.

2. 사대주의의 영향이며, 현대 한국의 문화적인 낙차에서 온 잘못된 선입감에서 나
   왔다.

3. 순수하게 독창적인 문화를 가진 민족은 없다고 피력하고 있다.

4. 오랜 시간의 역사 속에서 거기에 적응하거나 영향을 받아 민족성이 형성된다는
   말이다.

| 읽기 전에 |　우리 한민족은 오래 전에 한반도에 들어와 살고 있다. 그러나 정확히 언제부터 정착해 살았는지는 알 수 없다. 다만 고고학이나 인류학, 언어학 등의 연구에 의하여 추정할 수 있을 뿐이다. 이 글은 구석기 시대의 유물이 많이 발굴됨으로써 '한반도에는 구석기 문화가 없다.'는 일본의 주장이 잘못됐음을 밝히고 있다.

　　우리 국토는 우리의 역사를 간직하고 있었다. 강가와 바닷가의 돌조각들이 일제가 지웠던 우리 고대사를 되살려냈다. 일제는 우리 역사에서 구석기 시대를 지워버렸다. 1940년, 일본인 나오라 노부오(直良信夫)가 함북 종성군 동관진에서 구석기 유적을 발견하자 발굴을 즉각 중단하고 발표도 금지했다. 일본에서 발굴되지 않는 구석기를 강제 침탈한 조선에서 발굴했다고 할 수 없었던 것이다. 일본보다 깎아내린 조선의 역사를 다시 복구할 수 없던 까닭이다. 그러나 일본은 패전 후 1960년대, 열도에서 구석기 유적을 발굴했다.

　　'조선에는 구석기 시대가 없었다.'던 일제의 주장은 광복 20년 만에 송두리째 뒤집혔다. 1964년 5월, 당시 연세대에 유학 와 있던 미 프린스턴 대학 대학원생 모어 씨(당시 36세)는 충남 공주 석장리 마을 부근 금강 유역을 답사하다가 강가에서 우연히 석기 조각 몇 개를 주웠다. 그는 이 유물을 손보기 당시 연세대 박물관장에게 보고했고, 손 교수가 곧바로 현지를 뒤진 결과 타제 석기 두 점과 파편 세 점을 수습했다. 이에 고무된 손 교수는 문화재관리국에 정식 발굴 신고를 하고 그 해 11월부터 본격 발굴에 나섰다.

그로부터 약 1년 6개월 후, 지하 11미터까지 파 내려간 발굴단은 석기 제조용 모루를 비롯, 돌로 만든 칼끝, 파게, 긁게 등 모두 1천 여 점의 구석기 유물을 건져 올렸다. 일제가 강점 기간 내내 귀에 박히도록 강조한 '구석기 시대가 없었다.'는 주장이 움직일 수 없는 유물로 뒤집힌 것이다. 그 후 남한에서만 충북 제천의 점말 동굴, 청원 두루봉, 경기도 연천 전곡리 등에서 석기는 물론, 포유 동물의 화석까지 다양한 유물이 발굴됐다.

특히 지난 1979년부터 시작된 경기도 연천군 전곡리의 구석기 유적 발굴에서는 한탄강을 따라 20여만 평의 넓은 지역을 대상으로 7차에 걸친 발굴 끝에 모두 3천 점 이상의 구석기 유물을 찾아냈다. 이곳은 지금도 발굴이 계속되고 있는 세계적인 구석기 유물의 보고다. 또 동아시아에서는 처음으로 주먹도끼 모양의 양면핵 석기가 발굴돼 '양면핵 석기는 동아시아에는 없다.'는 기존의 학설을 뒤집어놓기도 했다.

구석기 문화와 함께 신석기 문화에 대한 발굴도 활기를 띠었다. 특히 서울 암사동과 미사리 일대에서는 신석기 시대의 대규모 취락지가 발굴됐으며 부산 동삼동에서는 신석기 시대의 무늬 없는 토기가 발굴됐다. 만주 대륙을 포함한 우리의 영토 전역에서 출토되고 있는 유적, 유물들이 일제가 기원전 4천 년경으로 축소했던 우리의 신석기 시대를 기원전 6천 년에서 기원전 8천 년으로 그 역사를 올려놓았다.

청동기 시대도 재생했다. 연대가 올라가는 청동기의 대량 발굴은 우리나라의 역사를 복원하는 결정적 역할을 했다. 국가 성립은 대체로 청동기 시대로 보기 때문이다.

일제는 바로 이 시기에 건국된 고조선을 실재 역사가 아닌 신화로 만들기 위해 청동기 시대마저 '금석병용기'로 묶어 역사를 축소했다. 신석기 시대와 청동기 시대를 구분하지 않고 고대 조선은 미개한 지역이었기 때문에 돌과 쇠붙이를 함께 쓰다가 엄벙덤벙 철기 시대로 넘어갔다는 주장이었다.

일제는 이런 억지를 과학적이고 학술적이라는 미명 아래 멋대로 편년했다. 한반도에서 무수히 발견되는 고인돌과 폭이 좁은 세형 동검을 모두 금석병용기 혹은 초기 철기 시대 유물로 돌려버린 것이다.

그러나 1974년, 충남 부여군 초촌면 송국리에서 한꺼번에 쏟아진 비파 모양 동검, 마제 석검, 석촉 등은 기원전 7~6세기 사이에 만들어진 것으로 밝혀짐으로써 한반도에 청동기 문화가 분명히 존재했음을 증명했다. 또 한반도 전역에서 발굴된 고인돌, 비파 모양 동검, 세형 동검 등과 함께 출토된 각종 석기 유물, 암각화 등은 기원전 15~10세기 이상의 연대로 측정됐고, 고구려의 옛터 만주를 포함하여 기원전 2천 4백 년으로 올라가 고조선의 실재를 증거하는 유물이 됐다.

이들 유물은 결국 우리나라 청동기 문화가 초기의 요령식 비파형 동검 문화에서 차츰 토착화된 세형 동검 문화로 발전했고, 오히려 일본의 야요이(彌生) 문화를 촉진시켰다는 새로운 사실을 밝혀냈다.

수십만 년 세월 동안 우리 국토가 간직하고 있었던 구석기,

금석병용기(金石倂用期)

신석기 시대에서 금속기 시대로 넘어가는 과도기로 석기와 동기를 병용하던 시대.

마제 석검(磨製石劍)

청동기 시대의 인류가 돌을 갈고 다듬어서 만든 석검. 함경북도를 제외한 전국의 200여 곳에서 출토되나, 한반도 청동기 문화와 관련이 있는 만주 지역이나 내몽골 지역에서는 발견되지 않고 있다.

신석기, 청동기 유물들은 일제의 식민사관을 붕괴시키고 우리
의 실재 역사를 복원하는 선봉 역할을 했던 것이다.

— 김한수(조선일보 기자)

 **풀・어・봅・시・다** ....

1. 일제는 왜 우리나라에서 구석기를 인정하려 하지 않았나?
2. 구석기 유물의 발견으로 알게 된 우리나라의 역사는 어디까지 거슬러 올라가는
   가?
3. 선사 시대의 유물이 대량 발굴된다는 것은 무엇을 의미하는가?
4. 일제의 식민사관을 간단히 비판해 보라.

 **해・답**

1. 일본에서는 발견되지 않은 구석기 시대 유물이 한반도에서 발견되었다면 일본
   문화가 한반도의 영향을 받은 것이기 때문이다.
2. 최소한 수십만 년 전 한반도에 정착한 것이 된다.
3. 유사 이전에 우수한 문화를 가진 인종이 한반도에 살고 있었다는 증거가 된다.
4. 역사는 숨길 수가 없는 것이며, 더구나 왜곡된 역사관은 언젠가는 쓰레기로 변
   하게 될 뿐이다. 그러므로 침략을 정당화하기 위해서 꿰어맞추는 역사는 역사라
   고 볼 수 없다.

3. 겨레와 한몸 되기

│ 읽기 전에 │ 이 글은 우리 겨레의 뿌리를 몇 개의 순수한 우리말의 어원의 뜻에서 찾으려 하고 있다. '곰, 김, 겨레'와 같은 단어의 국어사적인 해석과 언어학적인 풀이를 곁들이고 있는바, 전문적인 지식이 없으면 이해하기가 어렵다. 이 글을 읽음으로써 어원과 음성, 또는 형태소에 관한 이론을 다시 한번 습득해 두는 계기가 되도록 하자.

목숨살이의 과정에서 종족 보존은 하나에서 여러 갈래로 나누어 이루나니, 거꾸로 이르자면 갈래에 값하는 부분——개체들이 모여서 한 덩이, 한 몸을 이루었다 하겠다. 이를 씨족이라고 하는데 이는 같은 성씨를 가진 피붙이 무리를 이른다. 배달겨레——한민족은 단군에서 비롯하는 한아비의 대통을 이은 운명 공동체로 문화를 함께 누리고 끈질기게 살아왔다.

겨레의 밑바탕은 갈라짐, 곧 갈래에서 찾을 수 있다. 마치 산봉우리는 하나인데 물이 여러 곳으로 나뉘어 뭇 가람을 이루듯이 한아비의 같은 핏줄이 많은 사람의 씨알을 싹틔워 낸다. 한아비에 값하는 게 몸이다. 몸을 '모으다(集)'의 파생 명사라고 하였는바, 여러 개의 부분 조직들이 모여서 이루어지는 것이 몸 아닌가. 결국 몸이란 겨레에서 겨레로 이어지는 겨레의 집합이 된다.

예술이 발달해 온 모습을 보더라도 종합 예술에서 단일 예술로 갈라져 나간다. 이르러 민속 무용(ballad dance)이라 함은 음악, 미술, 문학, 무용이 한데 어우른 미분화 상태의 예술을 가리키는 것이다. 문화도 마찬가지이다. 시대를 거슬러 오르면 종합 문화의 성격을 띤다. 조금씩 다르긴 하나 부여계나 한계 모두가 제의 문화를 바탕으로 하여 문화가 이루어진다.

한 민족의 언어와 역사, 학문과 예술은 하나의 원형으로 풀이할 수 있다. 나중에 갈라져 나오긴 했으나 다른 겨레의 문화와 견주어 볼 때에는 같은 속성을 지닌 하나의 맥으로 묶임은 아주 자연스러운 일이다. 지금도 민법에서는 같은 성씨끼리 결혼하는 것을 금하고 있다(민법 809조). 물론 우생학적으로 못난이가 출생할 확률이 있음도 한 원인이 되겠으나, 그보다도 다른 씨족의 사람들과 혼인함으로써 더불어 하나 되는 삶의 슬기를 제도화한 사회적 기능에 중심을 두지 않았을까 한다.

고조선의 단군 신화가 보여주듯이 곰 신앙을 밑으로 하는 제의 문화가 있었음은 널리 아는 일이다. 이른바 곰 토템의 삶이 오늘에 이르도록 음성 상징에 되비치어 쓰이고 있다. 중세만 해도 고마 —— 곰은 경건하게 예배해야 할 흠모의 대상이었다 (《신증유합》). 《삼국사기》에서 보여주듯 한 굴에서 호랑이와 곰이 같이 살았으니 사회 구성으로 보면 호랑이 토템의 겨레와 곰 토템의 겨레가 함께 살았으리라고 상정할 수 있다. 이때 하늘로부터 환웅이라는 태양 숭배의 청동기 문화를 지닌 강력한 세력이 등장한다.

마침내 사람이 된 곰은 환웅과 혼인을 한다는 것이니 이는 종족 사이의 대화합이요, 더불어 사는 몸짓이 아닌가 한다. 한국 사람 성씨 가운데 가장 많은 겨레가 김(金)씨다. 김의 본디 소리는 금(金)으로, 땅 이름의 한자 대응 관계를 보면 '금——

검―감―어머니(母)'의 걸림이 드러난다(《대동지지》).

하면 김씨가 곰 겨레의 정통을 이은 음 상징의 징표라고 보면 어떨까. 한 겨레가 다른 겨레와의 어울림을 마치 여러 가지 영양을 골고루 받아들여야 우람한 나무가 되는 것에 비길 수 있을 것이다. 김(金) 자를 한자의 뜻으로 보면 쇠붙이, 곧 청동기 문화를 지닌 태양 숭배의 알타이(Altai) 겨레를 드러낸다. 본시 알타이란 말은 쇠붙이를 뜻한다고 한다. 방언형으로 보면 '쇠―새―세(쎄)'가 같은 쇠붙이를 뜻하는바, 나중에 '새―해(日)'의 형태로 바뀌어 쓰임은 암시하는 바가 크다. 앞에서 일렀듯이 금(金)의 소리는 곰(검―금―감―굼)의 변이형 가운데 하나로 상정할 수 있다.

여진족이 세운 12세기의 금(金)나라도 따지고 보면 백두산을 사이로 해서 북방의 곰 신앙을 바탕으로 하는 곰 겨레가 아닐까 한다.

이러한 풀이를 받아들인다면 한국인의 가장 많은 김(金)씨는 '금'씨로서 결국 곰 겨레의 대통을 이은 종족들이라고 할 수 있다. 하면 단군 신화의 곰(검―금) 토템 겨레와 환웅계의 청동기 문화가 서로 융합하여 일군 후예들이라 해도 지나침이 있을까.

낱말의 짜임을 보면 '겨레'는 '곀'에 '―에(애)'가 녹아 붙어 되는데 이때 기본은 '곀'이다. '곀'은 음절의 끝소리가 바뀐 결과로서 '걸―결―겄―견―곁'을 기본으로 하는 낱말 겨레들임을 알면 '곀'의 속뜻을 이해하는 데 큰 도움이 될 것이다. 이는 받침의 바뀜을 따라 이루어진 형태들로 받침에서 말음 규칙을 따라 ㄷ에서 발달했다. 원음소설(說)을 떠올리면

'곁'이 기본형이 될 것이다. 현대 국어에서는 유기음화를 거쳐 '겯—곁'이 되어 쓰인다. '어느 한 군데에 딸린 쪽 혹은 옆'으로 풀이되는바, 이를 바탕으로 하는 말에는 곁가닥(원가닥에서 갈라진 가닥), 곁가리(갈빗대 아래쪽에 붙은 가늘고 짧은 뼈), 곁고름, 곁간, 곁꾼(일을 도와주는 사람), 곁길, 곁눈, 곁 따르다, 곁두리(일할 때 사이 참으로 먹는 음식), 곁말, 곁매(제삼자가 싸움판에서 덩달아 치는 매), 곁붙이(촌수가 먼 일가), 곁사돈(친척의 사돈), 곁쇠(대봉 열쇠), 곁쪽(가까운 일가), 곁콩팥 등이 있다.

중세어로 가면 겯권당(친척, 《소학언해》), 겯방(《소학언해》), 겯아래(겨드랑이 아래, 《월인석보》)와 같은 형태들이 보인다. 이상이 쓴 〈날개〉에는 '겨드랑이가 가렵다.'는 구절이 나온다. 여기 겨드랑이도 팔 밑의 오목한 부분을 이르는데 몸에서 갈라져 나간 부분이란 뜻으로 받아들이면 될 것이다. 그러니까 말밑 '겯(傍)'에 접미사 '—으랑이'가 붙어 된 말이며, 사투리로는 흔히 저드랑이로 소리를 낸다. 해서 혹 젖 옆에 붙어 있는 조직인가 하는 재미난 생각을 할 수도 있다.

'겯—곁'의 걸림에 대해서 생각해 보자. 받침에서 'ㄷ'이 흘림소리되기를 따라서 이루어진 말의 갈래들이다. '결'에는 여러 가지 쓰임이 있다. 가령 나뭇결이라든가 때나 사이의 뜻으로 더러는 물결의 경우가 그러한 보기라고 하겠다. 이들 사이에는 어떤 말걸림이 있는 것일까. 나뭇결의 경우, 굳고 무른 부분이 모여 이루는 상태나 무늬를 이른다. 알맹이는 굳거나 무른 조직이다. 그 조직체들이 몸이라면 무늬나 상태는 따라붙는 더움, 곧 결이 아닌가. '겨를이 없다고 한다'의 '겨를'도 마찬가지다. '결'에서 갈라진 말로, 하는 일이 본이라면 나머지 부분이나 시간은 곁가지가 되는 것으로 보아 그 뜻의 걸림을 알아차릴 수 있다. 그럼 물결의 '결'은 어떤가. 마찬가지다. 파도의 높은 부분과 부분 사이에서 생겨나는 것이니 물이 몸이요, 그 움직임이 본이라면 나머지는 따라 붙는 한 곁에 지나지 않음에서다.

그럼 같은 계열의 겿—겿(곁)에서 '겿(곁)'의 경우는 어떻게 풀이할 수 있을 것인가. 겿(곁) 역시 '결'에서 갈라져 나아간 형태로 보인다. 중세어의 경우, 겿(곁)과 함께 어울려 쓰이는 말 가운데는 '결(곁)'과 서로 넘나들어 쓰인 보기들이 상당수 있다. 예컨대, 겿눈질(《한청문감》), 겿도라이(곁달아, 《한중록》), 겿조치일(곁 따른 일, 《한청문감》), 겿칼(장도, 《청구영언》), 겿셔다(角立하다, 《법화경》), 겿자리(옆자리, 《청구영언》)와 같은 말들이 그러한 보기들이다. 말의 받침에서 'ㅅ'이 말음 법칙에 따라서 안으로 터지는 내파음 'ㄷ'으로 인식되기에 이른다. 한편 어말에서 'ㅅ'이 파찰음화를 겪으면 'ㅈ'이 되어 입겿의 '곁'이 된다. 입곁은 입겿이라고도 적힌다. 입곁(입겿)이란 한문의 글월을 오해 없이 읽게 하기 위하여 한문의 문장과 문장 사이에 붙이는 이음새 부분이다. 한문의 글이 몸이라면 몸에 달라붙는 종속물이란 뜻이 아닌가. 이르러 조사나 어미에 값하는 문법 형태소들이다(예 : 之는 입겹이라, 《훈민정음》).

겨레는 한아비 곧 한 몸에서 갈라져 나와 이루어진 갈래를 밑바탕으로 한다. 흔히 말은 기본형에서 일정한 틀을 거쳐 더 많은 낱말 겨레를 이룬다. 이를 낱말의 가족이라고 한다. 조상

의 얼은 겨레들의 핏줄 속에서 가지를 치고 꽃과 열매를 빚는
다. 그 열매는 다시 한아비가 묻힌 이 땅 위에 떨어져 다시 태
어난다. 고지에 대한 그리움을 안고서.

— 정호환(대구대 교수, 국어학)

 **풀•어•봅•시•다** ●●●

1. 필자는 환웅이라는 인물을 어떤 세력으로 보고 있는가?

2. 필자가 '겨레' 라는 낱말의 어원을 끈질기게 추구하는 이유는 무엇인가?

 **해•답**

1. 태양 숭배의 청동기 문화를 지닌 강력한 세력으로 보았다.

2. 한아비 하나의 조상으로부터 갈라진 민족임을 드러내기 위해서이다.

추론과 명제는 무엇인가?

1. 추론(推論)

추론이란 논술에서 글을 쓰는 이가 자기 주장을 내세워 합리적·논리적으로 설득할 때, 그 합리적·논리적 증명의 과정을 말한다. 다시 말해 추론은 이미 밝혀진 사실, 또는 알고 있는 증거를 근거로 하여 새로운 주장을 설득하려는 논리적 사고 작용이라고 할 수 있다.

추론에서 가장 중요한 것은 합당한 근거다. 쓰는 이가 어떤 사안에 대하여 주장하고 설득하려면, 그것은 읽는 이들이 납득하고 이해할 수 있는 근거가 있어야 하기 때문이다. 논리적으로는 그 근거를 전제(前提)라 하고, 그 전제를 설명하거나 주장하는 바를 결론이라고 한다. 그러므로 추론은 전제를 설명하거나 주장함으로써 결론을 이끌어내는 것이라고 볼 수 있다. 예를 들어 설명하면 다음과 같다.

〈추론1〉

① 꽃은 아름답다.

② 해바라기는 꽃이다.

③ 그러므로 해바라기는 아름답다.

∥ 벤치 마킹
(bench marking)
초우량(超優良) 기업이 되기 위해 최고 수준의 기업과 자사와의 차이를 구체화하고, 부족한 점을 메우는 것을 혁신의 목표로 활동하는 기업 경영 기법을 말한다.

위에서 ①을 대전제(大前提)라 하고, ②는 소전제(小前提), ③은 결론(結論)이라고 한다. 대전제는 누구나 인정할 수 있는 보편적 진리 또는 사실을 나타내야 한다. 자체적으로 모순이 있거나, 누구든지 상식적으로 봐도 오류가 있다면 올바른 전제라고 할 수 없다. 소전제는 대전제와 결론을 이어주는 역할을 한다. 즉, 결론은 대전제와 소전제를 통하여 입증된 쓰는 이의 주장인 것이다.

위의 추론은 일반화된 사실(꽃이 아름답다)에서 특수한 사실(해바라기는 아름답다)을 이끌어내고 있는데, 이와 같은 논리적 구성을 '연역적(演繹的) 추론'이라고 부른다.

추론의 또 한 가지 방법은 먼저 개별적인 사실들을 열거해 놓고, 그에 입각하여 일반적인 사실을 이끌어내는 것이다.

〈추론2〉

① 해바라기가 아름답다.

② 모란이 아름답다.

③ 나리가 아름답다.

④ 해바라기, 모란, 나리는 꽃이다.

⑤ 그러므로 꽃은 아름답다.

위에서 ①, ②, ③은 개별적인 사실들이고, ④를 거쳐서 ⑤
와 같은 결론을 이끌어냈다. 이와 같은 방법을 '귀납적(歸納
的) 추론'이라고 한다.

2. 명제(命題)

추론의 전제나 결론을 서술적인 문장으로 나타낸 것을 명제
라고 한다. 앞에서 예를 든 '해바라기는 꽃이다.', '꽃은 아름
답다.', '모란이 아름답다.', '나라가 아름답다.'와 같은 문장
이 명제다. 그러나 다음의 예들은 명제가 아니다.

① 호랑이는 동물인가요?
② 집에 가자.
③ 학생들은 열심히 공부해라.

위와 같이 의문형, 청유형, 명령형으로 된 문장은 명제가 될
수 없다.
한편 위의 문장들은 긍정문으로 되어 있기 때문에 긍정명제
라고 하고, 다음과 같이 서술어의 부정인 문장으로 된 것을 부
정명제라 한다.

① 어떤 사람은 책을 읽지 않는다.
② 모든 꽃이 활엽식물은 아니다.

명제는 그 내용에 따라 전칭명제와 특칭명제, 사실명제와 당

위명제로 나눌 수도 있다. 다음의 예를 보자.

① 모든 꽃은 쉽게 시든다.
② 전국민이 궐기했다.

위와 같이 어떤 공통적인 특성을 가진 사물 전체에 관계된 것(전체의 외연을 나타낸 것)을 전칭명제라 한다.

① 어떤 꽃은 쉽게 시든다.
② 어떤 동물은 육식을 좋아하지 않는다.
③ 한 사람이 바보다.

위의 예문과 같이 특정한 또는 일부의 사물에 관한 것(일부의 외연을 나타낸 것)이면 특칭명제가 된다.
앞에서 말한 긍정·부정, 전칭·특칭을 결합하면 네 개의 명제가 성립한다.
또한 명제는 일반적인 사실의 서술이면 사실명제라 하고, 글 쓰는 이의 의도가 반영되어 있으면 당위명제라 부른다.

① 11월은 가을이다.
② 우리나라는 반도다.

위와 같은 문장이 사실명제다.

① 우리나라는 통일되어야 한다.

② 쌀값이 올라야 된다.

위와 같은 문장들은 당위명제에 해당된다.

3. 논증(論證)

논증은 말 그대로 '옳고 그름을 논하여 증명하는 것'을 말한다. 논술에서는 앞에서 말한 '전제'에 해당되는 명제의 타당성을 증명하는 것이다. 이렇게 하려면 쓰는 이는 읽는 이들이 납득하고 이해할 수 있는 논리와 증거를 제시해야 하며, 그에 의하여 올바른 결론을 이끌어내야 한다. 그렇지 못한 결론은 읽는 이들에게 공감을 주지 못하며, 쓰는 이가 의도하는 주장이나 설득도 할 수 없게 된다.

논증에는 두 가지가 있다. 하나는 사실적(事實的) 증명이며, 또 하나는 논리적(論理的) 증명이다.

(1) 사실적 증명

사실적 증명은 실험에 의한 증명, 자연 법칙에 의한 증명, 상식(常識)에 의한 증명, 증언(證言)에 의한 증명으로 나누어 볼 수 있다.

1) 실험에 의한 증명

실험에 의한 증명은 특별한 장치나 기구를 사용하여 나온 이론이나 자료에 의하여 증명하는 것을 말한다. 예를 들면 '주한 외국인의 71퍼센트가 한국인이 질서를 잘 지킨다고 하는데 한국인들은 36퍼센트만 그렇다고 한다.'는 내용은 실제로 조사한 통계에 의하여 증명된 것이다.

2) 자연 법칙에 의한 증명

해가 동쪽에서 떠서 서쪽으로 진다거나, 겨울이 가면 봄이 온다는 등의 자연 법칙은 변하지 않는 진리다. 이러한 자연 법칙에 의하여 명제에 대한 증명을 하는 것이다. 예를 들면 '일주일이 지났으면, 우리는 그만큼 죽음에 가까워진 것이다.' 와 같다.

3) 상식에 의한 증명

상식이란 누구든지 알고 있을 만한 것, 또는 역사적으로나 일반적으로 잘 알려져 있는 것을 말한다. '소나무는 식물이다.' 라든가 '고래는 포유동물이다.' 와 같은 내용이나 '훈민정음은 세종 때 만들어졌다.' 와 같은 사실(史實)이 이러한 예이다.

4) 증언에 의한 증명

증언은 실제로 어떤 사람이 보거나 들은 내용, 또는 경험한 일들에 대하여 사실임을 밝히는 것이다. 때로는 전문가의 의견이나 권위 있는 사람의 판단도 훌륭한 증언이 되는 경우가 있다.

(2) 논리적 증명

논리적 증명은 앞에서 언급한 '추론'의 과정과 일치한다. 즉, 귀납적 증명과 연역적 증명으로 나눌 수 있다. 귀납적 증명은 영국의 철학자 베이컨이 과학 연구에 있어서 자연 법칙을 찾아내는 방법으로 내놓은 것이고, 연역적 증명은 아리스토텔레스가 쓴 최초의 논리학 책에서 시작되었다.

1) 귀납적 증명

귀납적 증명은 개별적인 특수한 사실이나 원리에서 일반적인 사실이나 원리를 도출해내는 방법이다. 이런 문제를 해결하기 위해서는 무엇보다도 주어진 자료의 의미와 각 자료 사이의 관계를 정확하게 짚어 낼 수 있어야 한다. 예컨대 우리나라의 문화 수준이 높다는 것을 다음과 같이 증명할 수 있다.

신라 시대의 석굴암, 첨성대, 다보탑과 같은
수준 높은 유물이 남아 있다.
고려 시대에는 세계 최고의 자기를 만들었다.
조선 시대에는 훈민정음을 창제하였다.
|
석굴암, 첨성대, 다보탑, 고려자기, 훈민정음은
높은 문화 수준에서 나온 것이다.
|
그러므로 우리나라의 문화는 우수하다.

2) 연역적 증명

연역적 증명은 이미 알고 있는 사실이나 원리에서 구체적인 사실을 도출해내는 방법이다. 예를 들어 요즘 농산물값이 올랐다는 사실에서 다음과 같이 증명할 수 있다.

농산물값이 올랐다.
|
수박, 참외, 오이, 호박은 농산물이다.

수박값이 올랐다.
참외값이 올랐다.
오이값이 올랐다.
호박값이 올랐다.

1. 각 민족은 나름대로의 독특한 문화와 민족성이 있다. 어느 민족이 우월하고 어느 민족은 열등하다고 말할 근거는 없는 것이다. 그러나 때때로 자기 민족의 우월성만을 주장하여 문제가 되는 경우가 있는데, 지나친 인종주의의 관점이 인류에게 미치는 영향에 관하여 예를 들어 논술하라(1,200자 내외).

2. 현대의 국가들은 무력 전쟁, 이념의 갈등을 벗어나 범세계적인 경제, 문화, 예술의 시대로 지향해 가고 있다. 21세기를 맞이하여 우리나라가 세계화할 수 있는 방안에 대하여 논술하라(1,500자 내외).

논·술·연·습·의·길·잡·이

1. 인종주의는 생물학적·생리학적 특징에 따라 계급이나 민족 사이의 불평등한 억압을 합리화하는 비과학적인 사고 방식이다. 이러한 사고 방식은 인종을 사회의 성립, 발전의 기본적인 요소로 보는 견해라고 할 수 있다. 특히 미개 사회에서는 자기 종족만이 인간이고 타인종은 비인간이라는 독단을 가지기도 한다.

   문명 사회에서 근래의 인종주의는 고비노라는 사람에 의하여 제창되었다. 즉 그는 세계 문명의 발전은 백색 인종이

❚ 윈윈 전략

미국의 2개 전쟁 동시 승리(Win and Win) 전략으로, 가령 한반도와 중동 두 지역에서 전쟁이 동시에 발발할 경우 미국은 두 전쟁 모두를 승리로 이끈다는 군사 전략을 말한다. 한편, 두 곳에서 동시에 전쟁이 벌어질 경우 한 곳에 치중해 이를 승리로 이끈 다음 다른 곳으로 군사력을 이동시킨다는 전략은 윈 홀드 윈(Win Hold Win) 전략이라고 한다.

창조한 것이며, 열등 민족과의 혼혈에 따른 인종적 퇴폐로 문명이 몰락한다고 주장하였다. 이 생각은 체임벌린의 아리안 인종론과 함께 나치스의 세계관의 기초가 되었다. 나치스는 이 사상에 기초하여 세계 전쟁을 유발하였으며, 수많은 유태인을 학살하였다.

2. 세계화라는 말은 우리나라가 여러 방면으로 세계적 수준에 도달해야 하며, 세계와의 교류를 활성화해야 한다는 의미가 포괄적으로 내포되어 있다. 여러 방면의 세계적 수준이란 정치, 경제, 문화, 예술, 학문 등의 분야에서 세계적인 수준이 되어야 함을 뜻하고, 세계와의 교류는 국가, 이념, 인종에 관계 없이 마음대로 경제적 도움이나 학문적·예술적 교류를 자유롭게 나누어야 함을 의미한다. 세계화의 방안은 이러한 측면에서의 다양한 방법을 제시하면 된다.

1. 성숙한 공동체 

| 읽기 전에 |　소련과 동구권이 무너지고, 러시아·중국·몽고·동구권의 여러 국가와 국제 관계를 맺고 있는 현재에도 한반도의 통일은 이루어지지 않고 있다. 이제 우리도 독일처럼 통일을 이룰 방안을 심사숙고해야 할 단계에 있다. 이 글의 필자는 통일의 길에 이르기 위해서는 성숙한 공동체, 통일 역량을 쌓아야 한다고 주장하고 있다.

　해방된 지 반 세기가 지난 오늘의 참된 광복은 통일이 돼야 비로소 완성될 것이며, 이 길은 우리 내부에서 찾아야 한다. 가장 바람직한 통일 방법, 이를 실천에 옮길 수 있는 역량, 그리고 그 과정을 관리할 수 있는 체제에 대하여 국민적 합의를 이루고 실현하는 데 모두가 합심해야 할 것이다.

　우리는 평화, 협력, 화해를 통한 하나의 과정으로서의 통일을 지향한다. 이 대원칙에 대해서는 여야간에도 큰 이견은 없다. 그런데도 통일 논의는 현재 분열되고 있다. 지방 선거에서 뚜렷이 나타난 정국의 파편화는 이 현상을 더욱 조장할 것이며 통일 문제가 정치화하고 있다. 과정으로서의 통일은 서서히나마 이미 시작되고 있다. 이 과도기에 당면하는 어려움을 극소화하기 위해서는 무엇보다도 우리 내부에서 통일을 이루어야 한다.

　사실 민족 통일이란 어떤 기발한 방안에 의해서 온다기보다는 필요한 요건이 구비되었을 때 자연스럽게 올 것이다. 따라

서 이 민족적 과제에 대하여 과도하게 파쟁을 일삼는 것은 피
해야 한다. 이 문제에 한해서는 정파와 지역을 초월하여 진실
로 거국적인 자세로 임해야 할 것이다. 독일인들은 통일 방안
이란 걸 갖고 있지 않았다. 그들은 통일을 외치지 않았다.
동·서독은 접촉과 교류 속에서 치열한 체제 경쟁을 벌였다.
어느 쪽이 독일 민족에게 보다 나은 삶을 보장해 주는가를 놓
고 벌인 경쟁이었다. 이 체제 경쟁의 종착점이 통일이었다. 독
일 통일은 서독의 자유롭고 풍요로운 국가 건설의 연장선에 있
는 것이었다. 우리 역시 통일의 요체는 한국이 정치·경제·문
화적으로 얼마나 성숙한 공동체를 이루며 통일 역량을 갖는가
에 달려 있음을 인식해야 한다.

통일 역량에서 물질적 비용에 못지않게 중요한 것이 우리의
정신적·심리적 태세이다. 말로는 통일을 외치면서 마음속으
로는 두려워하고 있지 않은지 한번 반성해 볼 일이다.

우리 스스로 민주주의와 시장 경제를 착실하게 정착시키면
서 체제의 정당성과 효율성을 동시에 높여 갈 때 그것이 곧 통
일 과정을 단축시키는 데 기여할 것이다. 베트남, 예멘, 독일
이 겪은 경험에서 우리가 명심해야 할 교훈은 통일 과정을 사
전에 준비해 두지 않으면 큰 혼란이 생긴다는 사실이다. 돌발
사태가 일어날 때 불가피하게 일어나는 이익 갈등을 효과적으
로 해소하고, 어느 정도 질서를 회복하려면 전시적인 대응책보
다는 공명 정대하게 적용할 수 있는 법치를 제도화해 두어야
한다. 대형 사고가 일어날 때마다 허둥대는 경험을 한 우리는
앞으로 수년 간 안전 점검을 차분하게 해서, 단체 생활의 근본
인 안전과 질서의 기초인 법 제도를 완성해야 한다.

이처럼 위기를 관리하는 체제는 일정한 준칙과 표준 운용 절차를 사전에 마련해 두어야 희생과 낭비를 극소화할 수 있다. 이 점은 앞으로의 남북 관계에도 적용할 수 있다.

밖으로는 날로 격화되고 있는 국제 경제권에서 살아 남고, 안으로는 통일 가능성에 대비하는 이중 부담을 우리는 감당해 내야만 한다. 먼저 나라에서 내실 있는 시민 사회와 위기 관리 체제를 잘 가꾸어야 밖에서도 존경받을 수 있다. 앞으로는 언제든지 닥쳐올 수 있는 통일 가능성에 대비하여 공동 목적으로 결속하고 그것을 실현하는 데 필요한 법과 제도를 발전시켜 가야 한다. 이처럼 우리 내부에서 단결하고 화합하여 당면한 과업을 해결해 나갈 때 민족 통일 전망은 더욱 밝아질 수 있다.

— 안병준(연세대 교수)

 **풀·어·봅·시·다**

1. 독일의 통일은 어떻게 이루어졌는가?
2. 우리가 통일의 의지에서 반성해야 될 것은 무엇인가?
3. 통일에 대비하여 우리가 해야 할 일은 무엇인가?

 **해·답**

1. 체제 경쟁을 했지만 결국 통일 독일은 서독의 자유롭고 풍요로운 국가 건설의 연장선상에 있었다.
2. 말로는 통일을 외치면서 속으로는 두려워하고 있는 것이다.
3. 민주주의와 시장 경제를 발전시키고, 통일 과정을 관리할 수 있는 제도를 준비해야 한다.

2. 민족 자주 사관의 확립

| 읽기 전에 | 우리 민족을 열등한 민족으로, 역사도 부끄러운 쪽으로만 해석하는 사람들이 있다. 이것은 식민지 시대에 일제의 책략에 의하여 우리 역사와 민족성을 왜곡했기 때문이다. 그러나 우리 민족의 형성 과정과 문화 유산을 살펴보면 그 반대라는 것을 알 수 있다. 이 글은 우리 역사를 식민 사관이 아닌 민족 사관의 입장에서 봐야 하는 필요성을 역설하고 있다.

조선실록
조선왕조실록의 준말. 조선 태조 때부터 철종 때까지 25대 472년 간의 역사적 사실을 연대순으로 편년체로 기술해놓은 역사서.

국조보감
조선 시대 역대 국왕의 치적 중에서 모범이 될 만한 사실을 수록한 편년체의 역사책. 모두 90권 28책으로 세종 때 편집 계획에 착수, 순종 3년(1909)에 이르러 완성되었다.

어떠한 한 민족이 형성한 국가나, 여러 민족이 형성한 국가나 그 국가의 역사를 살펴보는 데는 역사의 주인공으로 활동해 온 민족을 먼저 생각해야 됨은 말할 필요가 없다.

아시아 지역에 있어서의 한국 민족의 활동은 곧 한국사의 주류였던 것이나, 가깝게 조선 시대만 보더라도 역사를 알아 보려는 학자들은 역사를 이해하는 테두리와 방법을 중국 것에 맞추어 보려 했고, 거기서 주동적인 것을 왕실과 관료들의 행동에서 찾으려 하였다. 그러므로 《조선실록》이나 《국조보감》에서 조선조 역대 군주를 중심으로 한 왕조사를 볼 수 있어도 민족 또는 국가의 역사는 실록 등에 남아 있는 여러 가지 기록을 다시 새로이 해석하여야 하며 해석하는 입장을 민족 또는 국가에 두어야 할 것이다.

한국사를 보는 사람이나 다루는 사람들이 흔히 그르친 것이 있었으니, 곧 한국 문화의 특이한 우수성에는 놀라면서 한국 민족의 생존한 내력을 제대로 보지 못하는 점이다. 또 한국의 자연을 아름답다고는 하지만 이 고장에 생존해 온 한국 민족의 우수한 면보다 나쁜 면을 강조하는 예가 많았고, 또 좋지 못한 면을 보는 것이 어떤 사물을 바로 보는 것이며, 그러한 관찰이 과학적인 것처럼 여겨 왔다. 현재도 이렇게 생각하는 경향이 꽤 남아 있다. 이와 같이 한국 민족에 대한 관찰이나 이 민족이 살아온 역사의 전 과정이 이제껏 제대로 이해되지 못하였다.

이 사실을 좀더 구체적으로 말한다면 한국 사람들이 일찍이 요하·알타이 산맥·흥안령 산맥으로 선을 긋는 동쪽 지역, 즉 만주벌에서 활동했고 다시 남으로 따뜻한 반도로 옮겨 와서 살게 된 경로를 전체적으로 보지 않고, '한국사' 하면 활동 지역을 꼭 반도에만 한정지으려는 데서 한국사 본연의 모습을 읽기 쉬웠고, 어딘지 반도에만 집착하려는 소극적인 면이 지배적이었던 것처럼 보이게 되었다.

이러한 위축된 견해에서 왕왕 반도 안에 남아 있는 몇 가지 문화적인 유산만을 들고 그 자랑스러운 창조성과 아름다움만을 찬양하다가는 그 문화를 이룩한 사람이 누구였느냐 하는 반문에 어리둥절하게 되는 수가 없지 않다. 아마 오늘도 신라 시대 건축 공예의 자연스럽고 균형 잡힌 치밀한 아름다움에 놀라고는 있으나 신라 사람들의 정신 솜씨는 통합 발전하던 신라 사회의 정치·경제의 안정과 풍족을 기반으로 한 데서 창조적으로 이룩되었다는 생각에서는 거리감을 갖고 있다.

예를 신라 문화에서 보았지만 그후 역대 사회의 모든 문화가 이와 같이 구비된 조건을 바탕으로 하고 이룩되었을 뿐 아니라 그 문화의 창조자인 한국 민족의 재주 있는 솜씨와 그 치렁치

렁한 자연적인 성품을 다시 새겨, 한국사의 주동이 된 이 민족의 생활에 남기고 갔다는 것을 이해하는 데서 빛나는 문화의 주인을 되찾게 될 것이다.

　근대에 와서 일본 제국주의의 침략으로 약탈과 예속을 강요당한 짧은 시기의 한 사실만으로 민족적으로 자기를 과소 평가하는 데서 자칫하면 전 역사가 망한 민족의 역사로서 잘못 해석되기 쉬웠다. 그러나 어찌 문화만이 세계에 자랑할 수 있는 빛을 남기었느냐? 한번 다시 생각할 문제이다.

　한국사의 이해에 있어 신중히 깊이 생각하고 다루어 보아야 할 문제는 흔히 무엇을 좀 안답시고 과거 한국인의 정신이나 또는 현재의 정신을 '사대주의'란 말을 써서 한마디로 한국인을 후려때리는 일이다. 이렇게 말 한마디로 후려치는 것은 남이 그래도 문제인데, 저 자신이 걸핏하면 '사대주의' 때문에 망했다고 하려면 '사대주의'란 말을 둘러대기 앞서 과연 역사적으로 이 민족이 사대주의적이었느냐, 그토록 외세에 종속적이었더냐, 하고 한 번쯤은 따져 보아야 할 것이다.

　조선조 창건 당시 조선이 대명 관계에 내세운 외교 정책의 표방이 곧 '사대'였고, 그 관계 기록이 현재도 《사대문궤》라는 이름을 갖고 남아 있으나, 이것은 어디까지나 의례적인 것이었고 사대에 있어 오늘 흔히 쓰는 사대주의로 망했다고 할 정도로 종속적이지는 않았다. 여기에는 일부의 선비들이 유학 사상을 받아들여 배우는 데 있어 조선의 국가 사회에 잘 조화시키며 비판적으로 다루었어야 할 것을 무조건 절대화한 점이 없지 않았다.

　여기서 제일 문제가 되는 것은 고려 말 조선 초에 주자학을

받아들일 때 우리나라 학자들로는 좀 이해하기 어려웠던 것을
애써 공부하면서 왕조가 바뀌게 됨에 따라 주자학을 정치의 근
본 사상으로 삼으며 서울에 학당과 성균관을 두고, 지방에서는
향교에서 공부하고 연구하게 하였다는 점이다. 이 공부에 있어
서는 먼저 《소학》과 《통감강목》을 배우게 하였다. 《소학》은
《대학》 공부를 하기 위한 첫 단계의 교과서로 중국의 유학적
수행의 초보적인 교육이라 하겠다. 여기서 중국의 성인 군자를
추앙하는 정신이 뿌리를 박았고, 《통감강목》은 흔히 《통감》이
라고 하지만, 원래 중국 송나라 때의 《자치통감》이란 역사책을
주자가 간추려서 만든 것을 송나라 때의 한민족들이 북방 민족
들에게 몰려 남으로 옮겨 가자 한민족의 역사를 한민족을 중심
으로 해서 가르치려고 만든 일종의 한민족사의 교과서였다. 이
러한 한민족의 정신을 강조한 것은 앞서 《자치통감》에서 짙게
나타났지만 요약된 《강목》에서는 더 간결히 볼 수 있었다.

조선 시대는 물론 오늘까지도 《통감강목》을 읽는 이들은 그
속에 맥맥이 흐르는 한민족의 중국 중심주의 정신에서 떠나,
우리 민족의 살아온 전 과정을 역사적으로 어떻게 하면 한국
민족 중심으로 밝혀 볼 수 있을 것인지를 생각했어야 했다. 조
선 시대의 유형원 · 이익 · 정약용 등 몇 사람을 빼고는 《강목》
속에서 헤어나오지를 못했다. 이 한 가지의 잘못에서, 우리 역
사를 우리의 현실에서 보지 못하고 남의 자리에서 또는 틀을
남의 틀을 빌려서 짜 본 데서 역사를 바로보지 못했다.

이어 조선 왕조가 일본 제국주의 침략에 시달려 망할 무렵,
우리 한국의 지사, 선각적인 학자들은 과거의 그런 그릇된 사
관을 통렬히 비판하였으나, 일제에 망하게 되자 내 역사를 내

손으로 바로잡을 기회마저 놓쳤다. 대부분 1945년 해방 후에 출생한 사람은 식민지 통치의 욕되고 쓰라린 맛을 모르겠지만 식민지 정책이 뒷날까지 끼쳐 주는 좋지 못한 여러 가지 면만은 한번 생각하고 알아 두어야 할 일이다. 때로는 실감이 없다고 하지만 역사적인 사실로서 인식할 필요는 있을 것이다.

식민지에 대한 연구는 한두 가지 외에는 전부 식민지를 지배하던 나라의 학자들이 한 것으로, 여기에서 식민지 통치를 받은 민족이 그 얼마나 해독을 받고 있는지는 아직 제대로 밝혀지지 않고 있다. 침략 통치를 하던 식민지 지배자들은 고작 동화 정책을 논하여 어떻게 하면 피지배자들이 식민지 통치에 종속할 것인가를 들고 있을 뿐이다. 그러한 것을 민족 자주의 자리에서 가리어 밝히고 이것을 널리 세계에 알려야 할 책무를 지니고 있는 사람이 곧 우리들이 아닌가 한다.

일제의 한국에 대한 식민지 정책은 다른 제국주의 국가의 약탈과 마찬가지로 민족의 정신마저 약탈·말살하였다. 정신적인 데서 먼저는 민족성이 뒤틀어져서 못 되었다고 악선전하였으며, 일상 생활하는 데서 무시를 하며 욕지거리로써 정신적으로 기개를 꺾으려고 하였다. 그리고 교육에 있어 제 나라 말〔母國語〕을 못 쓰게 하고 일본어를 가르치고, 일본어 사용을 강요했다. 뿐만 아니라 교육도 극도로 제한을 하였으며 식민지 시대의 많은 사람이 어렸을 때부터 민족 의식을 지니게 민족적 기초 교육을 받지 못하였으므로 고등 교육을 받고 전문 지식을 지닌다 해도 대개는 자기 민족의 역사·문화의 전통과 현실에 뿌리를 박지 못했고, 민족의 이해 관계보다 개인적인 이해 관계에 치중하게 되었다. 그러므로 식민지 사회의 사람들 중 민족 의식이 강한 일부의 사람을 빼고는 대체로 예속적이고 민족적 기반 없이 고등 교육을 받은 무리들은 자칫하면 이기적으로 흐르기 쉬웠고 때로는 민족을 배반하기도 했다.

여기에 또 식민지 교육을 반드시 피지배 민족의 역사를 좋지 못하게 악의에 찬 조작을 하는 것을 중시하는데, 일제는 이러한 데에도 기묘한 방법을 썼다.

일본은 16세기 이후 일본에 다녀간 유럽 사람들에게 조선을 소개할 때부터 좋지 못하게 전했던 것이다. 그리고 17세기 이후 그들이 조선 역사를 공부하는 데 《고려사》와 서거정 등의 《동국통감》 또는 조선 조정에서 편찬한 《국조보감》을 가지고 연구를 하였다. 곧 19세기 중엽 이후 어떻게 침략을 하고 약탈해 갈까 하는 생각에 가득 찬 그들이 1904~1905년 러·일 전쟁에서 한국의 실권을 박탈하고 러시아에서 남만주 철도의 운영을 넘겨 맡자, 곧 조선·만주 연구에 손을 대어 유럽 학자의 방법을 모방하여 한국사의 조작을 시작하였고, 조선총독부에서는 조선사편수회와 중추원을 두고 전자는 《조선사》 37권을 일본문으로 편찬 간행하며, 후자에서는 제도·관습 조사를 하여 식민지 정책의 한 근간을 이루었다. 여기에 곁들인 것이 조선총독부 박물관의 발굴 조사 보고, 유물의 수집이었다. 이것을 혹 문화정책이라고 하겠지만, 전부가 치밀하게 한국사를 비틀어서 한국 민족의 역사를 망국사로서 체계를 세워 만주와의 불가분의 관계는 떼어버리고 반도 안에 몰아넣고, 북부는 한족 사회의 식민지요, 남부는 고대 일본의 식민지였다는 연구에 급급했으며, 민족성은 일체 나쁜 말로 형용하기에 힘썼다.

대부분 식민지 교육의 악영향에 휩쓸린 무리들은 그러한 정책과 그 성과에 추종을 하였으나 선각적인 뜻 있는 학자들은 우리 민족성의 잘잘못을 가리고 한국사의 주동이 한국 민족임을 밝히고 한국 민족의 활동 지역이 후대에 있어 반도에 국한되었으나 전일에는 만주로 화북·산동으로 출입하였음을 밝혔다. 또한 그들은 고대 한(韓)·한(漢) 양민족의 접촉이 요동·요서를 가르는 요하의 일선이었음을 확인하였으며, 왜인은 조선 남부에 아무 근거가 없었고 일본인이 인용하는 기록은 중국인이 자기들 중심으로 조작한 것임을 밝혔다. 그러나 일본인의 조작에 추종하는 일부의 사람이 한국 한자의 민족적 사관을 오히려 배격하는 경향 속에서 시간을 소실해 왔던 것이다.

유럽 학자들이 제시한 역사 이해의 여러 방법과 이론은 우리 한국사를 새로이 보려는 데 여러 모로 이용이 될 것이다. 한국사의 새로운 이해의 방법으로서 민족 사관을 어떻게 세울 것인가를 생각할 때 유럽에 한할 것이 아니라 아시아 지역에 있어서 전통적으로 여러 방법을 제시한 중국의 역사 이론도 주시하여야 할 것이다. 중국의 역사 이론은 과거의 우리 학자들이 거기에 근거하였으며 또 가깝게는 조선 시대의 일련의 실학파 학자들이 중국사를 비판적으로 이해했고 한국사도 우리의 현실에서 이해하려고 하였으므로 오늘 우리들이 그들의 견해를 바로 이해하는 데 필요한 것이다. 다시 그것을 현대에서 이해하는 데는 유럽 학자의 역사 이론을 빌려 써야 할 것이나 유럽 학자의 역사 이론은 일반적인 역사 이론으로서 제시된 것이 아니라 각기 그들이 살고 있던 자기 사회의 당시의 현실적인 여러 가지 조건에서 이끌어 낸 것임을 잊지 말아야 한다.

우리들이 한국사를 민족적으로 새로이 보아야겠다는 것은

우리들이 살고 있는 현대 한국을 보다 민족적으로 자립시켜야
하는 데서 요청되는 문제이다.

민족 사관은 앞서 말한 대로 일제의 식민지 정책에서 조작된
것을 시급히 바로잡아야 할 것과 어딘지 짜여지지 못한 한국사
에 있어서 이제까지 또렷하지 않았던 민족 의식의 재발견, 엉
키지 못했던 한국사의 주관을 바로잡아 세울 것, 빛나는 문화
적 유산을 남긴 주인공으로서의 좋은 민족성의 앙양을 과제로
삼아야 한다. 또한 유럽이나 아메리카의 역사에서 역사 이해를
그르침이 없이 그들의 조상들의 영웅성과 그들이 다투고 살아
오는 동안에 자기의 조국 발전에 어떻게 공헌하여 왔는가를 얼
마나 자랑스럽게 서술하고 있는지를 되새겨 알아보아야 한다
는 것은 새삼스럽게 얘기 안 해도 좋을 것이다. 이제까지 보아
온 한국사는 마치 '빛나는 문화를 남긴 망국 민족의 역사'로서
위장되어 있다.

우리 조상들이 과거에 빛나는 문화를 이룩하였다면 그들은
확실히 훌륭한 사람들이었고, 근대에 있어 일제의 침략으로 한
때 망했다 해도 그것은 당시 이 사회를 지배하던 조선 왕조의
쇠망이었다. 그 영향으로 고난을 겪었으나 우리의 선인들은 그
에 굽히지 않고 의병으로서 항쟁했고, 선각지사들이 국내외에
서 끊임없이 일제에 투쟁을 감행하여 1945년의 해방을 맞이
하였던 것이다. 여기에 국제적인 결정이 작용하였다 해도 한국
인이 민족적으로 일제에의 항쟁과 국제적으로 호소함이 없었
다면 우리에게 해방의 날이 올 리가 없었다. 제2차 세계대전
중에도 비록 정부는 망명 정부였으나 연합국의 일원으로서 아
시아 전역을 침략의 말굽 아래 깔고 각처에서 불질을 하는 일

제의 침략군과 투쟁하여 승리를 거둔 바가 없었다면, 국제 회의에서 독립의 결정을 하지 않았을 것이다. 이와 같이 민족 자립을 위해 생명을 걸고 투쟁함으로써 얻은 우리 독립을 국제적인 결정으로만 돌리려는 정신도 우리에게서는 제거되어야 할 것이다.

1945년 해방 후 모스크바 삼상 회의에서 한국을 다시 신탁 통치라는 명목 아래 실질적으로 외세에 의한 지배를 강요할 때 거족적인 반대로써 그것을 물리친 것은 현대 한국인이 자주적인 정신을 굳세게 내세운 거대한 역사적인 한 예였다. 되돌아가 일제 식민지 지배 아래에 있어 선각지사들이 몸소 투쟁적 독립 운동과 함께 민족 정신을 바로잡기 위하여 우리 한국사를 민족을 주체로 해서 바로잡아 보려고 노력하였음은 눈물 나게 가시밭길을 걸어온 그분들의 역정에서 볼 수 있다.

단재 신채호 선생은 일경의 삼엄한 감시를 피하여 만주·중국으로 망명, 한때는 임시 정부를 의정원장으로 활동했으나 그 자리를 떠나 남북 만주로 유리하면서도 한국 민족이 일찍이 우렁차게 뻗었던 지난날의 역사를 밝히기에 힘썼다. 그가 고국의 신문지상에 발표하여 한국사를 어디까지나 민족사로 바로잡으려고 애쓴 결과는 《조선상고사》와 《조선상고문화사》로 남아 있다. 여기서는 일제 식민지의 앞잡이 일본인 학자나 과거의 그릇된 한국인의 한국사 서술을 비판하였으며, 앞서 백암 박은식 선생은 《한국통사》와 《한국독립운동지혈사》에서 조선 왕조의 쇠망과 민족적으로 압박을 받던 경위와 일제의 침략에 어떻게 용감하게 항쟁하였고 일제는 우리 민족에게 어떻게 잔학하고 포악했던가를 밝혔다. 통사와 혈사의 자료를 고리에 넣어

가지고 망명의 객사를 옮겨 다니며 정리하여 중국 상해에서 간행, 한국 민족의 사정을 널리 세상에 알렸고 오늘 우리에게 전해져 그때의 사실을 알려준다.

이 두 분은 식민지 시대의 한국이 지니는 민족적인 극악한 조건하에서 민족적으로 지녀야 할 역사적 사명을 한국 민족에게 알리고자 하였다. 특히 신채호 선생은 이러한 정신으로 한국사 전체를 통과하려 하였으며 일경에게 잡혀 1936년 2월 21일 만주 여순 감옥에서 세상을 떠났으나, 한국 민족의 새로운 기틀을 뒷사람에게 마련해 주었다.

오늘같이 급변하고 격동하는 세계에 있어 한국인이 민족적으로 자립하려면 먼저 두들겨 고쳐야 할 점은 무엇보다도 한국사를 만족사로서 새로 바꾸어 세워야 하겠다는 정신이 앞서야 한다는 것이다. 이미 가시밭길을 파헤쳐놓은 선각자로서 박은식·신채호 선생 두 분이 있었음을 해방 20년이 지난 오늘까지도 사회적으로 망각하고 있음을 개개인의 책무로 돌리기에 앞서 일제 식민지 정책의 소산인, 이 사회가 지닌 식민지적인 악유산을 먼저 배제하는 데서 민족 정신의 기틀인 한국사의 새로운 관점으로서의 민족 사관을 세워보자는 것이다.

더욱이 오늘의 한국인에게는 어떻게 하면 민족적으로 자립할 것이냐 하는 과제가 정치·경제를 위시하여 우리 생활 전면에서 문제가 되며 격동하는 국제 사회에 대처하는 데에도 민족적 자립이 강하게 요구된다. 분열 상태에 있는 민족적 비극도 결말에 가서는 다 같이 민족적 자주성을 어떻게 지니느냐에 달려 있다. 외래적인 사상·과학·기술, 경제적인 일체의 것도 한국인이 민족적으로 이 사회의 현실에서 어떻게 다루느냐에 달려 있는 것이다. 여기에 도달하는 한 방편을 사람들은 과거나 현재에 있어 왕왕 자기 민족의 역사적 현실에서 찾으려 했고, 또 구했다.

그럼 오늘의 한국 사회가 민족 자주 사관을 요구하는 근본 정신은 어디에 놓여 있는가? 더 말할 것 없이 민족적 분열과 오늘의 후진적인 조건을 극복하는 데 있어 먼저 민족적으로 자기의 생각을 세우려면 오늘의 난관을 극복하는 위대한 진보만이 요구되는 것이다. 이 진보란 민족 전체의 단결에서만 이룩할 수 있는 것이어서 어떠한 외래적인 사상을 국제적인 정신에서 추구 실천하는 데 있는 것도 아니요, 강대 사회의 정책에 따라서만 되는 것도 아니다.

오늘 우리들은 안온히 있을 것이 아니라 민족적 발전에 필요한 대가를 치러야만 한국 사회의 민족적 발전의 틀을 마련할 것이요, 여기서 거둘 수 있는 민족적 이익은 우리보다 뒷날의 후손들이 누리게 될 것이다. 이제까지의 그릇된 사관을 배격하는 데는 오직 혁명적 비판 정신만이 긴요한 것이다. 이것은 민족 활로를 뚫기 위한 지상의 방법이다. 이러한 데서만 한국 민족 사관이 발붙일 고장을 찾을 수 있을 것이 아닌가 한다.

— 홍이섭(전 연세대 교수, 국사학)

풀 · 어 · 봅 · 시 · 다 ···

1. 신라의 문화 유산은 무엇을 나타내고 있는가?
2. 조선 사회가 대국에 종속적일 만큼 사대는 아니었다는 증거는 무엇인가?
3. 조선 시대의 학자들이 잘못 본 역사관은 무엇인가?

4. 한국사를 민족적인 관점에서 보아야 한다는 이유는 무엇인가?

 **해•답**

1. 신라 사람들의 정신과 솜씨는 통합 발전하던 신라 사회의 정치, 경제의 안정과
   풍족을 기반으로 한 데서 창조적으로 이루어졌다.

2. 사대주의는 의례적이었고 주자학은 학문적인 면에서 받아들였으며 종속적일 만
   큼 허약하지는 않았다.

3. 유학 사상을 받아들여 배울 때 조선의 국가 사회에 잘 조화시키며 비판적으로
   다루었어야 할 것을 무조건 절대화했으며, 우리 민족이 살아온 전 과정을 역사
   적으로 어떻게 한국 민족 중심으로 밝혀 볼 수 있을까를 생각하지 못했다.

4. 일제의 식민지 정책에서 조작된 것을 시급히 바로잡아야 하고 어딘지 짜여지지
   못한 한국사에서 이제까지 또렷하지 않았던 민족 의식을 재발견하며, 한국사의
   주관을 바로잡아 세워 빛나는 문화적 유산을 남긴 주인공으로서의 좋은 민족성
   의 앙양을 과제로 삼아야 하기 때문이다.

3. 민족 문화 추진의 기본 방향

| 읽기 전에 │ 우리는 반만 년의 유구한 역사 기록 외에 얼마나 오랜 선사 시대의 역사를 가지고 있는지 모른다. 이제 우리는 우리 것을 제대로 연구하고 발전시킬 당위성과 필요성을 느낀 지 오래다. 옛 것을 찾아서 연구하고 새 것을 배우고 익혀서 세계로 나아갈 토대를 마련해야만 한다. 필자는 이 글에서 민족 문화 추진의 기본 방향에 대하여 길을 제시해 주고 있다.

8·15 광복 이후 우리나라 문화인들——특히 학술계에 종사하는 이들——의 업적(저작)을 살펴보면 상당히 괄목할 만한 진전을 보이고 있다. 그러나 그 가운데는 아직도 일인들의 업적의 테두리를 벗어나지 못하여, 창의적인 신경지(新境地)의 개척에 발을 들여놓지 못하고 있는 이들이 상당수를 차지하고 있는 실정이다.

따라서 동양 관계의 사항을 연구한 논저에 있어서도, 우선 서구 학자들의 설을 인용하여, 로마나 그리스의 선현들의 학설로써 그 서두를 장식하는 것이 일반적인 경향으로 되어 있는 듯하다. 물론 학술의 종류에 따라서는 불가피하게 그들의 설로써 업적의 출발을 삼지 않으면 안 될 경우도 없지 않을 것이다. 그러나 우리 고유의 문화나 생활을 다루는 분야에 있어서도 이와 같이 하는 것이 거의 상례로 되어 있는 성싶다.

이러한 결과는 우리의 후진들로 하여금 민족 고유의 문화적 업적은 아무것도 없구나 하는 속단을 내리게 하며, 만일 있다하더라도 그것은 아무 가치도 없는, 쓸데없는 것으로 오인하게 만들기 쉽다. 참으로 통탄하여 마지않을 안타까운 현상이라 하겠다.

이제 우리는 광복 후 한 세대(30년)를 넘어섰다. 따라서 구태의연한 답보만을 일삼을 수는 없다. 아무리 객관적인 이성만이 좌우하는 학술이라 할지라도 인문이나 사회 과학의 영역 안에서는——특히 우리 문화의 분야에 있어서—— 주체 의식이라 할까, 자아 정신이라 할까, 아니면 우리 민족의 특수성이라 할까에 초점이 맞춰져야 할 것이다.

그러면 이와 같은 목적을 달성시키기 위하여 우리는 어떠한 자세로 어떠한 작업에 착수해야 할 것인가. 이에 대하여 필자 나름대로의 천견(賤見)을 피력하여 보기로 한다.

(1) 우선 우리 선현들의 업적을 올바로 이해하여 그 진의를 재음미해야 되겠다. 그러나 이것은 그리 용이한 작업이 아니다. 왜냐하면 과거 우리 선현들의 업적은 그 대부분——아니 거의 전부——이 순한문 문장으로 기록되어 있다. 그런데 이것을 충분히 또 정확하게 이해할 수 있다는 것은 용이한 일이 아니다. 더구나 오늘날과 같은 한자 교육을 도외시하는 상황 아래에 있어서는 거의 백년 하청과 같은 아득한 일이라 아니할 수 없다. 이러한 점은 교육 당로자(當路者)로서 대각일번(大覺一番)의 시정이 단행되어야 하겠다.

(2) 우리 기성 문화(전통 문화)에 대하여 각 분야별로 사적 체계를 구성시켜 놓아야 하겠다. 이렇게 하는 것이 우리의 전통 문화를 현대적인 학술과 논리화, 체계화하는 제1차적인 작업이 되겠기 때문이다. 그리고 이와 같은 작업이 기성 문화의

각 분야별로 이루어지게 되면, 이것들의 횡적인 상관 관계와 연계성(연대 관계)이 밝혀져서, 우리 기성 문화의 총체적인 면모가 완연하게 나타나게 될 것이다.

(3) 이 세상의 모든 사물이나 현상이 나타나게 된 배후나 이면을 보면 반드시 그것이 이루어지게 된 역사성이나 필연성의 작용에 의하여 성립된 결과에 지나지 않으므로, 우리 기성 문화의 어떠한 분야에 있어서든지, 그것이 그와 같이 이루어지게 된 원인과 이유를 규명해야 하겠다. 이렇게 해야만 그 문화의 진정한 의미와 가치를 올바로 이해하게 될 것이다. 또 그렇게 해야만 그 문화의 일단의 향상과 발전을 위한 작업이 가능하게 될 것이다. 다시 말하면, 단순한 외래 문화의 이식이 아니라 우리의 전통 문화의 혈액을 이어받으면서 필요한 외래 요소를 가미하여, 남의 것이 아닌 진정한 우리의 신문화를 창조할 수 있게 될 것이다.

(4) 이와 같이 우리의 문화는 결코 우연의 소산이 아니요, 그것이 그렇게 이루어지지 않을 수 없는 필연의 결과이므로, 그것들이 오늘날 우리 현실에 어떠한 영향을 주어 왔나, 그리고 현재도 그것들이 우리 생활이나 사회에 어떻게 투영되고 있나를 밝혀내야 할 것이다.

(5) 이상과 같이 해야만 우리는 우리가 당면한 현실의 진상을 진실 그대로 정확하게 파악하고 이해할 수 있을 것이다. 우리 이해의 핵심을 투시하지 못하고, 그 상황의 피상적인 표면만을 주마간산격으로 간과한다면, 십중팔구는 사물을 오판하기가 쉽고, 이러한 그릇된 토대 위에 새로운 작업을 기획하고 또 진행시킨다면, 위험천만한 결론에 도달하게 되는 것이니 이

러한 사례는 오늘날 우리 현실에서 매거(枚擧)할 겨를이 없을 만큼 많이 볼 수 있다.

(6) 매사는 그 과거를 틀림없이 인식하여야 이 현재를 진정하게 이해할 수 있게 되는 것이며, 그러한 연후에 앞으로의 진로는 그 방향을 올바로 정할 수 있게 된다. 이와 같이 용의 주도하게 추진하여 얻은 업적은 비로소 우리 현실과 괴리(乖離) 없이 조화되어, 앞으로도 어떠한 진로를 취하여야 할 것인가를 명확하게 예시할 수 있는 길이 천명(闡明)될 것이다.

(7) 이렇게 하여 앞으로 커다란 세계 문화의 테두리 속에서 우리 나름대로의 특수성을 등장시켜서, 그 세계 문화의 일환으로서의 광휘(光輝)를 선양시켜야 하겠다. 왜냐하면 세계 문화라 하여 결코 단일화의 무차별로 될 수는 없는 것이다.

자연계의 현상을 살펴볼지라도, 형형색색 다종 다양의 동·식·광물로써 각각 제 나름대로의 존재 의의를, 존재 가치를 발휘시켜서 광대한 조화를 형성하고 있지 않은가.

그 일례로 화초계의 실태를 살펴볼지라도, 각양 각종의 형태와 색채로써 각자의 특징을 발휘시켜 백화 요란(百花遼亂)의 거대한 균제·조화·통일을 형성하고 있지 않은가. 일부 몰지각한 인사의 소론대로 절대 무차별·균등의 코즈머폴리터니즘이란 있을 수 없는 것이기 때문이다.

그러므로 우리는 각 개인 각자의 능력이나 창의를 발휘하여, 이 사회에 기여하고 있는 것과 마찬가지로, 우리 민족은 우리 민족 독자의 특색 있는 문화를 창조하여, 세계 문화에 이바지하는 것이 우리들의 천직이 아닐까 한다. 그리하여 우리 민족 스스로가 세계 문화권 속에서 우리 나름대로의 이채(異彩)를 발휘하여, 세계 문화 창조의 일원으로 엄존한다는 것을 자각하여야 할 것이다.

그리하여 그 첫 단계의 작업으로 우리 전통 문화의 발굴과 정리와 규명에 힘쓰는 것이 오늘날 우리 문화인들의 정당하고 긴절(緊切)한 과업이 아닐까 한다.

— 이희승(전 서울대 명예교수, 국어학)

 **풀 • 어 • 봅 • 시 • 다** ···

1. 필자는 그 동안 문화인들이 무엇을 잘못하였다고 지적하였는가?
2. 필자는 인문이나 사회과학에서 어떠한 자세로 작업에 착수해야 한다고 하였는지 요약해 보자.
3. 필자는 전통 문화의 발굴과 정리와 규명이 왜 이루어져야 한다고 하였는가?

 **해 • 답**

1. 일인들의 업적을 벗어나지 못하고, 창의적인 신경지의 개척에 발을 들여놓지 못했으며, 서구의 학문에 맹종하는 경향이 있다.
2. 선인들의 업적을 올바로 이해하여 그 진의를 재음미해야 하며, 기성 문화에 대하여 각 분야별로 사적 체계를 구성시켜야 한다. 또한 기성 문화의 역사성이나 필연성을 규명하고, 그것들이 현재 우리 현실에 어떤 영향을 주었나를 알아본 다음 세계 문화의 일원으로서 우리 문화를 선양해야 한다.
3. 우리 민족의 독자적이고 특색 있는 문화를 창조하여 세계 문화에 이바지해야 하기 때문이다.

어떻게 서술할 것인가?

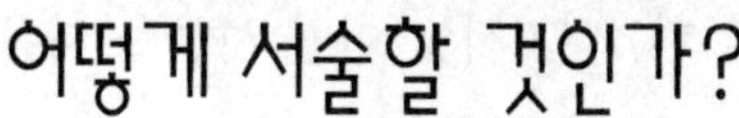

서술의 방법에는 설명법, 묘사법, 서사법, 논증법이 있다. 논증법은 앞장에서 다루었으므로 여기서는 설명법, 묘사법, 서사법만 다루기로 한다.

(1) 설 명 법

설명법은 우리들이 대하는 글에 흔히 쓰이는 서술 방법으로 어떤 사물을 풀이하거나 소개하는 것이다. 예컨대 '무엇이 무엇인가?', '무엇이 어떤 의미인가?', '무엇이 어떤 역할을 하는가?' 에 해당되는 내용에 대하여 언급한다.

설명법에는 정의, 비교, 분류, 분석, 인용, 예시 등의 방법이 쓰인다.

1) 정 의

이는 어떤 단어나 사물에 대하여 그 의미를 설명하는 것이다. 가장 흔한 예로는 백과사전이나 국어사전에서 사물에 대한 정의를 내릴 때 쓰이는 방법이다.

깜짝상식

▌거품 현상(버블 현상)
고도 성장에 따른 인플레이션의 영향으로 각종 경제 지표(經濟 指標)들이 실제보다도 거품(bubble)처럼 부풀어져 나타나고 있는 현상을 말한다.
특히 급속한 소득 증가로 시중에 풀린 돈이 부동산이나 증권 시장에 몰려 투기 심리를 부추김에 따라 경제 안정을 해치는 결과를 낳기도 한다.

2) 비 교

두 개 또는 그 이상의 사물의 비슷한 점이나 차이점을 발견하기 위하여 주의 깊게 여러 가지로 고찰하는 것을 비교라 한다. 여기서는 어떤 사물을 다른 사물과 대립시켜서 설명하는 방법을 말한다.

3) 분 류

종류에 따라서 분리하거나, 구분을 완전하고 철저하게 행하여 사물 또는 그 인식을 정돈하고 체계를 세우는 것을 말한다.

4) 분 석

어떤 사물을 분해하여 그 사물을 성립시키고 있는 성분, 요소, 측면을 확실히 밝히거나, 개념을 각개의 속성으로 나누어 그 의미와 구성을 명확하게 만드는 것을 분석이라 한다.

5) 인 용

다른 글이나 다른 사람의 말, 학설, 주장 등을 빌려 쓰는 것을 인용이라고 한다. 인용을 할 때 주의할 점은 인용하는 내용을 임의로 바꾸거나 고칠 수 없다는 것이다. 그럴 필요가 있을 때는 그 이유를 밝히고, 바꾸거나 고친 부분을 알려주어야 한다. 인용에는 직접 인용과 간접 인용이 있다.

6) 예 시

주제나 소주제에 관련된 내용을 다른 실증적인 사례를 빌려 설명하는 것을 예시라 한다. 그 사례는 책이나 신문 같은 데 있는 것일 수도 있고, 다른 사람의 이야기, 실제로 경험한 사실, 옛날부터 내려오는 이야기일 수도 있다.

(2) 묘 사 법

묘사법은 사물을 있는 그대로 표현하는 것이다. 사람들이 보거나 듣거나 느낄 수 있는 것을 실제적으로 나타내야 한다. 즉 사물의 모양, 빛깔, 냄새, 소리, 맛, 감촉 등을 구체적으로 기술한다. 묘사는 여러 가지로 나눌 수 있으나, 여기서는 ‘인물 묘사’와 ‘상황 묘사’로만 나누어 살펴보기로 한다.

1) 인물 묘사

인물 묘사는 인물의 나이, 키, 얼굴, 체형, 목소리, 습관, 행동 등에서 보여지는 특징을 나타내는 것이다.

2) 상황 묘사

상황 묘사는 어떤 사물이나 장소에 대한 특징을 나타내는 것이다. 즉 평범한 것보다는 확실하고 특색이 있는 것을 묘사해야 한다. 그러므로 너무 길고 자세하게 하기보다 꼭 필요한 것만을 간략하게 하면 된다.

(3) 서 사 법

사람이나 사물에 의하여 일어난 사건이나 행동을 있는 그대로 표현하는 것을 서사라고 한다. 이 경우 시간적 순서에 따라 일어나는 동작이나 상태를 명확하고 사실적으로 표현해야 한다. 뿐만 아니라, 사건이나 동작에 관여된 사람들의 행동 동기, 성격, 그 배경과 결과에 대하여 밝혀야 한다.

서사법은 주관적 서술, 객관적 서술, 대화식 서술로 나누어진다.

1) 주관적 서술

주관적 서술은 쓰는 이가 그 글의 주인공이 되고, 읽는 이들

이 상대편이 되어 직접 이야기하는 것과 같은 효과를 주는 것
이다.

2) 객관적 서술

객관적 서술은 쓰는 이가 제삼자의 입장에 서서 사건이나 행
동을 나타내는 방식이다. 신문 기사나 방송 원고가 이에 해당
된다.

3) 대화식 서술

대화식 서술은 글 속에 제삼자를 등장시켜 사건이나 상황을
알려주는 것으로, 이는 소설이나 희곡에서 흔히 사용하는 방식
이다.

1. 우리나라에는 오랜 역사 속에서 만들어진 여러 가지 전통 예술이 있다. 이를 세계화할 수 있는 방안을 제시해 보라 (1,500자 내외).

2. 다음 기사를 읽고 '백제인의 예술 수준'이라는 제목으로 논술하라(1,200자 내외).

> 지난해 부여 능산리에서 출토된 백제 시대의 '금동용봉봉래산향로(金銅龍鳳蓬萊山香爐)'가 19일부터 5월 1일까지 국립중앙박물관 기획 전시실에서 관련 유물 21건 34점과 함께 일반에 공개된다.
>
> ### 내달 1일까지 전시
> 7세기경 만든 것으로 추정되는 높이 64센티미터의 이 향로는 조형미가 매우 뛰어나 동양에 있는 이 같은 유형의 향로 가운데 최고 걸작으로 평가받고 있다. 산봉우리 35개, 봉황을 비롯한 동물 39마리, 악사 등 인물 10인, 연꽃과 수중 생물 등을 정교하게 새겨놓은 이 향로의 주제는 아직 연구가 끝나지 않았으나 '신선이 사는 이상 세계'를 표현한 것으로 학자들은 보고 있다.
>
> ### 27일에는 학술 강연회도
> 중앙박물관은 관람객들이 이 향로의 우수성을 한눈에 알

수 있도록 중국, 낙랑, 중앙 아시아 등지에서 나온 비슷한 유형의 향로를 함께 전시한다. 또 금동향로와 함께 출토된 유물(일괄 유물)도 전시하는데 그 중에는 반경이 60센티미터에 달하는 국내 최대의 '금동광배조각〔金銅光背片〕'도 있다.

전시 기간중인 27일 오후 3시에는 박물관 강당에서 이 향로에 관한 학술 강연회도 있다. 박물관측은 금동향로에 대한 보존 처리가 완전히 끝나지는 않았으나 국민들의 궁금증을 덜어주기 위해 특별 전시를 마련했다고 밝혔다.

3. 현대는 과학의 시대다. 그리고 앞으로 다가올 미래에는 더욱 눈부신 과학의 발전이 예상된다. 이러한 과학의 발전은 인간들에게 많은 편리를 가져다 주기도 하지만 때로는 큰 재앙을 초래할 수도 있다. 다음의 신문 기사를 참조하여, '동물의 복제'가 인류에게 긍정적인 발전을 안겨 줄지 아니면 부정적인 폐해를 가져다 줄지 각자의 견해를 써보자(1,200자 이내).

영국 에든베러의 로슬린 연구소가 양(羊)의 복제에 성공함에 따라 이의 상업적 활용에 관심이 쏠리고 있다. 많은 과학자들은 이 기술이 장기이식 수술치료제 개발, 가축의 고품종화 등 많은 분야에 적용될 수 있다고 보고 있다.

스위스의 노바르티스 AG의 자회사인 이미트란, 미 코네

티컷주 알렉시온 팔마세티컬 등은 돼지의 장기가 거부 반응 없이 인체에 이식될 수 있도록 돼지의 유전자를 조작하는 실험을 해 왔다. 뉴저지의 박스터 인터내셔널의 자회사인 넥스트란사는 장기이식 시에 발생되는 인체의 거부 반응을 없애기 위해, 인간의 유전자 일부를 돼지 태에 집어넣는 방법까지 사용하고 있다.

그러나 앞으로는 그럴 필요가 없을지도 모른다. 이식수술이 필요한 사람은 자신의 세포에서 유전자를 떼내 실험실에서 필요한 장기로 배양한 뒤 이식하면 된다는 것이다. 지금까지는 간이나 혈액세포 같은 분화된 세포는 다른 용도로 사용될 수 없는 것으로 알려져 왔으나, 이번 실험 결과로는 그렇지 않다는 얘기다. 콜로라도 주립대의 조지 사이들 박사는 "앞으로 장기이식 수술에서 '거부반응'이란 말은 사라지게 될 것 같다."고 말했다.

미 매사추세츠 주의 겐자임 트랜스제닉사, 영국의 PPL 세라퓨틱스 PLC사 등 몇몇 기업은 현재 염소와 양을 유전적으로 설계, 인체 내 단백질 성분을 함유한 우유를 내도록 실험중이다. 이 단백질은 혈액응고방해물질 등을 포함하고 있어, 암이나 낭포성 섬유증 등에 대한 치료 효과가 있는 것으로 믿어지고 있다.

치료제 연구도 크게 바뀔 전망이다. 연구원들은 심장병, 암 등을 일으키는 유전자를 집어넣어 다양한 병세의 동물을 복제, 짧은 시간 내 다양한 실험을 해볼 수 있다.

젖을 많이 내거나 육질이 좋은 가축을 개발한 뒤 이를 집중적으로 복제하는 방법으로 활용할 수도 있다. 과거에는

 ## 논·술·연·습·의·길·잡·이

1. 우리의 전통 예술은 음악, 미술, 무용, 문학 등으로 나누어
   볼 수 있다. 음악은 궁중아악 · 판소리 · 민요 등이 있으며,
   미술은 한국화 · 단청, 무용은 탈춤 · 살풀이춤 · 승무, 문학
   으로는 시조 등을 들 수 있다. 예술은 인류의 공통된 특성
   에서 산출되기 때문에 비록 그 양식과 표현 방법은 다를지
   라도, 그것이 주는 감흥과 의미는 세계 어디에서나 동일한
   것임을 밝히고, 가장 한국적인 것이 가장 세계적인 것임을
   주장한다.

2. 백제는 삼국의 하나로 기원전 18년에서 660년까지 존속하
   였다. 일찍이 백제는 낙랑 문화의 영향을 받고, 한학이 발
   달하였으며, 중국의 남조를 자주 내왕하여 불교를 받아들였
   다. 또한 각 예술 분야에 전문가를 양성하여 일본에까지 파
   견, 일본의 예술 발전에도 큰 영향을 미쳤다. 백제의 유물
   은 고분이나 절에서도 볼 수 있고, 기와 · 석등 · 탑 등도 많
   이 남아 있는데, 여기서 소개한 '금동용봉봉래산향로'는 능

산리에서 출토된 것이다.

3. 지난 한 주 동안 과학·의학·종교계는 물론 사회 전체가 큰 회오리에 휩싸였다. 1980년대에 제기됐다 잠시 잊혀졌던 '생명체 복제' 논쟁이 다시 시작된 것이다. 영국 로슬린 연구소는 최초의 성숙한 포유동물 복제인 6년생 양의 복제에 성공한 뒤 이 기쁜(?) 소식을 언론에 발표했다. 그러나 이것을 마냥 기뻐만 할 수는 없는 일이다. 교황의 표현대로 "인간은 인간답게 태어날 권리가 있다."면 동물 역시 동물답게 태어날 권리가 있다. 과학계는 "복제과학의 완성은 질병 없는 세상과 불임, 장기이식 등의 해결책이 될 수 있다."고 주장한다. 이에 종교계는 "불임이나 질병이 생명체를 조작할 정도의 권리가 될 수는 없다."고 맞선다. 그러나 이와 같은 논쟁이 의미 있는 일일까. 로슬린 연구소는 정부가 자금 지원을 중단하겠다고 선언한 상황에서도 "어떻게든 포유동물 복제 프로그램을 완성하고 말겠다."고 다짐한다.

미국에서도 벌써 몇 개월 전에 원숭이 두 마리를 복제해 두고도 시치미를 떼고 있다가 지난 2일(1997.3.2) 허둥지둥 자신들의 실험 결과를 발표했다. 한국도 1995년 2월 우량젖소를 복제했다. '늘 푸른 2호'로 명명된 이 복제 젖소는 보통 젖소보다 성장 속도가 2배나 빠르다고 한다. 지금 어딘가에서 복제인간이 거리를 서성이고 있다고 해도 전혀 놀랄 일이 아닌 것이다.

이제 미국, 유럽, 일본 등 '우생학 빅 3'에 의한 유전자 전쟁이 시작된 것이다. 어쩌면 과학적 성취욕에 눈먼 일부

과학자와 복제인간을 이용한 장기 밀매로 인류 역사상 최대
의 비즈니스를 꿈꾸는 검은 손의 추악한 커넥션이 꿈틀거리
고 있을지도 모른다.

1. 우리 시대 시인의 역할 

| 읽기 전에 |　시인은 인생을, 사랑을, 자연을 노래한다. 그 속에는 철학이 있고, 아름다움이 있고, 슬픔과 아픔이 들어 있다. 그 점에서는 어떤 나라, 어떤 민족의 시인이든지 공통적이다. 필자는 종족, 이념, 국가를 초월하는 시인이 이 시대에 담당해야 할 역할에 대하여 상징적이고 추상적으로 잘 표현하고 있다.

시인은 언제나 순백의 새 원고지를 의식합니다. 비록 그가 여러 권의 책을 펴낸바 있더라도 그 책들의 맨 위에 거듭거듭 백지를 펴놓습니다. 전날의 글들은 이미 독자의 것이며 흐릿한 연필 글씨로나마 뭔가 새로운 진실을 기록하지 못한다면, 오늘 그가 차지할 아무것도 없습니다.

시인이고자 하고 사실상 시인인 동안까지는 험준한 내면의 동반을 감내해야 하며 새로운 백지와 견고한 침묵과의 대결이 불가피합니다. 마치 이 질긴 껍질을 찢어내야만이 막혀 있는 그 자신의 영혼을 밖으로 분출시킨다고 믿는 신앙 행위와도 같습니다.

우리가 쓰는 시는 굶주리는 이의 위장에 하등의 현실적 도움을 못 주는 추상의 장미, 추상의 포도주입니다. 그러나 육체가 먹어야 하듯이 정신도 먹어야만 되겠다는 욕구에 눈뜬 이들은 시인의 식탁에 말없이 와서 앉습니다. 시인은 이들을 배불리 먹여야 함과 동시에 평등한 식욕이라는, 육체와 정신에서 적어도 반반씩 요구되어야 할 그 원리에도 봉사해야 합니다.

시인은 투철한 사색가가 아니며 용맹한 실천가도 아닙니다. 시인은 위대하기보다 절실하기 원하며 시범자이기에 앞서 공감자이려 합니다. 시인의 땅은 동서남북이 모두 한 이름이나 다름 아닌 인간성의 녹지, 그것입니다.

보십시오. 시대의 선두에 서는 건 정치가와 경영자의 무리이며 화려한 나팔수는 기록을 갱신하는 운동 선수나 호기심에 감싸인 연예인들입니다. 시인은 다만 추수감사절 후의 쓸쓸한 밭이랑에서 떨어진 이삭을 줍는 노인들처럼 늙은 연민과 늙은 우수이며 늙어버린 기다림입니다. 그러나 인류사의 밑바닥에 두 손을 깊이 찔러 넣고 그 총체적 무게를 떠올리고 싶은 진지한 열망이며, 잘라내는 분리주의를 친화(親和)에로 이어 주고 싶은 공존의 염원이기도 합니다

시인이 원하는 첫 번째 언어는 정직하고 투명한 언어, 고통을 함께 느끼는 아픔의 언어, 상처에 기름 바르는 치유의 언어, 누구도 타인이 아니라는 확신을 널리 퍼뜨릴 수 있는 우정과 신뢰의 언어, 한 번뿐인 사랑을 몹시도 좋아하게 만들 사랑과 은총의 언어입니다.

시인이 원하는 최상의 언어는 전인격으로 손을 잡는 화해의 언어입니다. 화해를 가져올 으뜸의 방법은 종교적 방법이며, 그 다음이 예술적 방법이라고 나는 생각합니다. 앞의 것은 신의 바다에서 생명수를 마시게 하는 귀의(歸依)와 신생의 방법이며, 뒤의 것은 예술가들이 친구를 위해 창조한 감격과 정화(淨化)의 방법입니다. 만약에 이들 두 가지를 합칠 수만 있다면, 즉 인간적인 가치와 가능성을 마음껏 꽃피운 자리에 신이

쏟아 주시는 것을 맞아 일치에 이른다면 우리의 삶은 진정한 충족에까지도 부풀어오를 것입니다.

인체에서 암이 머물지 못하는 곳은 유일하게 심장뿐이라고 합니다. 잠시의 휴식도 없는 전가동의 활성체이므로 여기에만은 암도 번식할 수 없다는 얘기가 나에겐 적잖은 충격을 주었습니다. 생명 안의 생명이라 할 선혈 범벅의 그 작은 피주머니, 그리고 시인의 심장이야말로 제일로 가혹한 혹사를 도맡고 있습니다. 더하여 시인의 감정은 못 견딜 공복감에 시달리기를 잘 합니다. 살기 위하여 또한 시인이기 위하여는 스스로의 감정을 끊임없이 먹여야 합니다. 진지한 열정, 가장 헌신적인 연소(燃燒)는 시인에게 필요 불가결한 자구책(自救策)입니다. 이는 육체적 식욕 이상으로 절박하며 어느 의미에선 심히 비극적이기도 합니다. 시인의 영혼 속에 타고 있는 불도 자주 위급에 직면합니다. 그러면서 한편 시인에겐 굶주림이 필요하고 영혼 속에 타고 있는 불도 위태로운 명멸의 그 경험을 거듭해야 합니다. 왜냐하면 그 자신의 공복을 통해서만 집단적 기갈(飢渴)을 깊이 느낄 수 있고, 살아 있는 고통의 한가운데서만 고통의 충실한 파수꾼이 될 수 있기 때문입니다. 수년 전 한국을 찾아온 외국의 한 작가는, 시인이란 그 시대의 산소량을 재는 측정기의 역할을 한다 했습니다. 사실상 시인은 잠자지 않는 촉수(觸手)요, 밤에도 깨어 있는 정서의 불침번(不寢番)입니다.

시인은 공동체 속의 고뇌를 집약하고 집단적 영혼을 찾아내며 시대와 민족의 단위에서 사랑과 평등을 외치는 쉼 없는 육성입니다. 사회 참여가 된다거나 안 된다거나의 논평을 훨씬 뛰어넘는 성질에서 시인은 주야로 샘솟는 맑은 샘물 같은 성량

(聲量)이어야 합니다. 좌절과 고립감, 마찰과 파괴 충동까지를 포함한 삶의 현장에 머무르면서 그 소요와 탄원들을 자기의 피 속에서도 들어야 합니다.

시인의 역할은 무엇입니까.

눌려 있는 장점들, 정신 속에서 줄이 끊어진 관계들, 건널 수 없는 몰이해의 벌판들을 밝고 건강한 긍정에까지 회복시키려는 노력들이 이 세상에 남아 있는 동안엔 시인들의 추운 목의자도 필연코 거기에 있어야 한다고 믿겨지기만 합니다.

한국땅의 대부분은 1950년도에 공산당에 점령되었던 곳입니다. 조국 수호의 의지와 우방국들의 귀한 피값으로 파괴된 땅을 되찾은 후 건물 짓기에 여념 없는 몇십 년을 지나왔습니다. 이 나라뿐 아니라 여러 신생국들, 심지어는 최강국의 대열 중에서도 시설 확충에 치달은 나머지 오늘과 같이 시멘트와 철근의 밀림을 이루었습니다. 하지만 시인들의 관심은 그 다음번의 순서에 있습니다. 건물에 담기게 될 사람과 그들이 추구할 이념 및 가치 등에 눈길을 돌리고 시인의 독특한 조명을 그곳에 비춥니다. 때에 따라선 평가가 끝나버린 사실에까지도 하등의 수정을 시도합니다.

진정한 문화는 진정한 창조적 에너지에서 나오며 역사와 민족에 침윤하고 나아가 피조물과 조물주 사이에도 연결의 고리를 끼우는 일이라 믿으면서 증류수로 씻어낸 양심들과 광명한 햇빛으로 읽을 미래의 글씨를 꿈꿉니다. 그러므로 어떤 민족이라도 그 안에 시인을 가지고 있는 이상에는 단일한 평가, 획일적인 결론에 안주하긴 어려울 것이니, 치솟는 것을 누르고 가라앉는 것을 일으키는 격동적인 저항을 얼마간 겪지 않을 수가 없습니다.

한 동화에선 슬픔 때문에 죽은 어린 꼽추가 생각지도 않았던 천사의 두 날개를 수북한 등 속에 가지고 있었으므로 얇은 피부를 벗겨낸 그 날개로 창창한 푸른 하늘을 날아 그녀의 어머니가 기다리는 천국에까지 가게 되는 이야기를 들려 줍니다. 여기서 우리는 문학이 사람의 눈빛을 바꿔놓는 사례를 또 한 번 봅니다. 이제 꼽추를 보게 되는 어린이들은 천사의 날개가 접혀져 들어 있는 그네의 남다른 모습에 대해 한없는 호기심과 따스한 우정의 눈빛을 보내게 될 것입니다. 문학은 전에 없던 의미들을 탄생시키고 이름이 없던 것까지 명명(命名)하며 시선을 교정하고 마음의 테두리를 넓혀 갑니다. 생명에서 나온 매우 작은 부스러기도 쉽게 내던지지 않습니다.

컴퓨터가 시까지 쓴다는 소리는 듣지 못했습니다. 과학이 끝난 데서 시는 출발하게 됨을 여기서도 볼 수 있습니다. 시는 과학적 실증, 논리적 명석을 못 가지면서 이를 넘어서는 사상, 애정, 진실 등을 다루고 개인과 전체간의 교류, 인간 속에 들어 있는 자연적·신적(神的)인 요소, 무한히 샘솟는 새로운 순수성들을 찾아내고 기르며 오래도록 이를 보존합니다. 시는 시 외의 어떤 것도 될 수 없으며, 오직 시 자체인 것만으로 충족합니다.

시는 스스로를 높이 의식하지 않으며 그럴 필요도 전혀 없습니다. 왜냐하면 시 자체의 무게와 긴장과 거미줄같이 퍼져 있는 모세혈관에 가닥가닥 퍼져 감도는 섬세하고 아픈 감수성 때문에도, 또한 한 번씩 지구의 밑바닥까지 내려가 엎드리는 아득한 침잠의 그 어둠 때문에도 다른 여력을 더 가질 겨를이 없습니다. 그리고 신이 창조하신 미와 영원성에 대하여도 그 예찬(禮讚)을 끝내는 일이 결코 없을 것이기 때문입니다.

이러한 시점을 예술지상주의에서 본다면 관념의 착오라는 지탄을 받을지도 모르나 나로서 확신하는 바는 시가 간망(懇望)하고 있고 아울러 시에게 큰 유익을 주는 것은 신의 무한하신 저수지요, 그 무량한 허용이라는 점입니다. 시는 전영(全靈)의 노래이며 전달과 공감을 규합하는 뜻에서 누구에게도 문을 닫지 않는 풍성하고 무한한 인간 축제입니다.

시는 과학이나 그 밖의 어떤 분야와도 가치를 겨루거나 하는 자리에는 서고 싶지 않습니다. 사실상 이 시대가 불꽃 튀는 경합의 시대이긴 하지만 필경엔 인류의 복지 향상이라는 공동의 대의명분을 섬기면서 모두가 그 나름의 최선을 다하는 이상 한 송이 꽃에 있어서의 꽃잎 하나하나와도 같이 보완과 협력의 관계인 것을 어찌 모른다 하겠습니까. 모든 것이 성공적인 협동에 다다름으로써 삶이 깊어지고 따스해지기를 바랄 뿐입니다.

시의 봉우리는 높지 않습니다. 솟아오른 봉우리들 중에서는 오히려 가려져 있으면서, 그러나 시와 시 정신의 시발점이 되는 그 뿌리는 인류의 정신사 그 가장 깊은 데서 비롯하고 있으므로 이 발부리에서 본다면 지치도록 아득한 높이에 이르고 있고 간혹의 독자들은 여기까지 와서 이 외로운 높이를 함께 나눕니다.

시는 그칠 새 없는 질문 앞에 서 있습니다. 그 답변의 일부는 작품 자체가 담당하고 또 일부는 시인이 실현하는 거짓 없는 행위들이 풀어준다 하겠으니, 이로 인하여 시인들은 만신의 두려움과 숙연감을 금할 수 없습니다. 그리고 이 나머지의 대답들은 오직 거대한 침묵에게 맡길 수밖에 없으며 우리는 이 침묵을 후대의 시인들에게 공손히 물려줄 것입니다.

　시는 수수한 종이에 적혀 눈이 덜 가는 지면에 실리며 이해를 조르는 일은 없습니다. 하지만 사람의 마음이 춥거나 멍들어 돌아올 때 고향의 황혼같이 아늑한 위안을 얻을 것입니다. 큐피드의 화살을 맞은 이도 한 편의 시 속에서, 마치도 거울 속에서 제 모습을 보는 듯이 그 자신의 환희와 불면과 흐르는 눈물까지를 보게 될 것입니다.

큐피드(Qupid)
그리스 신화에 나오는 사랑의 신으로 그가 쏘는 화살에 맞으면 사랑의 포로가 된다고 한다.

— 김남조(시인, 숙대 교수)

 **풀·어·봅·시·다** ●●●

1. 이 글의 주제는 무엇인가?

2. ‘시인의 식탁에 앉는다.’는 말은 무슨 뜻인가?

3. 화해를 가져올 으뜸의 방법으로서의 예술적 방법은 무엇을 의미하는가?

4. ‘시인의 심장이 제일 가혹한 혹사를 도맡고 있다.’는 뜻은 무엇인가?

5. 필자가 말하는 시인의 역할을 간단히 요약하라.

6. ‘시는 다른 분야와 가치를 겨루지 않는다.’는 말의 뜻은 무엇인가?

 **해·답**

1. ‘우리 시대에서 시인이 해야 할 역할’이다.

2. 아름다움과 지성을 호흡하고 흡수하려는 욕구를 가진다는 말이다.

3. 만인에게 공통된 사랑과 아름다움에 대한 열망을 일으키게 함으로써, 범세계적
   으로 전인격으로 화해의 손을 잡게 할 수 있는 것은 예술이라는 뜻이다.
4. 시인은 스스로의 감정을 다스려야 하며, 진지한 열정, 가장 헌신적인 연소를 감
   당해야 한다는 뜻이다.
5. 생활에 지친 이들에게 이념 및 생의 가치를 부여하고, 비판과 저항의 정신을 일
   깨우며, 인간의 적나라한 모습을 그려내는 것이다.
6. 모든 분야가 인간의 행복과 복지 향상을 목적으로 한다는 점에서 공통적이며,
   보완과 협조의 관계에 있다는 뜻이다.

2. 예술이란 무엇인가 

| 읽기 전에 |　예술은 인간이 이 지구상에 태어남과 동시에 시작된 것이며, 예술을 떠나서 인간의 삶을 영위한다는 것은 어불성설이라 할 수 있다. 그러나 예술이란 무엇인가, 예술의 분야에는 어떤 것이 있는가, 그 형식과 내용은 어떤 것인가에 대한 대답은 쉽지 않다. 필자는 이 글에서 이에 대한 해답을 제시해 주고 있다.

　넓은 의미의 예술이란 자연에 대립시켜서 일보적으로 인간의 일정한 능력을 가지고 제작하는 활동 과정, 즉 기술과 같은 뜻이라고 말한다. 좁은 의미의 예술도 포함하고 있는 고전 그리스의 테크네(Techne)나 라틴어의 알스(Ars), 그리고 영어의 아트(Art), 프랑스어의 아르(art), 독일어의 쿤스트(Kunst) 등도 같은 뜻으로 기술이라는 뜻을 가지고 있으며, 한자의 '예(藝)'도 원래는 기능을 의미하고 있다.

　예술은 엄밀한 의미에서 문화의 특수 부문을 차지하는, 타고난 재질과 익숙한 능력을 가지고 독창적·객관적으로 얻는 미적 이념을 완전히 일치하는 객관 형상으로 조성하는 생산 활동과 활동의 결과를 말하는 것이다. 타고난 재질, 즉 천재적 소양으로 활동을 하는 작업이므로, 그것을 기술적 활동이 아니라 정신적 활동이라고도 말한다. 그것은 예술적 천재가 독창성을 특징으로 하고 있다는 데 그 근거를 둔다. 예술가가 새로운 가치를 만들어낸다는 것도 그것이 독창성을 가진 제작 활동, 즉 창작이기 때문이라고 말한다.

예술의 창작 작용은 실제로 예술 작품을 제작하는 과정까지 포함하고 있으나, 그러한 제작에 앞서 먼저 의식 안에 떠오르는 창작 작용이 있어야 실재(實在)의 제작도 있을 수 있다. 물론 머리에 떠오르는 창작 작용과 실제의 제작을 엄밀히 가르기는 어려우나, 이론적으로는 별리의 것으로 생각하여야 하며 그렇게 갈라놓은 의식 안의 창조 작용이 여기에서 말하는 의미의 창조 작용이다.

예술의 창조 작용의 심리적 과정을 피셔, 하르트만 같은 미학자들은 예술가들의 체험을 토대로 하여 다음과 같은 4단계로 보고 있다.

그 첫째는 창작적 기분을 지적한다. 이것은 예술가의 미적 작용이 밖으로부터 자극을 받아 무어라고 말할 수 없는 막연한 것이나마 착상하고 싶은 감정이 솟아오르는 상태를 말한다. 이것은 감정의 긴장 상태가 되기도 한다. 그러나 이러한 기분은 누구나 겪을 수 있는 것이지만, 보통 사람은 그 기분을 그대로 버려버리는 것과는 달리 예술인에게는 이것이 창작의 출발점이 된다는 것이다.

두 번째로는 착상이다. 창작적 기분에서 감정적 기분이 겉으로 표출하고자 하는 동기가 되어 상상력을 자극, 아직 확실하지는 않으나 구상이 떠오르게 된다. 물론 그것은 각 부분의 자세한 내용은 아니다. 그보다 앞서서 우선 전체가 머리에 떠오르게 되는 것을 말한다. 막연했던 창작적 기분은 여기에서 예술의 모습을 갖출 수 있는 전체적인 내용을 얻게 되는 것이다.

세 번째 과정은 초안이다. 마치 글짓기 할 때에 초두를 잡듯이, 또는 그림을 그릴 때에 스케치를 하듯이 지금까지 머리에 떠올랐던 테두리가 점차로 내용을 갖추어 각 부분이 자세해지고 확실해지는 단계를 말하는 것이다. 이것은 아직 초보적인 단계이나 구체적 창조의 첫걸음이 되는 것이다.

다음 네 번째 단계는 완성이다. 여기서 완성이란 작품 제작으로서 지금까지 머리로 그린 현상을 일정한 재료에 예술가의 기능을 가지고 구체적·객관적으로 실현하는 최후의 완성적 노력을 의미하는 것이다. 그러나 여기에는 의식적 노력만이 존재하는 것이 아니라, 미추에 대한 반무의식적인 판단과 비평이 따르면서도 중심되는 형상 작용은 변함 없이 창조의 밑을 꿰뚫고 있다는 사실이다. 예술적 창조의 기쁨도 괴로움도 바로 여기에 있는 것이다.

이와 같이 예술가의 작업에 따른 4단계를 가능하게 하는 것은 예술가의 새로운 미적 생산에의 충동과 예술 의지로서의 충동, 그리고 독창성이 예술적 창조 작용을, 앞서 말한 바와 같이 단순한 예술적 활동과 구별하게 하는 것이며, 또한 그것이 예술가의 미적 이념을 실현하고자 하는 충동인 동시에 창조 작용이기 때문에 예술은 진의나 선의나 실용과는 다른 독자적인 가치를 가지게 되는 것이다. 따라서 예술은 원래 모든 실재적인 이해와 관심과는 별도로 그 자체만을 위한 활동이므로, 그 범위에서 순수한 만족을 얻게 된다. 소위 칸트가 말하는 '무관심의 만족'이 바로 이와 같은 현상을 지적한 것이다.

화가는 화구를 들고 아름답게 물감을 칠하는 일에 정열을 기울일 것이고 음악가의 타음 소리는 아무것도 의미하지 않은 채, 그 자체가 아름다운 세계가 될 것이다. 무용가는 스스로의

칸트
(Immanuel Kant, 1724~1804)
독일의 철학자. 종래의 사변철학과 경험론을 통합하여 인식 능력의 비판을 근본 정신으로 하는 비판철학을 성립하였다. 저서로 《순수이성비판》, 《실천이성비판》, 《판단력비판》, 《인류의 형이상학》 등이 있다.

율동이 무아의 경지에 다다르도록 춤을 추면서 하나의 미적 충동을 받게 될 것이다. 예술 작품 자체가 도덕이나 정치 같은 척도로 판단될 수는 없다. 예술은 독자적 가치관을 지니고 있으며, 거기에서 무관심의 만족을 얻는다는 것이 미적 이념을 실현하고자 하는 활동이므로 미와 예술과의 관계에 따른 문제 앞에 놓이게 된다.

지금까지 말한 예술가의 창조 작용을 논한 것은 그러한 표현성이 예술의 특징을 이루고 있다고 생각되었기 때문이었으며, 미에 대해서는 어디에서도 존재하고 있다는, 미를 인간이 느끼고 받아들인다는 수용성에서 그 특징을 찾아보려는 것이 보편적이었다. 그러므로 예술가는 그 작업에 임하면서, 이러한 생각이 옳건 그르건 그 입장에서는 미와 예술과의 관계, 다시 말해서 미적인 것과 예술적인 것에 대한 대립을 느끼게 되었을 것이다.

역사적으로 볼 때 미에 대한 이론이 반드시 그대로 예술의 이론이 되었던 것은 아니다. 또한 미의 이론이 예술의 이론을 포함하고 있었던 것도 아니었다. 때로는 작품을 제작하는 데 있어서 그 착상이 같은 계열에 속한다고도 생각한 때도 있었으나, 때로는 전혀 다른, 오히려 서로 적대시하는 일도 있었다. 칸트의 미론과 예술론이 통일을 가져오지 못하였고, 멀리 플라톤의 미는 이데아에 직접 통한다고 하여 높이 평가되었으나, 예술은 값 없는 현상계를 모방한 것이라 하여 이상 국가로부터 추방되어야 한다고 생각하였었다. 그런가 하면 피들리(K. Fiedles)와 같은 예술학자는 미는 우리의 감각에 호소하는 것에 지나지 않으나 예술은 독특한 진리 인식이라 하여, 이 두

가지를 엄밀히 갈라놓아야 한다고 지적하기도 했다.

일반적으로 예술학을 주장하는 사람들은 미적인 것을 형식적인 것, 예술적인 것의 내용을 가진 것이라 보고 형식과 내용과의 관계에서 생각하라고 하였다. 원래가 형식 없는 내용도 없고 내용 없는 공허한 형식만을 생각할 수도 없다면, 미적인 것은 오히려 아름다운 성질을 가진 내용이라고도 생각할 수 있는 것이다. 힐테브란트가 '형식은 예술 작품에 있어서 형체화된 내용이다.'라고 지적한 것도 그러한 뜻으로 말한 것이다. 그러나 그렇다고 해서 예술적인 것이 미적 가치만을 가지고 있다는 것은 물론 아니다. 미적 가치 이외에 지적·도덕적·종교적·사회적인 여러 가치를 가지고 있다. 단지 마리아상의 종교성이 그대로 예술성이 되는 것이 아니고, 톨스토이의 여주인공들의 논리성이 그대로 예술성과 부합하는 것이 아니라면 거기에는 예술로서의 독특한 형성 작용이 있어야 할 것이다. 즉 예술 작품 안에는 미적인 것 이외의 여러 가치가 감정에 맞게 형성되고 있어야 한다는 사실이다.

다시 말하면 예술가의 예술적 태도가 예술로서의 의의를 가진 도덕성이나 종교성을 만들어내고 있는 것이라 하겠다. 따라서 예술 작품에 있어서는 미적인 것이 미적인 것 이외의 것과 평행을 이루는 것이 아니라, 미적인 것 이외의 것들이 미적인 것을 통합하고 있다고 보는 견해가 바른 견해일 것이다.

통칭 예술가로 불리우는 시인, 소설가, 미술가, 무용가, 음악가, 연극인들은 여러 가지 예술 밑에 공통적인 성격이 가로놓여 있기 때문에 그리 부르는 것이다. 즉 문화, 음악, 미술, 무용, 연극이 예술로서의 일정한 원리를 그 성격으로 내포하고 있을 때 비로소 예술적인 의의를 표출시킬 수 있다는 것이다. 그러나 이러한 말은 어디까지나 이론적인 것이고, 실제로는 일정한 규정이 있어서 거기에 따라 예술 작품이 만들어지는 것은 아니다.

예술의 분류에 관해서도 분류하는 규정이나 또는 각 장르 사이에 엄격한 경계선이 있어서, 그 틀 속에서 여러 가지 예술이 이루어지는 것이 아님은 물론이다. 오랜 인류 역사를 통하여 생활이 풍부해지고 복잡해짐에 따라 아름다움에 대한 자각도 깊어가고 이에 따라 예술을 객관적인 현상으로 표출시키기 위해서는 여러 가지로 감각화하는 수단이 필요하게 되는 것이다. 사진 기술의 발명에 따라서 출현하게 된 영화 예술 같은 장르는 지금으로부터 100여 년 전까지는 꿈에도 그려 보지 못했던 것이다.

이러한 예술의 새로운 장르가 등장하고 현대로 접어들어 갈수록 각 장르의 거리는 근접해가고 있으며, 서로 경계선이 희미한 경우도 생성되기 마련이다. 그뿐만 아니라 회화 장르 안에서도 추상적인 그림이 등장함에 따라 일반적으로 그림을 묘사 예술이라고 보던 생각은 변하지 않을 수 없게 되었다. 그러므로 예술의 각 장르는 자연 발생한 것이며, 그러한 각 장르의 본질에 비추어서 나누고 이론화한 것이 곧 예술의 분류가 되는 것이다.

현재까지 미학적으로 관찰할 때에 분류의 기준에도 여러 가지가 있었다. 고대 말기의 아리스토텔레스학파 사람들의 정적 예술과 동적 예술의 분류나, 레싱의 공간 예술과 시간 예술의 분류 등은 묘사의 발상이나 대상의 종류에 따른 것이었다. 미술이나 건축은 공간 예술에, 문학과 음악 등은 시간 예술에 속했었다. 이와 같은 분류는 완전한 것이 못 되었지만, 흔히 쓰이고 있다. 또한 헤겔은 절대적 정신, 즉 내용과 표현 수단 · 형식과의 직관적 관계 방식에 따라서 상대적 건축, 고전적 조각, 낭만적 그림, 음악, 문예 등으로 분류하였다.

그 밖에 작품을 전달하는 감각의 종류에 따라서 시각 예술, 청각 예술, 상상 작품으로서의 언어 예술로 분류하기도 하였다. 인간이 볼 수 있는 것은 빛과 모양이기 때문에 시각 예술은 조형 예술이라고도 불렀다. 또한 목적에 따라서 그 순수한 미적 효과만을 생각한 것인가, 또는 실용을 목적으로 한 것인가에 따라서 순수 예술과 효용 예술로 분류하기도 하며, 대상과의 관계에 따라서는 묘사 예술과 비묘사 예술로 분류하기도 하는데 이것은 재현 예술과 비재현 예술 또는 구상 예술과 추상 예술이라고도 불렀다. 그리고 같은 공간 예술이라 해도 그 차원에 따라 그림을 이차원적 예술, 조각 · 건축 · 공예를 삼차원적 예술이라고 분류하기도 하고, 또는 주제에 따라서 풍경화 · 정물화 · 인물화 등으로 분류하였다. 재료에 따라서는 유채화 · 템테리화 · 수채화 · 모자이크화 등으로 분류하기도 하였다.

이와 같이 여러 가지 기준에 따른 분류는 제각기 의의를 지니고 있기는 하지만, 어느 하나의 분류 기준에 예술이 모두 적용될 수도 없고, 또한 각 장르를 분명하게 규정할 수도 없기 때문에 각 장르의 특성을 밝혀서 제자리에 놓기 위해서는 여러 가지 분류 방법을 적당히 조립하는 방법밖에 없다. 가령 문학 같은 경우에 그것을 공간적이라기보다 언어적이고, 응용적이라기보다는 순수 목적이라는 언급 같은 것이다. 그러나 예술 분류의 기준을 어디에 두느냐의 문제는 결국 예술의 본질을 어떻게 규정하는가의 문제와 떠날 수 없는 관계에 있다고 보겠다.

— 최문희(충남 향토문화연구소장, 희곡 작가)

 **풀·어·봄·시·다**

1. 예술의 창작 작용의 네 단계를 요약하라.
2. 예술과 미는 동질적인 것인가?
3. 예술가들의 공통점은 무엇인가?
4. 예술 장르의 분류는 분명하게 규정되는가?

 **해·답**

1. 첫째, 창작적 욕구의 단계.

   둘째, 구상의 단계.

   셋째, 초안의 단계.

   넷째, 완성의 단계.
2. 동질적인 것은 아니고 미는 예술이라는 형식이 가진 내용 중의 하나다.
3. 예술가들은 예술로서의 의의를 가진 도덕성이나 종교성을 만들어낸다는 점에서 공통적이다.
4. 분명하게 규정되지 않는다.

| 읽기 전에 | 하나밖에 없는 지구가 몸살을 앓고 있다. 인류의 지나친 개발과 환경오염이 극에 달했기 때문이다. 이에 대하여 각 나라에서는 자연보호에 나서고 환경지도를 만드는 등 갖은 노력을 하고 있으나, 이것은 어느 한 나라의 노력만으로 이루어지지는 않는다. 인류는 이제 지구상의 모든 생물뿐만 아니라, 자신들의 생명을 지켜야 할 운명에 처해 있다.

환경문제를 형이상학적으로 접근하는 시대는 지났다. 이러한 방법은 전문성을 가진 자와 가지지 않은 자간의 이원화를 심화시키고 시민들의 환경보전 연대에 도움이 되지 않는다.

환경문제를 논하면서 흔히 환경에 관한 기본 자료가 부족하다고 한다. 그러나 그 동안 많은 측량치와 통계자료가 축적되어 있는 상태이다. 이제는 환경 정보를 어떻게 활용하느냐에 따라 환경보전의 성패가 달려 있다고 해도 과언이 아니다. 지방자치시대가 전개되면서 지자체와 시민단체를 중심으로 과학적 수치를 도면에 선과 색상을 가지고 공간적으로 표현, 지역환경을 종합적이고 일목요연하게 이해할 수 있는 정보를 제공하는 환경지도를 제작하고자 하는 시도들이 늘고 있다. 이러한 경향은 주민들이 자기가 살고 있는 지역에 대한 관심과 지역환경문제를 지역주민 스스로 해결하려는 욕구가 반영되면서 나타난 특징 중의 하나다.

환경지도 작성의 목적은 각종 환경오염에 관한 수치와 서술

> **형이상학**(形而上學, metaphysics) 과학적 연구나 경험적 관찰에 의해 파악하지 못하는 초자연적인 것에 대해, 순전히 개념적인 사고에 의하거나 직관적으로 탐구하려는 철학. 예컨대 신(神)의 존재나 존재자의 궁극적인 본질 등에 대한 철학을 말한다. 형이상학자들은 형상과 관념의 세계를 이해하려는 시도 속에서 자연 세계, 시간과 공간의 의미, 신의 존재와 본성 등을 해석하였다. 최초의 형이상학자는 플라톤으로, 그는 불변하는 참된 이데아의 세계를 선호하였다. 아리스토텔레스, 토마스 아퀴나스, 데카르트, 칸트 등이 대표적이다.

된 내용을 선과 색상으로 풀이하여 시각적으로 보여주는 것과 환경오염의 위치를 공간적으로 표시하는 데 있다. 수질과 대기 등은 대체로 복잡한 환경화학적 분석을 통해 수치로 표현되고 있으므로 이를 일반인들이 이해하는 데 어려움이 많다. 또한 환경 데이터는 대체로 장소성이 결여되어 있는 실정이다. 환경 지도는 바로 이러한 문제를 도면을 통해 전문가가 아닌 일반인들도 쉽게 이해할 수 있도록 하는 데 기여하고 있다.

우리나라에서는 지난 1994년 울산 환경운동연합이 울산 수질 환경지도를 제작한 것을 시작으로 행정 당국과 시민 환경단체가 환경지도를 작성하기 시작했다. 서울시가 수질, 대기, 폐기물, 자연생태 등 4개 부문의 지도를 제작했고, 도봉구는 주부와 학생들의 자원봉사 활동에 의해 환경지도를 발행했다. 이 밖에도 인천시와 수원시가 환경지도와 생태지도를, 강릉 경실련이 '동해안의 자연호수' 라는 환경지도를 만들었다.

한편 독일의 경우 1972년 '국가환경강령' 이 선포된 이후 환경의 중요성이 대두돼 환경조사가 심도 있고 다방면에 걸쳐 실시되었다. 베를린 시는 1979년에 개정된 '자연보전법'에 의해 환경 기본계획의 성격을 지닌 환경 프로그램을 수립했다. 이 과정에서 베를린 시의 환경보전과 도시개발부의 주관하에 독일 환경연구원과 공동 작업으로 1981년 환경지도를 제작, 5년 간의 준비과정을 통해 1985년에 45장의 환경지도가 완성됐다. 통일 이후에는 동베를린을 포함시켜 환경지도의 범위를 확대했고 서베를린의 환경을 부분적으로 재조사했다. 환경지도 뒷면에는 지도 작성에 있어서의 방법론상의 내용과 지도를 읽을 수 있는 방법도 제시하고 있다.

우리나라와 독일의 환경지도를 비교하면, 우선 우리나라 환경지도는 교육적이고 시민의 환경의식을 높이는 데 초점이 맞추어져 있고 일부 테마에 국한돼 있다. 정확한 데이터보다는 시민 실천방안 등을 내용으로 한 개괄적인 것들이 아직은 많은 편이다. 반면 독일의 환경지도는 도시계획의 일환으로 장기간에 걸쳐 제작되었고 대상 범위의 폭이 매우 광범위함을 알 수 있다. 이는 우리나라와 외국의 환경지도 제작 배경의 가장 큰 차이점이라 할 수 있다. 그 동안 우리나라 지자체 등에서 제작된 환경지도들은 대개 그 유형이 비슷한 것이 많다. 개념조차 낯설은 시기에 시도되었기 때문이라고 생각한다. 제작한 단체들간 정보 교환과 상호 협력이 제대로 이루어지지 않아 진행과정에서 어려움을 겪거나 동일한 문제점들을 답습하는 경우도 있었다.

따라서 앞으로 환경지도를 제작할 때엔 이러한 시행착오를 되풀이하지 않도록 지자체, 시민단체, 지역주민이 함께 작업할 수 있는 체제를 구축하여 효율적인 작업이 되도록 해야 할 것이다. 그리고 환경지도의 작성은 일회성으로 끝나서는 안 되며 지속적인 사업으로 간주, 재조사를 통해 보완해 나가야 한다. 그래야만 환경지도가 정책결정자에게 기초데이터를 제공하고 시민의 환경에 관한 관심도와 의식도를 높이는 데 기여, 환경개선을 위한 새로운 파수꾼으로 자리잡을 수 있을 것이다.

— 녹색연합 주최 '환경지도 제작' 세미나

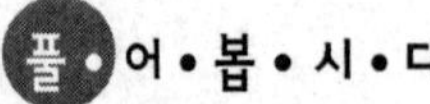

1. '환경문제를 형이상학적으로 접근하는 시대는 지났다.'고 했는데 그 이유는 무엇인가?
2. 환경지도의 효용성을 본문에서 찾아 보자.
3. 필자는 환경지도 작성의 개선점은 무엇이라고 했나?

1. 환경문제 해결을 이론이나 탁상공론으로 그쳐서는 안 되고, 실질적이고 효율적인 방법을 찾아야 하기 때문이다.
2. '도면을 통해 전문가가 아닌 일반인들도 쉽게 이해할 수 있다.'
3. 지자체, 시민단체, 지역주민이 함께 작업할 수 있는 체제를 구축해야 한다.

어떻게 구성할 것인가?

    집의 구조를 살펴보면 마당이 있고, 건물이 있고, 건물 안에는 몇 개의 방과 부엌과 거실이 있다. 방도 안방, 공부방, 서재, 아이들방 등으로 용도에 따라 구분된다. 보통 방은 네 개의 벽과 창문, 출입문 등으로 구성되며, 안에는 장롱, 침대, 화장대 또는 책장, 책상, 의자 등이 놓이게 된다. 이런 구상과 배치가 잘 되어 있으면, 그 방의 구조가 잘 되어 있다고 한다.

    글의 짜임새도 마찬가지다. 하나의 글은 몇 개의 문단으로 이루어지고, 문단은 다시 많은 수의 문장으로 이루어지며, 하나의 문장은 몇 개의 단어로 구성된다. 이런 문단과 문장, 단어들의 구성과 배치가 잘 되면 그 글은 훌륭한 것이 되겠지만, 그렇지 않으면 엉성한 글, 짜임새 없는 글, 볼품없는 글이 되고 만다. 그렇다면 이 장에서는 짜임새 있는 글을 쓰기 위해 문단에 대해 알아 보기로 하자.

(1) 문단의 구성

하나의 글은 여러 개의 문단으로 구성되며, 하나의 문단은 하나 이상의 문장으로 이루어진다. 그리고 문단에는 소주제가 하나 이상 있고, 하나 이상의 소주제문과 여러 개의 보조문이 있다.

1) 소주제문

소주제문은 그 문단에서의 주제다. 즉, 소주제문은 그 문단의 초점이므로 다음과 같은 점에 유의해서 써야 한다.

첫째, 소주제문은 선명하면서도 인상적이어야 한다. 내용이 모호하거나 반복되는 것은 피한다.

둘째, 소주제문은 문단의 범위에 알맞게 정해져야 한다. 범위가 너무 넓든지 지나치게 좁으면 문단의 균형을 유지하기가 어려워진다.

셋째, 소주제문은 문단의 중심이 되어야 하고, 모든 보조문들은 소주제문을 중심으로 통일돼야 한다. 또한 보조문은 적절한 분량이어야 하며, 소주제와 관련되고, 그것을 발전시킬 수 있도록 알맞게 배열되어야 한다.

2) 보 조 문

보조문은 뒷받침 문장이라고도 하는데, 말 그대로 소주제를 도와 주고 뒷받침하는 문장이라는 뜻이다. 그러므로 보조문은 소주제와 관련이 있는 것만 써야 한다. 소주제와 관련이 없는 보조문은 군더더기에 지나지 않고, 오히려 소주제를 이해하는 데 장애 요소가 된다.

(2) 문단의 종류

문단은 소주제문의 위치에 따른 분류, 형식과 내용에 따른
분류, 글 구성의 역할에 따른 분류로 나누어 볼 수 있다.

1) 소주제문의 위치에 따른 분류

소주제문의 위치에 따라 문단은 각각 두괄식 문단, 미괄식
문단, 양괄식 문단, 중괄식 문단으로 나눌 수 있다.

① 두괄식 문단

두괄식 문단은 소주제문이 앞에 있고, 보조문들이 뒤에 배열
되는 것이다.

② 미괄식 문단

미괄식 문단은 소주제문이 문단의 뒤에 있고, 보조문들이 앞
에 있는 것이다.

③ 양괄식 문단

양괄식 문단은 소주제문이 앞과 뒤에 놓이고, 보조문이 가운
데에 위치하는 것을 말한다.

④ 중괄식 문단

중괄식 문단은 소주제문이 가운데 있고, 보조문들이 앞, 뒤
에 배치되는 모양을 취한다.

2) 형식과 내용에 따른 분류

문단은 형식과 내용에 따라 각각 형식 문단과 내용 문단으로
나눈다.

① 형식 문단

형식 문단은 행(行)이 바뀌면서 형식상 분명히 드러나는 것
이다. 즉 행이 바뀔 때는 한 자 또는 몇 자를 들여쓰기해서, 한
눈에 알아 볼 수 있다.

② 내용 문단

내용 문단은 행을 바꾸든 바꾸지 않든, 내용상 다른 소주제를 가지고 있어 독립된 문단으로 묶거나 나눌 수 있는 것이다.

3) 글 구성의 역할에 따른 분류

우리는 앞에서 글 구성이 '서론, 본론, 결론' 또는 '도입(기), 발전(승), 전환(전), 종결(결)'로 이루어질 수 있음을 말하였다. 문단도 이에 따라 나눌 수 있는데, 각각 도입 문단, 발전 문단, 전환 문단, 종결 문단이라고 하고, 때로는 발전 문단과 전환 문단을 합쳐 전환 문단이라고도 한다.

① 도입 문단

도입 문단은 글의 첫머리에 놓이는 것으로서, 그 글의 방향을 제시하거나 목적을 기술하며 글의 내용을 암시하여 읽는 이들로 하여금 흥미와 관심을 유도한다. 즉, 삼단 구성에 의한다면 서론에 해당되는 부분이다. 이는 그 글의 첫인상을 좌우하는 것으로 도입 문단에 따라 글의 성패가 결정되기도 한다.

② 발전 문단

발전 문단은 도입 문단이 끝난 다음에 글의 내용을 본격적으로 전개해 나가는 역할을 한다. 그러므로 발전 문단은 다시 여러 개의 문단으로 구성된다.

③ 전환 문단

전환 문단은 긴 글의 중간에 놓여, 읽는 이들에게 글의 방향을 일깨워 주는 역할을 한다.

④ 종결 문단

종결 문단은 글을 끝맺으면서 어떤 결론을 내리거나, 남은 문제점을 제시하거나, 앞으로의 전망을 보여주기도 한다.

1. 동양의 철학은 어느 한쪽에 치우치지 않는 '중용(中庸)'에 바람직한 인간형을 두고 있다. 현대적인 관점에서 '중용'의 필요성에 대하여 논술하라(1,200자 내외).

2. 다음의 대명제에 대한 소명제와 결론을 써서 완성하라(800자 내외).

> 사람의 삶은 중요하다. 하나의 미물도 하늘의 섭리로 태어나 맡은바 소임을 다하고, 한세상 살고는 생명을 다한다. 만물 중에서 영장이라는 인간의 삶은 자연의 섭리대로만 살다가 갈 수가 없다. 다만 다른 생물들과는 다른 삶을 영위해야 할 것이다.

논·술·연·습·의·길·잡·이

1. 《중용》에서 '중(中)'은 어느 한쪽으로도 치우치지 않는 것을 말하고, '용(庸)'이란 평상(平常)을 뜻한다. 인간의 본성은 천부적인 것이기 때문에 인간은 그 본성을 따르지 않으면 안 된다. 따라서 본성을 좇아 행동하는 것이 인간의 도(道)이며, 도를 닦기 위해서는 궁리가 필요하다.

   따라서 사람은 시대에 관계없이 도를 생각하고 궁리를 게

을리하면 안 된다. 즉, 살아가면서 겪게 되는 온갖 욕심, 미움, 사랑, 즐거움, 괴로움 같은 것에 대하여 사고하고, 자기의 생각과 행동에 지나침이 없나를 생각해 보아야 한다. 지나친 욕심을 부리는 것, 남을 과도하게 미워하거나 좋아하는 것, 너무 쾌락에 연연해하는 것, 그 모두가 삶에는 바람직하지 못한 사항이다.

그러므로 현대인들에게도 지나침이 없는 삶은 필요하다. 점점 산업화·물질화되어 가는 시대에 정신적·인간적인 것이 요구되기에 더욱 그러하다.

2. **소명제** : 인간다운 삶이란 무엇인가에 대해서 쓴다. 어릴 때부터 장성할 때까지 학업에 몰두하는 것은 보장된 개인 생활이나 가정 생활에 대비하기 위해서이다. 즉 돈을 벌고, 가정을 꾸리고, 자식을 키우고, 정신적·물질적 생활을 풍요롭게 하기 위해서라고 할 수 있다. 국가와 사회에 봉사하거나, 후진 양성에 힘쓴다거나 진리 탐구에 몰두한다는 등의 내용도 인간다운 삶이라고 볼 수 있다.

결론 : 인간의 생명은 한계가 있으나, 인간답게 산 사람이나 소신 있게 삶을 영위한 사람은 후회도 미련도 없을 것이라는 결론을 얻을 수 있다.

▌ 핌비(PIMBY)
PIMBY는 Please In my Back Yard의 약어로 '우리 지역에 투자해 달라' 또는 '우리 지역으로 옮겨 달라'고 호소하는 말이다. 공해 산업 입지에 반대하는 지역 주민들의 이른바 님비(NIMBY)와는 정반대되는 개념이다.

1. 현자의 도 

| 읽기 전에 | 사람은 어느 때 가장 행복한가? 공자는 '아침에 도를 깨달으면 저녁에 죽어도 좋다.'고 하였다. 그는 도를 얻는 순간이 가장 행복하다고 생각한 것이다. 현자는 물질적인 것에서 행복을 느끼지 않는다. 그것은 동물적인 근성에서 나오는 것이라 여기기 때문이다. 이 글의 필자는 인간의 참된 행복이 덕성에서 비롯된다는 것을 해박한 지식으로 설파하고 있다.

인간의 행복은 덕성(德性)에서 비롯된다는 것을 먼저 가정하고, 여기 제기한 순서에 따라 문제를 다루려고 한다. 우선 예지(叡智)에 대하여 생각해 보자. 예지의 모든 작용을 늘어놓으려 하는 것이 아니라, 다만 인간의 선한 생활, 인류의 행복에 관련된 것만 이야기하려고 한다.

예지란 올바른 오성을 가리킨다. 즉 선과 악을 엄격히 구별하는 것을 말한다. 무엇을 하고 무엇을 거부할 것인지를 분명히 가려내는 것이다. 그것은 사물의 가치를 토대로 한 판단력이며, 결코 일반 여론을 가리키는 것이 아니다. 힘의 조화가 무엇인지 알고 결단을 내리는 힘을 소유한 것이다.

예지는 우리의 말과 행동을 주시하고, 자연의 영위(營爲)에 대하여 명상을 하며, 우리로 하여금 행운과 불운에 지배를 받지 않고 초연하게 한다. 지혜는 크고 넓어, 이를 움직이려면 광대 무변한 장소를 필요로 한다.

예지는 하늘과 땅을 모색하고, 이를 위해서는 과거와 미래를

> **오성(悟性)**
> 넓게는 사고하는 능력을 의미하며 일반적으로는 여러 감각적인 능력인 감성과 대립되는 의미로 사용된다. 특히 칸트 이후에 정착된 오늘날의 용법에서는 보다 고차원적인 인식 능력 또는 능력 일반인 인성 다음의 위치를 차지하는 것으로 간주된다.

포괄하고, 과도적인 것과 영구적인 것을 한데 거느린다.

예지는 모든 그때그때의 상태를 검토한다. '현재는 어떠한가, 언제부터 시작하여 언제까지 계속될 것인가?' 마찬가지로 그 마음도 검토한다. '어디서 온 어떤 것인가, 언제부터 시작하여 언제까지 계속되는가, 한 형태에서 다른 형태로 변화하지 않는가, 다만 한 가지 모습으로 봉사하는가, 아니면 그 마음은 우리에게서 떠나 방황하는가, 우리와 떨어져 어디서 어떤 행동을 취하는가, 마음은 자유를 얻었을 때 어떻게 행동하는가, 과거의 일을 기억하고 있는가, 그리고 그 자신을 의식하는가?'

이것이 곧 완전한 마음의 습성이며, 인간의 완전한 상태이다. 자연이 운반할 수 있는 최고의 물결에 인간을 가져간 상태이다. 이것은 철학이 아니다. 예지와 철학의 차이는 욕심과 돈의 차이와 같다. 하나는 원하는 것이고, 하나는 원함을 입은 것, 즉 하나는 다른 것의 효과이고 보수이다.

예지를 현명하게 사용하는 것은, 사물을 볼 때의 시력이나, 웅변을 토할 때의 연설 같은 것이다. 완전한 예지를 갖는 것은 곧 완전한 행복을 갖고 있음을 의미한다. 실로 예지의 발동이 우리를 위해 생활의 안정을 가져오게 하는 것이다. 그리고 이것은 단지 아는 것만으로는 안 된다. 날마다 명상을 되풀이하여 깊이 우리 마음속에 아로새겨서, 우리의 의지를 동원하여 선한 습관을 형성하도록 해야 한다.

우리는 이를 실천할 일이다. 철학은 결코 남에게 자랑할 성질의 것이 못된다. 철학은 말로 주장하는 데 그칠 것이 아니라, 실제로 행동해야 한다. 예지를 위한 철학은 단지 환락을 위한 향연이 아니며, 권태를 몰아내기 위한 취미도 아니다. 그

것은 우리의 마음을 단련하는 것이며, 행동을 지배하는 것이
다. 그리하여 우리가 해야 할 일과, 해서는 안 될 일을 가르쳐
준다. 부모에게 효도를, 친구에게 신의를, 가난한 자에게 자비
를, 의론에 판단을 —— 이 모든 우리의 의무에 대하여 예지는
우리를 인도하여, 우리로 하여금 아무것도 두려워하지 않고,
마음의 평화를 얻어 탐내지 않으며, 따라서 여유 있는 생활을
하게 한다.

　예지를 지닌 현인이 그 의무를 수행하려고 할 때, 이를 저해
하는 역경이란 세상에 있을 수 없다. 순탄한 환경에서는 자기
를 억제하고, 역경에서는 이를 지배한다. 재물을 소유하고 있
을 경우에는 그 재물로 자기의 덕을 기르고, 무산자일 경우에
는 가난으로 덕을 기른다. 만일 자기 나라에서 덕을 기를 수
없으면, 유적지(遺謫地)에서 덕을 기른다.

　장군이 되어 부하에게 지시를 내릴 처지에 있지 않더라도,
한 병졸로서 반드시 직분에 충실한다. 세상에는 맹수를 길들이
는 데 묘기를 가진 사람이 있다. 사자에게 포옹을 가르치거나,
호랑이에게 키스를 연습시키기도 하고, 코끼리에게 절을 훈련
시키기도 한다. 극도의 역경에 빠진 현자는, 이 맹수를 길들이
는 자와 같다. 즉 저가 어떤 맹수도 얌전하게 만드는 것처럼,
현자는 누구라도 상냥하고 온순한 사람으로 만들어 버린다.

　경작과 건축 및 항해, 그 밖의 발명을 모두 현자가 했다고
생각하는 사람들이 있다. 물론 그렇게 생각해도 무방할 경우가
있다. 그러나 이런 발명은 현자가 현자로서의 본분으로 발명한
것은 아니다. 예지는 결코 손가락 끝으로 생활에 편리한 것이
나 발명하도록 가르치는 것이 아니라, 우리의 심성(心性)을 개

발하는 것이다.

음악이나 무용, 또는 무기나 성곽 같은 발명은 호사와 파탄(破綻)의 사물이 아닌가. 현자의 발명은 호사나 파탄에서 비롯된 것이 아니다. 현자는 자연의 본성에 따라 우리를 지도하여 일치와 조화에 입각하여 가르치는 것이다. 덮어놓고 기계적으로 가르치는 것이 아니라, 인생을 이치대로 다스리는 법도를 명시한다. 그러므로 단지 슬기롭게 살아가게 하는 데 그치지 않고, 우리를 행복하게 살아가게 하는 것이다.

예지는 무엇이 선이고 무엇이 악인가를 가르치는 동시에, 선악의 가면을 벗겨서 진상을 우리에게 보여 준다. 그리하여 참으로 위대한 것과 과장된 것을 구별해 낸다.

예지는 우리의 마음을 씻어 열의와 허영에서 헤어나게 한다. 그리하여 우리 마음을 하늘 높이 끌어올리기도 하고, 지옥의 밑바닥도 보여 준다. 즉 예지는 영혼의 본체를 식별하며, 그 능력을 발휘시킨다. 이것이 제일 중요한 일이며, 신(神)의 질서이기도 하다. 또한 우리를 형이하의 세계에서 형이상의 세계에 오르게 하여 진리를 섭취하게 한다.

예지는 자연을 탐지하고 생존의 법도를 제시한다. 그리고 우리에게 이렇게 속삭인다. '신은 단지 이를 아는 것으로 족하게 여기지 않고 이에 따르는 것을 기뻐한다.'

예지는 삼라만상을 신의 뜻으로 보고, 모든 사물에 참된 가치를 인정하며, 우리를 그릇된 생각에서 건져 내고, 회한(悔恨)이 따르는 모든 쾌락을 부정한다.

예지는 선이 아닌 것이 영구히 선을 가장하는 것을 허용하지 않으며, 자기 자신 속에 지닌 행복 이외의 행복을 필요로 하지

않을 정도의 인간이 아니면 행복을 즐기는 것을 허용하지 않는
다.

어떤 사람도 자기를 이기고 자기를 지배하지 못하는 한 위대
한 사람이 될 수 없다. 자기를 이기는 것이 곧 인간의 행복
──썩지 않고 소멸되지도 않는 참된 행복이다. 그것은 온 우
주에 꽉 차고 천체 모두에 파급된 행복으로, 우리 심신(心身)
을 남김없이 두루 비추고 있는 것이다. 이와 같은 사상은 별로
우리의 외부적인 모습을 개선하지는 않지만, 우리를 고양시키
고 영광으로 인도한다.

'올바른 도리(道理)를 갖는 것은 인간성의 완성된 모습이
다.'──이 말은 아무도 부인할 수 없으며, 이 올바른 도리를
지배하는 유일한 것이 예지이다. 이 올바른 도리에서 비롯된
위대성은 확고한 것으로, 이는 예지의 결단이 자유롭고 절대적
이며 항구적인 데서 비롯된다.

그러나 이와 반대로 어리석음은 오랫동안 동일한 것을 즐기
지 못하며, 언제나 남의 말에 흔들리고, 자기 자신도 주체롭게
된다. 항구성과 신중한 마음이 결여되면 행복이 있을 수 없다.

현자는 글을 한번 좋게 보면 언제나 좋게 생각하고 버리지
않는다. 그는 사악이나 요령 부득을 용납하지 않는다. 그는 주
저하지 않고, 거침없이 전진하며, 매사에 신중을 기한다.

그는 언제나 자기 자신에게 진실하고, 확고한 주관을 갖고
살며, 무슨 일이 일어나더라도──순풍이 불어 오건 역경에
처하건, 자기 운명을 반드시 유리하게 전개한다. 주저하고 머
뭇거리는 동안은 아직 마음의 준비가 되어 있지 않은 것이다.
덕성이 근간을 이루고, 지엽(枝葉)과 반드시 조화를 이룬다.

무릇 모든 덕은 조화를 이루고, 악은 불화를 이루는 법이다.

현자는 어떤 환경에서도 언제나 행복하다. 왜냐하면 현자는 자기를 정리(正理)에 바치고 있는 이상, 모든 일을 자기가 지배하고 있으므로, 지각 있게 행동하고 정욕에 몸을 맡기지 않기 때문이다.

현자는 극도로 비참한 운명에 봉착하여도 불과 검이 닥쳐와도 동요를 일으키지 않지만, 어리석은 자는 자기 그림자에도 두려워 놀라고, 악운이 닥치면 마치 밤에 적의 급습이라도 받은 것처럼 놀란다.

현자는 마지못해 행동하는 법이 없다. 그는 반드시 필요한 일을 택한다. 그는 언제나 인생에 대한 어떤 절망을 눈앞에 그리고 인생의 극치를 내다본다. 그리하여 여기 순응하는 것을 취하고 이를 저해하는 것을 버린다. 그는 자기에게 주어진 운명에 만족하고, 주어지지 않는 것을 탐내지 않는다.

현자는 빈부의 견지에서 보면 언제나 부유하다. 그의 처세의 도(道)는 자연의 도와 마찬가지이며, 혼란도 초조함도 없이 일을 해나간다. 그는 위험을 두려워하지 않지만, 처음부터 위험을 멀리한다. 용기가 없어서가 아니라, 조심성이 있기 때문이다. 현자는 포로가 된다거나 부상을 당하거나 사슬에 매이는 것쯤은 경멸하며, 허망하고 연약한 공포심을 일으키는 것을 부끄럽게 생각한다. 그는 자기를 내세우지 않고 다만 자기 행위를 올바로 인도해 나갈 뿐이다. 행위의 모든 기교는 그의 노예이며, 예지가 이를 지배하므로 일이 실패로 돌아가더라도, 그것은 기교의 탓이 아니다.

현자는 의혹이 일어나면 신중을 기하고, 영광을 누리면 억제하며, 적에 대해서는 단호히 무찌른다. 그러나 그는 모든 환경을 최선을 다해 이용하고, 모든 사건을 자기 운명에 유용하게 이끌어 간다.

현자도 물론 수난을 당하며 시달림을 받는 것은 어쩔 수 없는 일이다. 또 그것이 결코 즐거운 일이 못 된다는 것도 사실이다. 그러나 이로 말미암아 넘어지는 일은 없다. 육체적인 고통이나, 어린 자식이 죽었다거나, 동지를 잃었다거나, 나라가 망하거나 붕괴되었을 경우에 괴로워하지 않는다면, 그는 돌덩어리나 쇳덩어리로 된 인간이다. 인생의 비극에 대하여 불감증을 일으키고, 육체에 고통이 느껴지지 않는다면, 그것을 참고 견딘들 무슨 덕이 될 수 있겠는가?

예지를 닦는 데는 세 단계가 있다. 그 첫 단계는 예지가 무엇인가 알기는 하지만, 아직 예지에 따라 행동할 수 없는 상태이다. 즉 자기가 무엇을 해야 하는지 배워서 알기는 했지만 아직 이를 실천에 옮기지 못하고 있는 것이다. 이것을 환자에 비유해 말하면, 위험한 고비는 넘겼지만 아직 병의 뿌리가 남아 있는 것이다. 그러므로 마음을 놓을 수 없는 처지이다. 병은 고질이 되면 뿌리가 빠지지 않으며, 따라서 고약한 습관과 다름없다. 그리하여 욕심을 내서는 안 되는 것을 무작정 탐내 보기도 하는 것이다.

둘째 단계는 겨우 구미를 당기는 음식으로 입맛은 붙여 놓았으나 아직도 병세가 악화될 우려가 있는 시기이다.

셋째 단계는 많은 죄악에서 벗어났지만, 아직 완전히 정화되어 있지 않은 상태이다. 그들은 탐욕스럽지도 않을 것이다. 그리고 초조해 하거나 음탕한 마음을 품지는 않을 터이지만, 때로는 야심도 품어 본다. 한편으로는 지조가 굳지만, 다른 편으로는 약하다. 죽음을 경멸하고 있는 것 같지만, 고통에는 시달리는 상태이다.

현자에게는 여러 가지 유형이 있지만, 그렇다고 불평등한 것은 아니다. 어떤 현자는 온후하고, 어떤 현자는 신중하고, 또 어떤 현자는 달변이다——이와 같이 여러 유형으로 나눠 볼 수 있지만, 행복하다는 점에서는 평등하다. 마치 하늘에서 반짝이는 별들이 천태만상이나 다 한결같이 빛나고 있는 것과 같다. 현자도 민사상의 문제나 집안일에 대하여 타인과 의논할 필요가 생길지도 모른다. 그들에게도 의사나 변호사가 필요할 경우가 있는 것이다. 그러나 보다 더 중대한 문제에 대한 현자의 축복은, 자기의 덕을 남에게 나눠 주는 데서 얻는 기쁨에서 비롯된다. 이 기쁨만으로 사람들은 반드시 기꺼이 예지를 체득하게 될 것이다. 왜냐하면 예지야말로 사람의 마음을 완전히 안정시켜 주기 때문이다.

— 세네카(로마의 스토아 철학자)

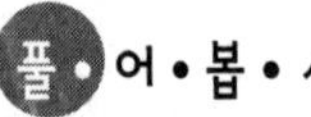
풀 • 어 • 봅 • 시 • 다 ••

1. 예지가 무엇인지 요약해 보라.
2. 현자는 무엇을 하는 사람인가?
3. 예지를 닦는 세 단계를 요약해 보라.

해 • 답

1. 예지는 올바른 오성으로 우리를 행운과 불운에 초연하게 하고, 시간과 공간의

이치를 알게 하며, 현실을 직시할 수 있도록 한다. 또한 예지는 선악을 구별할 수 있는 판단력을 줄 뿐만 아니라 마음을 정화시키고, 자연과 생존의 법도를 알게 한다.

2. 현자는 사리를 옳게 판단하며, 자기 자신에게 진실하고 확고한 주관을 갖고 살아간다. 또한 현자는 덕성을 지니고, 위기에 대처하며, 언제나 행복을 느끼고, 과감하게 행동하고, 매사에 조심하고, 마음의 부를 느끼고, 고난과 역경에 굴복하지 않는다.

3. 첫 단계는 예지를 알지만 아직 예지에 따라 행동하기는 어려운 상태, 둘째 단계는 예지에 흥미를 가졌지만 미숙한 상태, 셋째 단계는 번뇌에서는 벗어났으나 완전히 정화되지 않은 상태이다.

 2. 정신적인 기쁨이란

| 읽기 전에 | 정신적인 기쁨이란 무엇인가? 지식이나 도를 깨닫는 것인가, 아니면 감각적인 쾌락을 얻는 것인가? 철학자는 전자를 원할 것이고, 보통 사람들은 후자를 원할 것이다. 이 글의 필자는 우리들이 정신적으로 느끼는 진실한 즐거움이 무엇인가를 가르쳐 주고 있다.

여기서 우리는 흔히 차원이 높다고 생각하는 지적·정신적 즐거움이 지력(知力)보다 감각과 얼마나 밀접한 관계가 있는가를 생각해 보고자 한다. 일반적으로 저급한 감각과 구별되는 이른바 정신적인 즐거움이란 대체 어떤 것인가? 그것은 인간의 감각 속에 뿌리를 박고 그것과 밀접한 관계가 있는 동일한 사물이 여러 가지 형태로 나타나 있는 것이 아닐까?

문학, 미술, 음악, 종교, 철학 등 차원이 높은 정신적인 즐거움에 대하여 잘 생각해 보면 그 지력이라는 것이 인간의 감각이나 감정에 비하여 얼마나 무력한 것인가를 알 수 있다. 예를 들어 가령 회화에 대하여 살펴보자. 우리가 풍경화나 초상화를 볼 때 실제의 경치나 아름다운 얼굴을 보고 싶은 관능적인 즐거움을 우리에게 연상시켜 주지 못한다면 그 그림에 무슨 값어치가 있겠는가? 또한 문학도 마찬가지이다. 문학이 인생의 생생한 모습을 그 안에 재현시켜 그 정취와 희비를 그려 보고 목장의 향기나 뒷골목의 악취를 느끼게 하지 못한다면 무슨 값어치가 있겠는가?

소설은 인간과 그 희로애락의 참된 모습을 그려야만 작품 가치가 있다고 말한다. 그러므로 인간을 인생에서 분리시켜 다만 냉혹하게 분석하는 데 불과한 것이라면 문학이라고 할 수 없을 것이다. 문학은 인간적인 진실을 많이 담고 있을수록 걸작이라고 할 수 있다. 소설이 단지 냉정한 해부에 그치고 인생의 신맛, 쓴맛과 더불어 그 향취를 그려 내지 못한다면 어찌 독자에게 감명을 줄 수 있겠는가?

또한 방향을 바꾸어 시와 음악에 대하여 생각해 보더라도 그렇다. 시란 희로애락의 어둡고 밝은 면을 표현한 인생의 진실에 불과하며 음악은 말을 소리로 대신한 감정의 표현이다. 그리고 종교는 공상의 형태를 취한 예지에 지나지 않는다. 그림이 색채와 상상의 감각에 토대를 두고 있듯이 시가는 인생 애환의 진실을 나타내는 동시에 음향과 가락과 리듬의 감각 위에 기초를 두고 있다. 음악은 순수한 감정의 표현으로 인간의 지력(知力)이 함께 작용할 수 있는 유일한 수단인 언어를 전혀 필요로 하지 않는다. 음악은 소의 목에 단 방울, 어시장(魚市場)과 전장(戰場)의 모든 음향이나, 때로는 꽃의 아름다움이나 파도의 물결과 달빛의 아름답고 잔잔한 모습까지도 표현한다. 그러나 감각의 한계를 넘어서 철학적인 관념을 표현하려고 하면 금세 음악은 타락해 버린다.

종교도 이와 마찬가지이다. 종교가 타락되는 원인은 산타야나도 말한 바와 같이 지나치게 이론을 숭상하는 데 있는 것이다. 그는 "불행하게도 종교가 헛된 이론의 옷을 입은 미신으로 타락하기 위해 상상의 세계에서 지혜를 제공하기를 그만둔 지도 이미 오래되었다."고 말했다.

종교가 타락한 것은 신조(信條)나 신앙 형식이나 신앙 개조나 교의 및 그 해석 따위에 전력을 기울여 현학적인 정신에 빠져 버렸기 때문이다. 신앙을 정당화하고 합리화하여 옳다고 믿게 됨에 따라서 경건한 생각은 줄어든다. 모든 종교가 자기들만이 진리를 발견하였다고 망신(妄信)을 하는 편협한 종파로 화한 것은 이 때문이다. 그리하여 모든 종파에서 보는 바와 같이 이론으로 신앙을 정당화하면 할수록 더욱 편협한 것이 되어 버린다. 그리하여 종교는 가장 악질인 완고덩어리가 되고 철저한 이기주의와도 결합되는 것이다.

이렇게 되면 종교가 다른 종파에 대하여 너그러운 태도를 갖는 것은 불가능하다. 뿐만 아니라, 종교 의식을 신과 인간의 사사로운 거래로 만들어 버림으로써 이기주의만을 길러내게 된다. 그리하여 같은 종파인 A는 B에 대하여 기회 있을 적마다 찬송가를 부르며 B의 영광을 찬미하여, B도 마찬가지로 A를 축복한다. 그러나 이 경우에 누구보다 먼저 자기 자신과 자기 가족부터 축복하는 것이다. 믿음이 두터워서 교회에 빠짐없이 다니는 노파들 가운데서 가끔 욕심꾸러기를 찾아볼 수 있는 것은 이 때문이다. 결국 자기만이 진리를 발견하였다고 망상하는 독단이, 종교의 토대가 되어 있는 모든 온정을 몰아 내는 것이다.

대체 미술이나 시가나 종교는 무엇 때문에 있는 것인가? 그것은 우리의 마음속에 상상의 신선미, 보다 큰 정서적인 심미감(審美感)보다 더 발랄한 생명감을 북돋워 주기 위해서이며 그 밖의 다른 이유가 있을 수 없다. 인간은 나이를 먹음에 따

라서 감각이 차차 둔해지며, 괴로움이나 불의나 잔인성에 대한
희로애락의 정도 미약해지고, 차디찬 현실의 보잘것없는 일에
구애되어 인생에 대한 상상력도 위축되어 버리는 것이다.

　다행히 이 세상에는 날카로운 감수성이나 섬세한 정서적인
감응이나 상상의 신선미를 잃지 않고 그대로 간직하고 있는 몇
몇 시인과 예술가가 있다. 이런 사람들의 임무는 우리들의 양
심을 일깨워 주고 둔해진 상상력을 반성케 하는 거울이 되며,
위축된 신경을 조정해 주는 데 있는 것이다. 예술은 우리의 마
비된 정서나 생기를 잃은 사고나 부자연스러운 생활의 풍자가
되고 경고가 되어야 할 것이다. 예술은 이론이 분분한 이 세상
에서 이론을 초월하는 법을 가르쳐 준다. 또한 그것은 건전한
생활을 회복하게 하고 정신 과로에서 오는 광란증을 치료해 준
다. 그리하여 우리들의 감각을 날카롭게 하고 지성과 인간성의
관계를 재조정하여 인간 본래의 모습으로 돌아가게 함으로써
균형을 잃은 생활의 파편들을 다시금 조립하여 먼저대로의 완
전한 모습으로 돌아가게 한다.

　이해가 따르지 않는 지식, 감상이 결여된 맹목적인 비판, 사
랑이 없는 미, 인정이 깃들지 않은 진리, 자비가 결핍된 정의,
온정을 찾아 볼 수 없는 예절이 성행되는 이 세상은 얼마나 비
참한가.

　정신의 활동이라고 생각되는 철학에 대하여 생각해 보더라
도 인생 자체에 대한 감흥을 잃는다면 그 위험은 상당히 큰 것
이다. 이른바 정신적인 즐거움 속에는 수학의 길다란 방정식을
푸는 기쁨이나 우주의 오묘한 이치를 깨닫는 기쁨도 포함되어
있음을 알 수 있는 것이다. 이렇게 이치를 깨닫는다는 것은 모

든 정신적인 것 중에서도 가장 순수한 것이리라. 나는 그것도 맛있는 음식과 바꾸라면 선뜻 응하겠다.

첫째로, 그 정신적 즐거움 속에는 정신 작용의 부산물이라고 할 수 있는 심심풀이 같은 것이 들어 있다. 즉 그것은 자기가 재미있어서 하는 일이요, 인체에 반드시 긴요한 것은 아니다. 이러한 지적인 기쁨은, 결국 크로스워드 퍼즐을 용케 풀었을 때의 기쁨과 같은 것이다.

둘째로, 이 경우에 철학자는 흔히 자기 자신을 속이고 완전이라는 추상적인 생각에 빠짐으로써 진실을 배경으로 삼기보다는 세계의 논리적 완성을 과대 평가하기 쉬운 것이다. 그것은 결코 사물을 올바로 고찰하는 방법이라고 할 수 없으며, 마치 별을 ★의 모양으로 그리는 것과 같은 것이다. 즉 공식에의 환원, 기교적인 정형화, 지나친 단순화이다. 그러나 정도를 지나치지만 않으면 그것도 무방하다.

그런데 수많은 사람들은 만물의 설계 속에 깃들어 있는 단일의 이치를 찾아내지 않아도 즐겁게 세상을 살아갈 수 있는 것이 사실이다. 즉 그런 것은 없어도 무방하다.

수학자와 이야기를 주고받느니 아름다운 아가씨와 이야기를 나누는 것이 훨씬 재미있다. 그녀의 말은 구체적이며, 그 웃음에는 인정미가 넘치기 때문이다. 그리고 그녀와 이야기를 나누면 인간성에 대한 지식도 늘게 된다. 나는 언제나 시가보다는 돼지고기를 택한다. 노르스름하게 구워서 씹으면 바삭바삭한, 고급 소스를 발라 잘 구운 등심 살코기 한 조각이라면, 복잡한 철학쯤 집어던져도 좋다. 나는 이런 의미의 유물론자이다.

사색보다 생활을 더 소중히 생각하여야만 과열된 철학이 주는 숨막히는 기분에서 헤어날 수 있으며, 동심 속에 감추었던 참된 직관력의 신선하고 소박한 맛을 되찾을 수 있는 것이다. 어떠한 철학자도——만일 그가 진정한 철학자라면——아이들의 태도를 보고 스스로 부끄러워할 것이다. 아니 울 안에 있는 사자 새끼를 보고도 마찬가지일 것이다. 그 발톱이나 힘살하며, 아름답고 부드러운 털, 뾰죽한 귀, 반짝이는 눈, 민첩한 동작, 장난기——이 모든 요소가 어쩌면 그렇게 완전히 갖추어졌을까.

하늘이 준 완전한 것이 가끔 인간의 손으로 해서 불완전한 것이 됨을 볼 때, 철학자는 마땅히 부끄러워해야 할 것이다. 안경을 쓰고 식욕도 없고 때때로 번민을 하고 인생의 아취(雅趣)를 깨닫지 못함을 철학자는 부끄러워할지어다. 이런 철학자들에게서는 아무것도 얻을 수 없다. 왜냐하면 그가 하는 말에서는 요긴한 것이라고는 하나도 찾아볼 수 없기 때문이다. 그러나 철학이 우리에게 다소 도움이 될 때가 있다. 그것은 철학이 시와 손을 잡고, 우선 자연을, 이어서 인간성의 참된 목숨을 우리에게 보여 줄 때에만 비로소 가능한 것이다.

상당한 가치를 지닌 인생 철학이라면 인간의 타고난 본성을 조화롭게 하는 데 중점을 두어야 한다. 지나치게 관념적인 철학자는 거기 곧 흡수되어 버린다. 중국 유학자들의 주장에 의하면 인간의 가장 높은 충격은 자연에 순응하여 살다가 나중에는 천치와 같은 최고의 경지에 도달할 때 비로소 얻게 된다는 것이다. 이것이 곧 공자의 손자의 손에 의해 저술된 《중용》에 들어 있는 가르침이다.

천명을 성(性)이라 하고, 성에 따르는 것을 도(道)라 하며, 도를 닦는 것을 교(教)라고 한다. 아직 희로애락을 발하지 않음을 중(中)이라 하고 발하여 절도에 맞는 것을 화(和)라고 한다. 중은 천하의 대목(大木)이요, 화는 천하의 달도(達道)이다. 중화(中和)의 극치에 이르면 천지에 위치하고 만물이 성장한다.

성(誠)이 있음으로써 명(明)이 있다. 이것을 성(性)이라고 한다.

명하게 함으로써 성(誠)에 이른다. 이것을 교(教)라고 한다. 성(誠)이 있으면 명이 있고 명하게 하면 성(誠)에 이른다. 인간은 오직 천하의 지성(至誠)을 다해야 한다. 그 성(性)을 다하면 능히 그 사람의 성(誠)을 다하게 된다. 그리하여 인간이 성을 다하면, 천하의 육화(育化)를 도울 수 있다. 천하의 육화를 도우려면 천지에 함께 참여하여야 한다.

— 린위탕(중국인 철학자, 영어학자)

풀·어·봅·시·다

1. 필자는 왜 지적·정신적 즐거움이 지력보다는 감각과 밀접하다고 보는가?

2. 필자는 종교의 타락을 무엇이라고 보는가?

3. 감각만이 단순히 우리의 정신적 즐거움이 되지 않는다는 것을 필자는 누구에게서 찾을 수 있다고 했는가?

4. 정신적 즐거움을 요약해 보라.

 **해 • 답**

1. 지력은 감각에 비하여 무력하고, 예술이나 자연이 모두 우리에게 감각적 감흥을
   주기 때문이다.
2. 지나치게 이론을 숭상하며 이기주의적이다.
3. 날카로운 감수성이나 섬세한 정신적인 감응이나 상상의 신선미를 잃지 않고 그
   대로 간직하고 있는 시인이나 예술가.
4. 정신 작용의 부산물인 심심풀이, 딱딱한 진리보다는 감각적인 쾌락, 지나친 관
   념철학보다는 삶의 진리를 얻는 것이다.

3. 인간 소고(人間小考)

| 읽기 전에 | 인간이란 무엇인가? 이 진부하고도 소박한 질문에 쉽게 대답할 사람은 드물 것이다. 생물학적 · 사회학적으로 정의를 내리는 것보다는 상식적인 면으로 정의를 내리는 것이 더 어렵다. 그것은 인간의 삶이 다양하고, 삶의 목표와 과정 또한 천차만별이기 때문일 것이다. 필자는 이 글에서 인간이 무엇이며, 인생은 무엇인가에 관하여 해답을 제시한다.

인간이 참된 것, 착한 것, 아름다운 것 등을 사랑하는 마음이 선천적인 것인지 또는 후천적인 것인지, 그리고 의식주와 같이 직접 생리적 욕구를 충족시켜 주는 대상을 사랑하는 마음과 오로지 정신적인 만족만을 주는 대상을 사랑하는 마음 사이에 어떠한 관계가 있는지는 이론(異論)의 여지가 있는 문제들이다.

그러나 제대로 성숙한 마음이라면, 누구나 진선미 따위의 정신적 가치를 사랑하되, 그 가치 자체를 위하여 사랑하고 있음은 일반에게 알려진 상식이다.

일반 동물들이 필요로 하고 원하는 것들을 우리 인간들도 필요로 하고 또 절실히 요구한다. 그러나 우리는 생리적인 욕구가 채워지는 것만으로 완전히 만족하지는 않는다. 하나의 생물적인 인간이 그 생물학적 욕구가 충족된 뒤에도 또 불만을 남기는 이유를 샅샅이 찾아냄은 쉬운 일이 아닐 것이다. 다만 우리는 그 중 가장 중요한 것으로서 두 가지 이유를 들 수가 있을 것 같다. 첫째는 인간이 사회적 동물이라는 사실이요, 둘째는 인간이 앞날을 내다보는 상상력을 가졌다는 사실이다.

인간이 사회적 동물이라는 말은 적어도 두 가지 사실을 가리키는 것으로 보인다. 첫째는 인간이 집단 생활을 하는 동물이라는 사실이요, 둘째는 인간이 타아(他我)의 인격을 인정할 줄 안다는 사실이다. 집단 생활은 물론 인간에게만 특유한 생활 양식이 아니다. 그러나 타아의 인격을 인정하고 이것을 존중할 줄 안다는 것은 인간에게 특유한 지성과 불가분의 관계에 있다.

인간은 '자아'라는 것을 똑바로 들여다볼 줄 아는 유일한 생물이다. 그러나 그는 '나'와 똑같은 구조를 가졌으며, '나'와 똑같은 요구를 가진 다른 사람들의 존재를 의식할 때, 그 '남'들에게도 '나'와 마찬가지의 자격과 권한을 인정하지 않을 수 없다. 그것은, 지성의 가장 근본적인 특색은 '논리의 일관성'에 대한 요구를 막을 수 없기 때문이다. 우리가 사실상 '나'와 똑같이 '남'을 사랑하고 '남'의 인격을 존중한다는 것은 거의 불가능할지도 모른다. 그러나 우리는 적어도 이론상으로는 그렇게 해야 될 것으로 믿는다.

나와 마찬가지로 남들도 행복하게 살아야 하며, 나의 인격이 그렇듯이 남들의 인격도 존경을 받아야 한다는 신념은 사람과 사람들을 연결하는 귀중한 유대의 하나이다. 사람들을 연결하는 유대의 또 하나는 사람들이 공동 생활을 통하여 누리는 현실적인 이익이다.

전자를 '도덕적 유대'라고 부른다면, 후자는 '자연적 유대'라고 불러도 좋을 것이다. 여하튼 이 두 가지의 유대를 통해서 사람과 사람 사이에는 '사랑' 또는 '우정'이라는 이름으로 불리는 감정이 생겼다. 인간을 '인간' 답게 하는 이 감정으로 말미암아 우리는 '나' 개인의 생리적 욕구가 채워진 뒤에도 왕왕 많은 불만을 남기는 것이다.

요컨대 우리는 '남의 고통', '남의 걱정'을 남의 것으로 돌릴 수 없는 것이다.

지성을 가진 덕분으로 앞날을 내다본다는 사실도 인간으로 하여금 생리적 충족이 있은 후에도 역시 불만을 갖게 하는 중요한 원인이다. 우리는 현재의 충족된 상태가 순간적임을 안다. 현재의 충족이 같은 상태를 지속하리라는 아무런 보장도 없으니 내일에는 항상 불안이 따른다.

내일의 불안에는 두 가지 종류가 있다. 하나는 현재 자기가 놓여 있는 상황의 특수성에서 온 것으로, 이는 사람의 노력 여하에 따라서 어느 정도 예방할 수 있는 화해(禍害)에 관한 불안이다.

또 한 가지 불안은 어떠한 특수 사정에도 관계 없이 인간이 일반적으로 갖고 있는 운명, 즉 인간은 누구나 늙어야 하고 또 죽어야 하는 유한자라는 보편적 제약에서 오는 것이니, 이는 어떠한 노력에 의해서도 회피할 수 없는 슬픔에 관한 불안이다.

물론 인간만이 내일의 보장이 없는 동물인 것은 아니다. 다만 다른 동물에게는 '내일'이라는 관념도, '유한'이니 '무한'이니 하는 관념도 없는 까닭에 현재의 충족만으로 만족할 수가 있는 것이다.

물질과 육체의 생활에 있어서 '영원한 것' 또는 '절대적인 것'을 얻는다는 것은 사실상 누구에게도 허락될 수 없는 일이다. 그러나 무엇인가 영원한 것, 또는 절대적인 것에 대한 동경을 놓지 못하는 것은 스스로의 유한성을 자각한 인간의 천성이다. 따라서 인간은 물질과 육체를 넘어서는 생활, 흔히 '정신 생활'이라고 불리는 활동 가운데서 영원한 것, 절대적인 것을 잡아 보려고 애쓴다.

단순히 물질적인 것 또는 육체적인 것만으로 만족하지 못하는 마음, 이른바 이상을 추구하는 마음이기도 하다. 진실로 영원한 것, 또는 진실로 절대적인 것은 끝내 인간에게 주어질 수 없는 꿈일지도 모른다. 그러나 단순히 물질적인 것, 혹은 단순히 육체적인 것들이 갖는 것보다는 좀더 영구한 생명을 지닌 가치를 실현함이 불가능하리라고는 생각되지 않는다. 인간은 현재가 극복되어야 할 무엇이라고 믿는 까닭에 보다 나은 삶에 대한 동경을 단념할 수가 없다.

이상의 세계를 어떠한 방향으로 구하는가는 각 개인의 성격과 동경에 따라서 여러 가지로 결정될 문제다. 초자연적인 절대자의 힘을 빌려 영원한 것을 잡으려 할 때, 종교적인 이상이 추구될 것이며, 스스로의 인간적인 노력을 통하여 보다 아름다운 지상의 나라를 건설하고자 꾀할 때, 도덕적인 이상이 추구될 것이다.

이상의 세계를 어떤 방면에 구하더라도 그 이상의 실현을 위한 노력의 초점이 되는 것은, 또는 그 이상 실현의 전제 조건으로서 요구되는 것은, 스스로의 인격의 향상이다. 비록 초월자나 신에 의지하여 구제의 길을 얻으려 꾀할 경우에도 현실적인 노력의 대상이 되는 것은 내 자신의 인격을 향상시키는 일이다.

　절대자 또는 초월자에 의지하여 구원을 받으려면 우선 내 자신이 그 구원을 받을 만한 자격을 갖추어야 한다. 그 자격을 갖추자면 내가 그 절대자 내지 초월자의 뜻을 어김없이 받들거나 또는 그 절대자의 덕에 조금이라도 가까이 다가가야 할 것이다. 모든 종교가 도덕적인 교훈을 포함함은 매우 자연스러운 일이다.

　예술을 통하여 짧은 인생에 긴 생명을 담아 주고자 꾀할 경우에도 내 인격의 향상이 결국은 저 예술적 이상의 실현을 위한 바탕이 될 것이다. 예술에 있어서 대성하기 위해서는 비상한 노력이 요구된다는 점으로도 그렇거니와 예술품에 나타나는 아름다움이란 결국 인간정신 속에 조성된 아름다움의 표현이라는 점으로 볼 때 더욱 그렇다.

　보다 나은 지상의 나라를 건설하고자 하는 도덕적 이상의 경우에 있어서 자아의 향상이 기본이 된다는 것은 더욱 뚜렷하다. 도덕적 이상이란 내 자신의 인격을 높이려고 하는 포부와 자기가 관계하는 국가와 사회를 보다 살기 좋은 고장으로 건설하고자 하는 정열의 총칭이다.

　내 개인의 인격 문제보다도 국가나 사회 전체의 복지 문제에 관심의 초점을 둘 경우에도 그 사회적 이상을 실현하는 것은 결국 여러 개인들의 인간적인 역량이나 이상을 품은 자의 인격의 향상이 그 이상의 전제 조건으로서 요구되지 않을 수 없다.

　그러나 이상을 향하여 접근하는 원동력으로서의 내 인격의 무게를 저울질할 때, 그리고 이상 실현의 결정 목표로서 내 인격의 향상을 희구할 때, 우리가 또다시 부딪치는 것은, 내 사람됨의 어리석고 옹졸함이요, 동물이나 인간에게 붙어 다니는 가지가지 제약이다.

우리가 어떤 인격을 '위대하다'고 부를 때, 그 말이 언제나 똑같은 뜻으로 쓰이는 것 같지는 않다. 그러나 모든 '위대한' 인격에는 적어도 한 가지 특색이 깃들어 있는 듯이 보인다. 그 특색이란 상징적인 의미의 '나'에 대한 애착에 지나침이 없다는 것, 다시 말하면 이른바 대아를 위하여 소아를 버릴 수 있는 성품이다. 그런데 그 '소아'라는 것은 내 생명의 본거(本據)로서의 내 신체와, 내 종족의 온상으로서의 내 가정을 주요 구성 요소로 삼는 것으로서, 이를 버린다 함은 자기의 생명과 종족의 유지를 갈구하는 생물 일반의 기본적인 천성에 대한 역행을 내포하는 것이다.

따라서 도덕적인 이상의 추구는 항상 내면적인 갈등을 동반하기 마련이며, 인격의 향상은 만인의 소망임에도 불구하고 좀처럼 실현되지 않는다.

만사가 뜻대로 되지 아니함은 이상의 방향을 사회적 개선에로 돌릴 때 더욱 심각하다. 사회적 건설이란 여러 사람들이 사심을 지양한 협조를 기다려서 비로소 가능한 일이다. 그러나 앞서 말한 바와 같이, 내 생명의 보존을 본능적 욕구의 으뜸으로 삼는 개인들이 공공의 목적을 위하여 사사로운 이해를 초월한다는 것은 매우 어려운 일이다. 대국적 견지로 보면 같은 운명 아래 시달리는 사람들이지만 당면한 사항에 있어서는 사건에 이해의 대립이 숨었는지라, 사회는 만인이 만인을 적으로 삼는 인연을 가졌다. 공동 사회의 건설을 위한 대동 단결을 표면의 간판으로 내세우지만, 후방에서는 보기에 거북한 암투가 그칠 사이 없으니 인류 사회의 '발전'은 오직 피상적임에 그친다.

우리에게는 앞날에 대한 확고한 보장이 주어지지 않는다. 이렇게 하면 반드시 이러한 효과가 생기리라는 것은 기필할 수가 없는 것이다. 최선을 다한다 하더라도 뜻하지 않은 슬픈 결말을 초래함에 그칠 가능성은 언제나 남아 있다. 개인의 노력이 수포로 돌아갈 염려는 더욱 많다. '죽음을 면치 못할 자'에게 그 올 것이 의외로 빨리 올지도 모르기 때문에 비록 그것이 늦게 온다 하더라도 개인에게 허락되는 시간은 그가 하고 싶은 일에 비하여 너무나 인색하다.

그러나 앞날에 대한 보장이 주어지지 않았다 해서 만사를 될 대로 되도록 내버려둘 수 없는 것이 인간의 본성이다. 우리는 운명에게 거역할 수 없음을 안다. 그렇지만 모든 것을 운명에게만 내맡길 수도 없는 것이다. 이렇게 하면 반드시 이러한 결과가 생기리라고 확신하기 때문이 아니라, 그렇게 함으로써 그 결과를 지향함이 옳다고 믿는 까닭에 힘을 다하여 그 길을 시험해 볼 따름이다.

시험하던 일이 수포로 돌아갔음을 알았을 때, 슬피 우는 대신 스스로의 실패를 웃음으로 바라볼 마음의 여유를 갖는다면, 저 인간적인 것 중에도 가장 인간적인 기분 —— '유머'를 즐기게 된다. '유머'란 '나'에 대한 사랑이 내 힘의 한계선에 관한 인식을 통하여 '운명'에 대한 사랑으로 발전하는 심기 일전의 심정이다.

사람이 스스로의 힘의 한계를 짐작하면서도 꾸준히 할 일을 계속하고, 그 일이 뜻대로 되지 않더라도 저주 대신 사랑으로

써 운명을 대할 마음의 여유를 가질 때, 그는 자기와 마찬가지
의 유한자들이 자기와 이웃하여 같은 운명 아래 살고 있음을
본다. 다 같이 무거운 짐을 지고 비슷한 운명 아래서 잠시 살
다 갈 사람들이다. 근본에 있어서 나와 마찬가지의 유한자요,
나와 같은 운명 아래 사는 이웃이라는 이해는 그 이웃에 대한
깊이 있는 사랑을 재촉한다. 너와 나 사이의 경계선을 메우는
이 인간적인 사랑은 '인간적인 것' 중에서 가장 슬기로운 것이
다.

— 김태길(수필가, 철학자)

 풀·어·봅·시·다 ●●

1. 다른 동물과 인간이 구별되는 점을 필자는 무엇이라고 보았나?
2. '도덕적 유대'와 '자연적 유대'의 차이점은 무엇인가?
3. 인간의 불만은 무엇인가, 그리고 해소될 방법은 없는가?
4. 도덕적 이상을 요약해 보라.

 해·답

1. 생리적인 욕구 이외에 인간은 정신적 가치를 사랑하되, 그 가치 자체를 위하여
   사랑한다. 또한 인간은 사회적 동물이며, 앞날을 내다보는 상상력을 가졌다.
2. 나와 마찬가지로 남도 행복하게 살아야 하며, 나의 인격과 똑같이 남들의 인격
   도 존중받아야 한다는 신념은 도덕적 유대이고, 공동 생활을 통하여 누리는 현
   실적인 이익은 자연적 유대이다.
3. 인간의 불만은 내일에 대한 보장이 없는 것, 즉 언젠가는 죽어야 한다는 사실이

다. 그러므로 이를 해소하기 위해서는 단순히 물질적인 것, 육체적인 것들보다
는 좀더 영구한 생명을 지닌 가치를 실현하고, 종교적인 이상을 추구하고, 인격
을 향상하며, 예술을 통하여 도덕적인 이상을 이루면 된다.

4. 종교적인 이상이 실현되고, 인간적인 노력을 통하여 보다 아름다운 지상의 나라
를 건설하고, 예술을 통하여 짧은 인생에 긴 생명을 담아서 인격의 향상을 가져
오는 것, 국가와 사회를 살기 좋은 곳으로 만드는 것이다.

어떤 문체로 쓸 것인가?

1. 문체의 정의

건물을 지을 때 같은 자재를 이용하는데도 어떤 건물은 약해 보이고 보기에도 엉성한 것이 있는가 하면, 어떤 건물은 보기에도 튼튼하고 멋진 것이 있기 마련이다.

글에서 이와 같은 역할을 하는 것이 문체(文體)이다. 문체는 영어로 '스타일(style)'이라고 하는데, 이는 개성이라는 뜻이다. 다시 말해 문체는 글쓰는 이의 개성이다. 왜냐하면 글은 쓰는 이에 따라 형식이 달라지며 독특한 성격의 글이 되기 때문이다.

글쓴 이가 어떤 기술과 기교를 부려서 읽는 이를 감동시키고 설득하느냐 하는 것은 그 사람의 문체에 달려 있다. 그러므로 문체에는 표현되어야 할 내용과 작가의 개성이 그대로 드러난다.

쓰는 이가 문장을 만들 때는 그 사람의 개성과 생각과 지성

■ 하이테크 정치

컴퓨터 통신과 CATV, 비디오텍스 등 첨단 텔레커뮤니케이션 기술을 활용한 정치 활동을 일컫는 말이다. 컴퓨터 보급의 확산으로 이루어진 컴퓨터 문화 속에서 정치 활동이 이 전산망을 매개로 하여 본격화되면 엄청난 정치 파장을 일으킬 것으로 보고 있다.

과 교양이 그대로 표현되는 가장 바람직한 방법을 택하게 된다. 그러므로 문체는 바로 쓰는 이의 성격을 그대로 드러내는 것이 되어, 글을 많이 쓰는 사람은 독특한 자기만의 문체를 가질 수 있다.

문체란 여러 가지 뜻으로 해석된다. 첫째 글쓴 이의 문장의 특성에 따라 포프식과 밀턴식으로 나눌 수 있다. 둘째 전공 영역에 관련지어 과학적, 문학적, 저널식이라고도 하고, 구성과 감성에 따라 추상적, 구체적, 산문적, 운문적, 기교적, 독창적, 모방적, 장중한, 또는 생생한 문체라고도 한다. 셋째 장르에 따라 가사체, 역어체, 내간체, 고소설체라고 한다. 넷째 문장의 용어에 따라 구어체, 문어체, 국한문 혼용체라고도 한다. 다섯째 문장의 특질에 따라서 간결체와 만연체, 강건체와 우유체, 건조체와 화려체로 나누기도 한다.

여기에서는 이들 중에서 몇 가지만 개략적으로 살펴보되, 주로 문장의 특질에 따라 나타나는 문체에 중점을 두어 설명해 보기로 한다.

2. 문체의 종류

(1) 쓰는 이의 문장 특성에 따른 문체

사람의 얼굴이 각각 다르듯이 글을 쓰는 이에 따라 문장의 특성도 다르다. 어떤 사람은 짧은 문장을 사용하고, 어떤 사람은 긴 문장을 사용하며, 어떤 사람은 어려운 말을 쓰는가 하면 어떤 사람은 쉬운 말만 골라 쓴다. 그래서 우리는 때때로 작가의 이름을 모른 채 글만 보고도 누구의 글인지 알 수 있는 경우가 많다. 글을 많이 쓰는 사람이 일관된 문체를 사용하면 그 것을 '○○의 문체'라고 이름 붙일 수도 있게 된다.

(2) 전공 영역과 관련된 문체

전공에 따라서도 문체는 달라진다. 앞에서 언급한 바와 같이 과학, 문학, 저널에서는 그 분야에 따라 다른 문체를 사용하는 것이 상례다.

(3) 장르에 따른 문체

소설이나 수필은 산문체, 시나 시조는 운문체로 쓰이지만, 우리나라 고전의 경우에는 장르에 따라 특수한 문체가 쓰였다.

(4) 문장의 특질에 다른 문체

1) 간결체(簡潔體)와 만연체(漫然體)

간결체와 만연체는 문장의 길이로 나누어지는데, 서로 상대적 의미를 가지는 문체들로, 논술 작성시에는 만연체보다는 간결체를 주로 사용하는 것이 좋다.

간결체는 많은 내용을 가능한 한 적은 어구로 축약하여 함축성 있게 표현하는 것이다. 외형적으로는 말이 적고 문장이 짧으며, 구조도 단순 명료하다. 표현하고자 하는 내용을 전체적으로 서술하여 세부적인 것을 상상하게 하거나, 내용의 일부만을 서술하여 전체를 상상하게 만들기도 한다. 반복이나 세부적인 설명은 하지 않는다.

만연체는 간결체와는 반대로 짧은 내용이라도 가능한 한 많은 어구를 늘어놓으며 장황하게 표현하는 것이다. 그러므로 사

▌TR(Technology Round)
과학·기술 정책 내용을 무역 규제에 연계시키려는 다자간 협상을 말한다. TR은 OECD(유럽 경제 협력 개발 기구)가 중심이 되어 추진된 것으로, 개도국의 기술 개발 견제, 선진국의 기술 보호가 목적인 신국제 기술 규범(新國際技術規範)이다.

용되는 어휘도 많고 문장도 길며, 될수록 설명을 많이 해서 읽는 이들이 상상을 하지 않아도 내용을 알 수 있게 한다. 반복과 열거를 많이 사용한다.

2) 강건체(剛健體)와 우유체(優柔體)

강건체와 우유체는 문장의 기백에 따라서 분류하는 것이다. 강건체는 문장이 씩씩하고 활기 있다. 게다가 호방(豪放)하고 침중(沈重)하며 강직한 표현을 많이 써 힘차고 굳센 느낌을 준다. 반면에 우유체는 주제에 매이지 않고, 문장이 부드럽고 온건하며 우아하게 표현하는 것이다.

강건체는 어떤 극렬한 감정이 인다든지 분노를 삭이지 못할 때, 또는 굳은 신념이나 결의를 나타내거나, 극단적인 사상이나 감정을 표현할 때 흔히 쓰인다. 그러므로 이 문체의 문장은 강하고 박력이 있으며, 자기 주장이 분명히 드러나고, 남을 설득하거나 포용하려는 의미가 내포되어 있다.

반면에 우유체는 차분하며 감각적이고 섬세한 느낌을 준다.

3) 건조체(乾燥體)와 화려체(華麗體)

건조체와 화려체는 문장을 수식하는 정도에 따라 나누는 것이다. 즉, 건조체는 꼭 필요한 단어만을 사용하고 수식어가 적으며 공식적인 내용만 표현하는 데 비하여, 화려체는 많은 수식어를 동원하고, 모든 감각적 표현으로 감정을 풍요롭게 하며 화려한 느낌을 전달한다.

그러므로 건조체는 예술문보다는 실용문 —— 예컨대 법조문, 정관, 학술 논문, 공문 등에 많이 쓰이고, 화려체는 예술문 —— 예컨대 수필, 소설, 기행문 등에 많이 쓰인다.

1. 우리나라는 옛날부터 '동방예의지국'으로 불릴 만큼 예의
   를 중요시해 왔다. 그러나 오늘날에는 제사나 시제 등이 형
   식적인 행사로 바뀌어 가는 경향이 있다. 21세기에 들어서
   며 현대화·세계화에 걸맞는, 조상에 대한 예절의 현대화
   방안에 대하여 논술해 보라(1,200자 내외).

2. 다음 글을 요약해 보라(300자 내외).

> "중국에 가거든 미국의 가치를 옹호하기 위해 노력해 주
> 십시오."
>
> 지난 2일 하와이에서 열린 대일전(對日戰) 전승 기념 행
> 사를 마치고 유엔 세계여성회의 참석차 베이징으로 떠나는
> 나에게 제2차 세계대전 참전 용사 한 분은 이렇게 부탁했
> 다. 며칠 뒤 베이징에서 기조 연설을 하기 위해 각국 대표
> 단 앞에 섰을 때 바로 이 말이 떠올랐다.
>
> 지구촌 각 나라에서 온, 마치 바다를 이룬 듯한 그들의
> 얼굴을 바라보면서 나는 자유로운 사회에 살고 있다는 것
> 이 그렇게 고마울 수 없었다. 한 사람의 미국인으로서 생
> 활·자유·행복 추구는 나의 생득권(生得權)이며, 다른 미
> 국인들도 그렇다. 우리는 의심할 나위 없는 이 권리들을 위
> 해 싸워 왔다. 그러나 일부 국가에선 시민에게 투표권과 자
> 신의 의견을 말할 권리, 자유롭게 모이거나 박해·체포·
> 고문의 두려움 없이 자신의 신념을 표출할 권리가 주어지

지 않고 있다. 우리가 인권 침해라고 여기는 것들이다.

이번 세계여성회의에서 밝혀지고 있듯이 여성과 여자아이들을 남자보다 업신여기고, 음식을 덜 줄 뿐 아니라, 과중한 일을 시키고 임금을 제대로 주지 않으며, 학교에 보내지 않고 매질을 해댄다.

이번 회의의 한 가지 분명한 메시지는 여성의 권리가 곧 인권이요, 인권이 곧 여성의 권리라는 점이다. 여자로 태어났다는 이유만으로 굶기고, 물에 빠뜨리거나 목 졸라 죽이고, 등뼈가 으스러지도록 혹사하는 것은 인권 침해다. 여성과 여자 아이들을 노예나 창녀로 팔아먹는 것은 인권 침해다. 시집올 때 혼수가 변변찮다는 이유로 부인을 불에 내던져 타 죽게 하는 것 또한 인권 침해다.

전쟁터에서 여성을 강간하거나 전술의 일환으로 또는 전리품으로 강간을 저지르는 것도 인권 침해다. 전세계 14~44세 여성 사망의 주요 원인이 되고 있는 가정 폭력도 인권 침해다. 아프리카의 수많은 여성들이 겪고 있는 고통스럽고 비열한 생식기 절제 역시 인권 침해요, 여성들에게 자신의 의지와는 상관없이 낙태와 불임 시술을 강요하는 것 또한 인권 침해다. 오늘날 여성들은 세계 곳곳에서 잔혹한 인권 침해를 겪고 있다. 이 같은 침해가 계속되고 차별과 불평등이 남아 있는 한 평화롭고 번영된 여성의 삶은 요원하다. 이제 여성들은 침묵을 떨치고 자신들의 미래에 대해 보다 큰 목소리를 낼 때가 됐다. 우리는 비록 각양각색이지만, 우리를 갈라놓는 것보다는 한데 묶어 주는 것이 더 많다.

바로 이번 회의가 이를 입증하고 있다. 나는 인권 앞에

너울거리는 악덕과 부정에 맞서 목청을 돋우고 행동을 취하기 위해 세계 각지에서 모여든 남녀 대표들과 더불어 미국을 대표해 이번 회의에 참가할 기회를 갖게 된 데 대해 감사하고 있다.

　여성이 스스로의 삶을 개선하기 위해 과감한 발걸음을 내딛는다면 그것은 어린이들과 가족들의 삶을 개선하는 발걸음이 될 것이다.

　한 차례의 세계여성회의로 여성의 삶을 바꿀 수 없다.

　그러나 이번 회의가 전세계인들로 하여금 여성 문제에 관심을 갖고 그 해결에 노력하도록 함으로써, 여성들이 존중받고 품위를 인정받는 세계로 우리를 인도해 줄 것을 기원한다.

— 힐러리(미국 대통령 부인)

▌인프라

사회적 생산 기반, 경제 활동의 기반을 형성하는 기초적인 시설을 말한다.

도로, 하천, 항만, 농업 기반, 공항 등과 같은 경제 활동에 밀접한 사회 자본을 가리키는데 최근에는 학교나 병원, 공원과 같은 사회 복지, 생활 환경 시설 등 사회 자본도 포함시킨다. 따라서 국토가 갖는 경쟁력은 인프라에 달려 있다고도 한다.

3. 다음 글을 읽고, 자동차의 안전 장치를 과신하지 말고 안전 운전이 중요하다는 것을 주장하는 글을 써 보라(1,500자 내외).

　안전에 대한 관심이 커지면서 에어백을 장착하는 차도 늘고 있다. 그러나 에어백에 대한 일반의 상식은 빈약한 편이다.

　다음은 에어백의 작동 원리와 에어백 장착 차량 운전자가 주의할 점이다.

◇작동 원리 : 에어백은 정면 충돌, 또는 정면과 30도 내의 측면 충돌 발생시 충격 감지 센서가 에어백 안의 무해성 고체 화학물을 연소시켜 질소 가스를 발생함으로써 작동한다.

그 가스로 에어백을 부풀려 핸들 중앙 부위의 커버를 찢으면서 팽창해 운전자의 머리, 가슴 부위를 보호하는 것이다. 에어백의 부풀림은 약 0.03~0.05초라는 짧은 순간에 이루어진다. 눈 깜짝하는 사이의 시간은 0.1초다.

자동차 내부에는 차종에 따라 3~5개의 센서가 있는데 이 중 충격 감지 센서가 2~3개 있고 1~2개의 안전 센서가 있다.

감지 센서는 운전석과 조수석 중간 지점의 앞쪽에 있다. 안전 센서는 필요치 않은 에어백 작동을 방지해 주는 역할을 한다.

에어백이 터지는 강도는 센서의 위치나 차종 등에 따라 약간씩 차이가 난다. 보통 시속 20킬로미터 이상 달리면서 고정된 단단한 물체와 충돌할 경우 터지고, 앞에서 달리는 차의 뒷부분과 추돌할 경우에는 시속 50킬로미터 정도에서 터지도록 돼 있다.

앞좌석 에어백은 측면 충돌, 후면 충돌, 전복 사고, 하부 충돌 또는 시동이 꺼져 있을 경우엔 터지지 않는다.

한 번 터진 에어백은 재사용이 안 되므로 차에서 제거해야 한다. 에어백을 교체할 때는 에어백 제조회사에 따라 자동차 수리점 또는 그들이 제시하는 회사에서 재장착하면 된다.

◇주의점 : 전문가들은 에어백을 달았더라도 부상당할 수 있다고 말한다. 에어백은 부드러운 나일론 재질로 돼 있으며 충분한 테스트를 거쳐 만들어졌기 때문에 큰 부상은 없지만 터질 때 약간의 찰과상과 얼굴, 손에 화상을 입을 수도 있다.

에어백 장착 차량을 운전할 때는 핸들을 3시 방향과 9시 방향으로 잡고 운전하는 게 좋다. 그 외 방향으로 핸들을 잡고 있을 때는 손과 팔에 찰과상과 화상을 입을 가능성이 크다. 또 핸들을 잡은 손의 엄지손가락을 안쪽으로 감아 잡지 말도록 해야 한다.

운전 자세는 안전벨트를 매고 시트를 최대한 뒤로 빼는 것이 좋다. 이는 운전자의 몸이 에어백이 최대로 퍼진 후에 닿도록 하는 데 도움이 된다.

운전자가 안경을 쓴 상태에서 에어백이 터지면 안경틀이 굽어질 수는 있는데 안경알이 깨지거나 눈이 손상됐다는 보고는 아직 국내외에 한 건도 없다.

에어백은 특별히 에어백을 장착하기 위해 설계된 차에만 달 수 있으므로 일반 차량에 임의로 에어백을 달면 효과를 기대하기 어렵다.

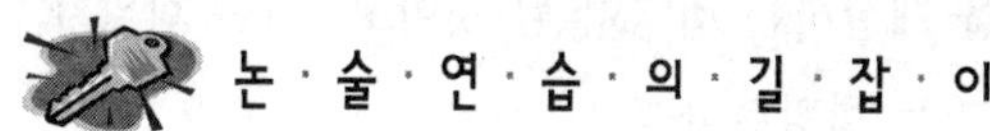

논·술·연·습·의·길·잡·이

1. 선조들에게 경의를 표하고 감사의 마음을 갖는 것은 자손으

로서 당연한 도리이다. 그러나 핵가족화·도시화 등 급격히 변하는 사회 현상으로 인해 옛날처럼 제사나 시제를 온 가족이 모여서 지내기는 어렵게 되었다.

과거 제사나 시제를 지낼 때 음식을 많이 차려놓고 행사가 끝난 후 나눠 먹었던 풍습은 그 당시에 먹을 것이 별로 없었기 때문에 가능했다. 또한 그렇게 한자리에 앉아 함께 음식을 나눠 먹으면서 가족이나 친척간에 우애를 다지는 계기가 되었던 것이다.

그러나 오늘날처럼 물질적으로 풍요로운 시점에서는 많은 음식을 차리는 것이 오히려 낭비가 될 수 있다. 그러므로 음식은 간단히 준비하고, 돌아가신 분들의 덕담이나 유훈을 되새기면서 흠모의 정을 나누는 것이 더 좋은 방안이라고 생각된다.

2. 자유로운 미국과는 달리 세계의 일부 국가에서는 자유도 없고 권리도 없으며, 여러 가지 인권 침해를 당하고 있다. 이번 세계여성회의에서 밝혀진 것처럼 여성들은 갖가지 형태의 가혹한 인권 침해를 받고 있다. 이제 여성들도 자신들의 인권을 수호하고 요구할 수 있어야 한다. 이 회의가 그것을 입증하고 있다. 나는 미국의 대표로서 이 대회에 참석한 것을 기쁘게 생각한다. 여성의 삶을 개선하는 것은 가정과 어린이들의 삶을 개선하는 첩경이 될 것이고, 이번 회의가 그런 계기가 되기를 희망한다.

3. 아무리 기계 장치가 완벽하다 해도 고장을 일으킬 수 있으

며, 작동되더라도 완전히 안전을 보장받을 수 있을지는 의
문이다. 그러므로 무엇보다 교통 규칙을 준수하고 주의를
기울이는 마음가짐이 중요하다는 것을 역설한다.

1. 과학과 인간의 가치

| 읽기 전에 | 과학은 왜 필요한가? 지나친 과학의 발달은 인간의 가치를 떨어뜨리며, 인간에게 물질적 공포, 생명에 대한 위협을 가할지도 모른다. 이러한 우려에도 불구하고 현재 우리의 삶은 과학의 힘을 입지 않고는 영위될 수가 없다. 그러나 인간의 삶은 물질적인 풍요로움으로만 만족을 느끼는 것은 아니기 때문에 인문과학이나 사회과학 역시 필요하다.

17세기 이래 과학은 문화 발전에 있어 매우 특수한 위치를 차지하게 되었다. 과학은 이제 우리가 세계 속에서 인간의 위치를 이해하고자 하는 소망을 실현해주는 하나의 방법으로 부각된 것이다. 그리고 과학이 가지고 있는 힘과 문제 해결 능력은——이는 적절한 사회 제도들을 통해서 표출되는데——우리의 생활을 변형시키는 데 많은 기여를 해왔다. 즉, 과학·기술의 발전은 급격한 생산력의 향상을 가져왔고, 생산 방법뿐만 아니라 인간의 생활 방식도 거의 전면적으로 기계화·자동화되었으며, 이에 따라 인간의 사고 방식·의식 구조 등이 바뀌었고 나아가 사회 구조도 크게 변화하였다.

그러나 한편으로 과학은 프로크루스테스의 침대의 경우처럼 인간의 문제를 해결하고자 하는 여타의 체계적인 방법들——전통적인 가치 체계들, 행위 양식 또는 종교적 관념들——을 유지시키는 하나의 틀 역할도 했다.

그리하여 과학은 발전이나 진보의 정도를 비교 평가하는 척

프로크루스테스의 침대
프로크루스테스는 그리스의 신화에 나오는 강도인데 그는 사람을 잡아 쇠침대에 눕혀놓고 키가 큰 사람은 다리를 자르고 키가 작은 사람은 잡아 늘여 침대 크기에 맞추었다.

도의 역할을 수행하게 되었고, 과학의 목적이나 결과에 대한 고려보다는 과학의 질과 양만을 내세워 비교 평가하는 경향이 나타나게 되었다. 즉 과학은 우리의 희망과 공포, 갈망 및 가치와 관련하여 문화 속에서 매우 특수한 역할을 수행하게 된 것이다.

그러나 과학은 그 본연의 목적 아래 추구되어야 하며 기본적으로 '인간 생활의 질적 향상'에 기여하는 결과를 야기시킬 수 있어야 한다.

이러한 '인간 생활의 질적 향상'을 기준으로 과학을 바라보게 됨에 따라 지금까지 서양 문명의 주류를 이루어 왔던 과학과 기술에 대한 신봉 내지 지향(orientation)에 문제를 제기하게 되었으며, 나아가서 과학의 무용론과 과학에 대한 반동 등 새로운 관념들이 대두되게 되었다.

그러나 그 어느 것도 아직까지 과학에 대한 체계적인 대안이나 대체물로서 확립되지는 못하였으며, 실제적인 인간의 문제들을 이해 또는 해결하는 데 도움을 줄 수 있는 것을 제시할 수 없는 것으로 생각된 것이다. 다시 말해 과학에 대해서 보다 세심한 관심과 주의를 기울이는 것 외에 다른 대안은 없는 것 같다.

이는 과학을 추구하는 도중에 문제들이 야기된다 할지라도 이것을 분석하고 비판해서 새로운 방향을 모색함으로써 문제 해결에 노력을 기울여야 한다는 것을 뜻한다.

이러한 상황을 극복하기 위해서 과학을 인간의 가치 문제와 함께 고려해 보는 것은 문제를 극복하는 하나의 방향 제시가 될 수 있으리라 생각된다.

본 글은 과학 문명의 발달이 고도로 치닫고 있는 20세기에 과학의 본연의 목적을 알아보고, 이러한 목적에 맞게 현대 과학이 그 역할을 수행하고 있는가를 진단하는 한편 그 방향을 제시해 봄으로써 과학이 인간 생활에 기여하는 공헌도를 증가시키고자 하는 것이다.

'과학과 인간의 모든 가치'의 문제는 오늘날 인류가 직면한 주요 문제들 중의 하나인데, 앞에서 말한, 과학이 야기하는 문제점을 극복하기 위해서는 이러한 문제에 대한 연구와 고찰이 필요하다고 하겠다.

우리는 과학으로부터 인간의 가치가 중요하고 존귀하다는 것을 배울 수가 있다. 또 인간의 진취성으로서의 과학은 우리에게 인스피레이션으로 봉사할 수 있으며, 과학은 가치들을 예증하고 제시할 수 있다. 과학이란 여러 가치와 목적들이 효과적으로 성취되고 심지어는 비판적으로 수정되고 개선될 수 있는 방법들을 제시할 수도 있는 것이다.

인간은 과학이 가치가 있는 것이고, 또 가치를 부여하는 일을 하는 데 도움이 되는 것이라고 생각하기 때문에 과학을 추구하는 것이다. 그리고 우리가 어떤 것들은 가치 있는 것으로 또 어떤 것들은 바람직하지 않은 것으로 판단할 수 있기 때문에, 과학이나 과학의 추구가 야기하는 가능성에 관한 '문제'가 발생한다.

과학에 의해서 발생된 문제들이 언급될 때, 이 문제들이 과학자나 기술자의 책임만은 아니라는 것은 두말할 나위가 없다. 오늘날 과학과 관련되어 수많은 문제들이 발생하고 있는데, 이러한 문제들은 과학과 기술의 문제뿐만 아니라 도덕적 · 정치적·사회적·경제적·실천적인 문제이기도 한 것이다.

그러나 사실상 누구든 오늘날 인류가 직면해 있는 이 어려운 문제들에 누가 '책임이 있는가'를 판단하려는 것은 매우 무의미한 일이라고 생각된다. 이 문제는 선의를 가진 모든 사람들이 자신의 최선을 다해 기여해야 할 과제인 것이다.

본 글은 과학의 '목적'과 '결과' 두 부분으로 나누어져 있다. 과학의 발전과 진보는 그 본연의 목적이 제대로 수행되어 나가도록 이루어져야 하기 때문에 먼저 과학의 목적을 알아보고, 이러한 목적에 부합되기 위한 방향을 모색해 보며, 나아가서 실제 과학이 빚어낸 결과들을 살펴보고, 그것들이 목적 실현과 얼마나 차이가 있으며, 바람직한 결과를 위한 우리의 노력은 어떠한가를 살펴보도록 하겠다.

과학은 두 종류의 인간의 목적 내지는 가치와 관련된다고 말할 수가 있다. 즉 세계와 그 안에서의 인간의 위치에 대하여 이해하려는 소망과 좀더 실제적인 문제들, 특히 인간의 복지와 관련된 문제들을 해결하려는 소망이 그것이다. 이러한 과학의 목적과 관련해서 두 가지 측면을 생각해 보고자 한다.

첫째는 과학의 지적인 체계이고 둘째는 과학의 제도적 체계이다.

우선 과학의 지적인 체계를 살펴보기 위해 토머스 쿤의 《과학 혁명의 구조》를 보자. 여기에서 관심의 초점이 되는 것은 과학 혁명에 관한 그의 생각이 아니라, 그가 오늘날의 과학자들에 대하여 묘사하고 있는 모습, 즉 쿤의 유명한 '전형적인 과학자들'이다.

과학자들이 전문화된 주제들의 탐구에 종사하기 위해서는

전제들이 좀더 일반적인 성격으로 구성될 필요가 있다. 그리고 과학에 있어서 우리의 목적과 문제의 역사와 추구되고 있는 다양하고 상이한 연구 계획과의 관계도 규명되어야 하는데, 이에 대한 논의는 근대의 과학 교육이나 과학 자체의 행위 안에서는 거의 역할을 하지 못하는 것 같다. 이와 같은 문제들은 이제는 전성기가 지난 저명한 원로 과학자들, 대중 과학의 글을 쓰는 작가, 역사가, 저널리스트, 그리고 철학자들의 과제로 남아 있는 것이다.

그러나 그들이 최선을 다한다 할지라도 이러한 작업을 잘 해내기는 거의 어려운 위치에 있다. 그들은 또한 실제 연구에 종사하는 사람들에게 많은 영향력을 주기는 어렵다. 그러므로 과학적 연구와 목적, 문제 그리고 연구 프로그램들에 대한 개념들은 과학자나 과학 교육에서 최선을 다하는 과학 정신 안에서 명료화되고 비판적·개발적으로 논의되어야 한다고 하겠다.

이제 과학의 제도적 체계에 대하여 살펴보면 다음과 같다.

우리가 문제의 선택과 연구 프로그램 및 목적들에 관하여 더욱 잘 의식하게 된다면, 우리는 과학(일반적으로 인간 지식의 추구)의 제도가 인간의 목적을 추구하는 수단으로서의 역할을 제대로 수행할 수 있는가 하는 의문에 직면하게 된다.

그런데 하나의 목표를 위해서 설립된 제도는 그 자체적으로 다른 목표와 가치들을 동시에 야기시킬 수가 있으며, 제도가 목적의 정당화에 기여하는 정도를 파악하기는 어렵다. 따라서 제도 자체가 어느 정도로 과학이 추구하는 목적을 변화시키고 향상시킬 수가 있는가 하는 의문에 답하기란 어렵다.

대부분의 학자들은 사회의 다른 구성원들로부터 받은 돈을 가지고 연구 활동을 하고 있으며, 그들은 그러한 연구가 인류에게 가치가 있다고 확신하기 때문에 지금 하고 있는 작업을 계속한다고 믿고 있다.

그러나 그들의 노력이 옳고 그른가를 판단하고 분별하는 제도를 또는 공개 토론회를 우리는 가지고 있지 못한데, 제한된 자원과 절망적인 문제들의 세계에 있어서 이것은 그리 중요한 문제가 아닌 것이다. 과학의 목적과 제도에 대해서도 이것은 마찬가지이다.

이제 그 결과들로 넘어가기로 하자.

인간의 복지를 위한 과학의 결과들과 다른 한편으로 인간 자신과 우주 안에서의 인간의 위치를 이해하기 위한 과학의 결과들을 구별하려고 한다.

첫 번째 범주, 즉 인간의 복지에 있어서는 인간의 무지와 지식의 양면에서 문제가 제기된다. 인간의 무지는 중요하다. 왜냐하면 인간은 망각하기 쉽고 또 아는 바를 과대 평가하기 쉽기 때문이다. 다시 말해서 인간은 무지하므로 과학의 결과에 대한 올바른 평가를 제대로 하지 못한다는 것이다.

반면에 우리의 지식은 좀더 명확한 문제를 제기한다. 확실히 정부나 기업 기타 여러 단체들은 인간의 복지라는 개념과 거리가 먼 실제적인 문제들에 관해서 연구를 진행하고 있는 것 같다. 가장 바람직한 의도를 가지고 실시되는 탐구 자체는 분명히 다른 목적들의 사용에도 개방되어 있다.

그리고 좀더 밀도 있는 인간의 이해를 위한 과학의 탐구 자체는——즉 순수하고 유익한 지식처럼 보였던 것——인간의 복지, 더 나아가 우리의 생존에 대한 무서운 문제들과 두려움을 자아내는 기술적인 가능성을 향하여 모두 개방되어 있는 것이다.

우리가 핵에너지에 접하게 되는 것과 같은 문제에 직면하여, 과학을 통하여 지식을 습득하지 않는다 할지라도 더 잘살 수 있지 않았을까 하고 생각하는 사람들이 있다는 것은 이해할 수 있는 일인 것이다.

그러나 이러한 충격을 멈추게 하는 실제적인 어려움은 별도로 하고라도, 우리가 그런 문제에 등을 돌리기는 매우 어렵다고 생각한다. 자신과 동료들을 이해하고 도와준다는 목적은 인간이 가지고 있는 가장 고귀한 것으로 생각되며, 인간이 고통을 당할 때에, 구원해 줄 수 있는 유일한 방법을 외면한다는 것은 부도덕한 일이라고 생각되기 때문이다.

그러나 이것은 우리에게 다음과 같은 문제를 남긴다. 즉 이러한 문제들은 우리를 압도하고 있으며, 이 문제들에 관해서 아무런 해결책도 가지고 있지 못하다. 그렇지만 필자는 이러한 과학적 활동의 결과를 어떻게 받아들여야 하는가의 문제에 대해 다음의 두 가지 제안을 통해 다소나마 위안을 가질까 한다.

첫째, 임의적이긴 하나 제도적인 해결책에 관심을 가지게 되었으며, 전문 지식을 가진 사람들을 포함시키려는 문제들에 주의를 기울이게 되었다는 점이다.

둘째, 우리는 항상 우리가 과학과 기술에 관해서뿐만 아니라 정치적·신화적 문제에 관해서도 무지하다는 것을 기억해야 한다는 것이다.

이제 인간 자신과 세계 속에서의 인간의 위치를 이해하기 위한, 과학과 기술의 진보가 가져온 결과들의 문제로 눈을 돌려

보자.

인간과 세계 안에서의 인간의 위치에 대한 사정만이 과학적 이해의 성장에 의해서 심각하게 영향받았을 뿐 아니라, 물질적 진보도 그것들을 유지했던 사회 제도에 의해서 전통적 가치들을 손상시켰다. 이것은 과학의 오용을 반영하는 것이라 하겠다.

과학과 기술이 인간의 이해 관계에 미친 영향의 문제는 결국 필자가 본문을 시작할 때의 그 문제로 다시 돌아간다. 왜냐하면 역사적으로 과학의 지적인 내용이 우리 문화에 상당한 영향을 주었고, 사람들이 실질적인 문제에 대한 도움을 위해서 과학을 바라보았던 반면, 바로 이것이 약화되고 있다는 위험이 존재하기 때문이다.

본 글은 다음과 같은 사실을 제안함으로써 결론을 맺고자 한다.

우리 문화에서는 과학과 인간의 가치와의 관계가 충분히 명백하게 나타나 있지 않은데 그 이유를 보면 다음과 같다.

첫째, 부분적으로 과학 자체에 결함이 있기 때문이다. 적어도 토머스 쿤이 묘사한 것이 옳다면 그렇다. 그의 '전형적인 과학자들'은 대부분 이해를 위한 지적 탐구에 열중하고 있다. 그리고 어떤 사람은 어느 정도 사회과학적(그리고 인문과학적)인 활동을 하는 사람들의 행위를 이상하게 여길지도 모르며, 인간적인 문제의 해결에 전혀 도달하지 못할지도 모른다. 그러므로 이러한 비판에 무엇인가가 존재하는 한, 과학 자체는 변화될 것이다.

둘째, 과학의 진보를 인간 문제의 적합한 해결을 위해서 그리고 그 이해를 위한 탐구로 만드는 작업을 우리는 너무나 소홀히한 것 같다는 것이다. 그러나 칼 세이건의 《Dragons of Eden》이 대중들에게 인기를 끌고 있는 것을 보아도 이것은 개선될 수 있다. 그리고 그러한 인기 있는 저서는 결코 무시되어서도 안 되고 단지 저널리즘으로만 끝나서도 안 된다는 사실이다.

어떤 사람이 청중들에게 무엇을 하고 있는가를 설명한다는 것은 그 사람이 하고 있는 것에 관한 태도를 분명히 하는 것이 최선의 방법이 될 것이다. 그와 마찬가지로 과학에 있어서도 그러한 방법이 자신에게 그리고 같은 과학 분야의 동료 및 다른 분야의 전문가들에게도 진실로 유익한 것이다. 그러나 과학이 적절하게 수행되지 않는다면, 인간이 과학에 어떻게 가치를 부여할까를 기대하는 것은 어려운 일이다. 이러한 과제의 성취는 과학 자체의 생존을 위해서 중요하며 따라서 인류의 복지와 생존을 위해서도 중요하다.

— 제레미 쉬어무(영국 런던스쿨 연구위원, 철학)

풀•어•봅•시•다 ●●

1. 과학·기술의 발전이 인류에게 공헌한 바는 무엇인가? 그리고 부정적인 효과는 무엇인가?
2. 우리가 과학으로부터 인간의 가치가 중요하고 고귀하다는 것을 배운다는 증거는 무엇인가?
3. 과학의 결과들을 요약해 보라.

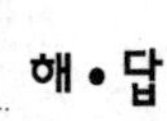 **해 · 답**

1. 급격한 생산력의 향상을 가져왔고, 인간의 생활 방식을 기계화 · 자동화시켰으
   며, 인간의 문제를 해결하고자 하는 여타의 체계적인 방법들을 유지시키는 역할
   을 해왔다. 그러나 과학을 너무 신봉 내지 지향하여 인간 생활의 질적 향상에
   기여하고 있는가에 대해서는 회의적이다.

2. 과학은 우리에게 인스피레이션으로 봉사할 수 있으며, 가치가 있는 것이고 또
   가치를 부여하는 일을 하는 데 도움이 되며, 그것을 판단할 수 있는 능력을 부
   여한다.

3. 인간의 무지함으로 과학의 결과에 대하여 올바른 평가를 내리지 못하며, 지식에
   의하여 과학이 인간의 복지, 나아가 우리의 생존을 위협하는 무서운 존재라는
   것을 알 수 있다.

2. 자웅 동체의 미물 달팽이

| 읽기 전에 | 지구상에는 수많은 동물이 살고 있다. 사람의 눈으로 보면 미미한 생물일지라도 그 나름대로는 생명의 의의와 삶의 방식을 터득하고 자연에 적응하면서 살아간다. 이 글은 자웅이 구별되지 않을 정도로 하찮은 달팽이이지만, 신기한 생명력을 지녔고, 그들에게도 인간이 배울 점이 있음을 알려주고 있다.

달팽이는 연체 동물의 무리로 병안목(柄眼目)에 속하며 우렁이나 고등 따위와 인연이 있는 일종의 육지산 다슬기이다. 병안이란 자루[柄]와 같이 긴 촉각 끝에 눈이 달렸다는 뜻으로 이것이 달팽이의 특징 중의 특징이다.

수백을 헤아리는 종류가 있고 종류마다 크기, 모양이 다르지만 대개 또아리 모양의 껍질이 있고 표면은 짙고 옅은 갈색띠가 나선형으로 돌려져 있다. 살갗은 점액으로 축축하고 오톨도톨하거나 비늘 모양의 돌기로 덮여 있으며 종류나 사는 장소에 따라 회색, 갈색을 띤다. 머리에는 대소 2쌍의 촉각이 있다.

몸을 뽑았을 때 껍질 입구에 막과 같은 것이 외투막이고 그 옆에 항문이 있으며, 몸을 껍질 속으로 오므려 넣으면 입구는 외투막으로 완전히 덮이고 가운데 숨구멍만 규칙적으로 여닫힌다.

길 때는 배[腹足]의 근육을 뒤에서 앞을 향하여 파상으로 움직여 전진하고 머리 부분에서도 점액이 나와 말라붙어 은실같이 반짝거리는 자국을 남긴다.

외투막에서 분비하는 점액은 마르면 얇은 종이같이 되어 입구를 봉한다. 이것은 몸뚱이의 수분 증발을 방지하는 장치로 겨울이나 여름의 건조기에는 안으로 겹겹이 쳐져 오랜 기간 동면(冬眠)이나 하면(夏眠)을 할 수 있다. 그렇지만 달팽이의 살갗은 쉽게 수분이 증발하기 때문에 건조 상태가 계속되면 몸이 위축되어 생활 기능을 떨어뜨린 상태로 수년을 살 수 있다.

박물관의 표본 상자에 15년 간을 넣어 두었던 달팽이가 습기를 공급받고 소생했다는 에피소드도 있다. 습기만 충분하면 막을 찢고 기어나와 체표로부터 수분을 흡수하여 금방 원상 회복을 하는 것이다.

투명한 유리판 위에 달팽이를 놓고 밑에서 보면 입을 벌렸다 다물었다 하는 것을 볼 수 있다. 입 안에는 얇은 줄모양의 혀〔齒舌〕가 있어 이것으로 먹이를 갉아먹는다. 달팽이가 붙어 있던 야챗잎을 잘 보면 갉힌 자국을 볼 수 있다. 육식을 하는 별종도 있지만 대부분의 달팽이는 야채, 과일, 버섯, 나뭇잎을 좋아하며 때로는 종이도 먹는다.

달팽이는 자웅 동체(雌雄同體)로 한몸 안에 암수 양쪽의 기능을 가지고 있다. 그러나 자가 수정을 하기보다는 대개 딴 개체와의 교미로 생식하는 수가 많다.

5~7월의 교미기에는 이들의 이색적인 교미 광경을 흔히 볼 수 있는데 한 번 교미하면 무려 반나절 또는 하루 종일 떨어지지 않는다. 교미는 '사랑의 화살'이라고 불리는 특수한 교미기(交尾器)를 사용한다. 석회질로 된 이 교미기는 약 1센티미터 정도로 이것을 특별한 근육의 주머니에서 뻗어내어 서로 상대

방에 찔러 넣은 다음 정협(精莢)이란 정자가 들어찬 주머니를 교환한다. 교환된 정자는 저정낭(貯精囊)에 저장된다. 산란수는 종류에 따라 다르나 10~100개 정도로 구형이며 석회질의 껍질로 싸여 있다.

산란은 교미 후 바로 하지만 저정낭에서의 정자는 상당 기간 살아 있어 수개월 후에도 그 다음의 수정란을 낳을 수 있다. 종류에 따라서는 한 번 교미로 4년 후에도 수정란을 낳는 것도 있다.

달팽이 새끼는 한 바퀴 반만 비틀어진 단색의 껍질을 달고 부화하여 보통 1~2년에 성숙한다. 성장은 그 활동이 일기에 따라 좌우되는 것과 마찬가지로 한결같지 않다. 수명은 보통 2년이라지만 종류에 따라서는 5~10년도 사는 것도 있다.

달팽이는 건조한 환경에 약할 뿐만 아니라 이동하는 능력도 크지 않으므로 높은 산맥, 큰 강이나 계곡이 있으면 그것을 넘고 건너가 정착할 수가 없다. 따라서 종류에 따라서는 여기저기 퍼져 사는 것도 있지만 대개는 극히 한정된 종류로 분화돼 있다. 그래서 하와이의 달팽이는 산과 골짜기로 차단되어 장소마다 별개의 종류가 분포돼 있다고 한다.

달팽이는 껍질을 형성하기 위하여 석회분을 필요로 하기 때문에 석회암 지대에는 특히 종류와 수가 풍부하다.

달팽이의 특이점은 머리의 대소 2쌍의 촉각인데 이것은 우리들 사람 눈에는 참으로 보잘것없는 미미한 기관이다. 큰 촉각 끝에는 눈이 달려 있다. 조금만 건드려도 눈알은 촉각 속으로 꺼지듯 숨어버리고 머리 속으로 스며든다. 작은 촉각은 큰 촉각 앞의 보다 짧은 한 쌍으로 전촉각 또는 미촉각(味觸角)이라 하여 끝이 둥근 이것이 미각을 알아낸다.

와우각상의 싸움〔蝸牛角上之爭〕이란 장자(莊子)의 유명한 우화가 있다.

제(齊)가 위(魏)와의 맹약을 배반하자 위가 제와 싸우려 했다. 그 싸움의 무익함을 현자 대진인이 달팽이의 좌우 촉각에 각각 나라를 세운 촉(觸)과 만(蠻)이 서로 싸워 둘 다 손해만 보았다고 비유하여 위의 혜왕(惠王)을 설득했다는 이야기다. 눈앞의 사소한 일에 구애되는 인간 세상의 허무라고나 할까. 요즘 내외 사태가 바로 그런 것이 아닌가도 싶어 문득 달팽이 이야기가 됐다.

당나라 백낙천도 읊지 않았던가.

달팽이 뿔 끝과 같은 조그만 세계에서
대체 무엇 때문에 싸우는가.
부싯돌 불꽃 같은 짧은 시간 속에
이 몸 붙이고 있을 뿐인 것을
있으면 있는 대로 없으면 없는 대로
우선은 인생을 즐기지 않으려나
크게 입 벌려 웃지 않는 녀석
그 아니 바보인가.

— 술에 대하여

보잘것없는 일개 미물인 달팽이가 우리 인간에 이만한 지혜와 철학을 주고 있다. 달팽이를 다시 한 번 곰곰이 보자.

— 오창영(서울대공원 연구원)

1. 달팽이가 지역마다 종류가 다른 이유는 무엇인가?

2. 백낙천의 시에서 표현된 달팽이의 지혜와 철학은 무엇인가?

해 • 답

1. 이동하는 능력이 크지 않기 때문이다.

2. 이 좁은 세상에서 아옹다옹 싸우며 살 필요가 없다는 것이다.

| 읽기 전에 | 자연 섭리의 오묘함을 아무리 강조해도 지나침이 없다. 만물의 영장이라고 뽐내는 인간도 결국은 자연의 일부이며 자연 속에서 자연의 혜택을 받으며 살고 있다. 인간이 자연을 이용하고 연구하지만, 우리가 알고 있는 자연의 이치를 따지고 보면 극히 일부분만 알고 있을 뿐이다. 이 글에서 필자는 눈의 생성과 모양에 대하여 경탄의 눈으로 묘사하고 있다.

눈과 추위는 겨울을 대표하는 기상 현상이지만, 양자에 대한 사람들의 시각은 다른 것 같다.

한 예로 추위가 닥치는 것을 좋아하는 사람은 드물어도 눈이 오기를 기다리는 사람은 많다. 눈이 내릴 경우 교통이 마비되고 눈 속에 여러 가지 공해 물질이 섞여 있다는 사실에도 불구하고 아직도 많은 사람들은 눈이 오는 것을 반갑게 생각한다. 그것은 어수선한 주변 환경을 일순간에 하얀 신천지로 만들어 버리는 눈의 마술적인 모습을 동경하기 때문일 것이다.

건설과 습설

그런데 요즘과 같은 초겨울에는 함박눈이 펑펑 쏟아지는 경우는 드물고 낮에 비가 내리다가 저녁때 눈이 오는 등 비와 눈이 섞여 내리는 경우가 많다. 비구름과 눈을 지닌 구름이 따로 있어서 그런 것은 아니다. 한여름철에 내리는 소나기를 제외하고 눈과 비는 본질적으로 같은 현상이다. 지상에 비가 오고 있는 경우에도 수천 미터 상공에는 대부분 얼음의 결정, 즉 눈의 씨앗과 같은 형태로 구름이 형성돼 있다.

구름 속에 작은 얼음 결정과 물방울이 같이 섞여 있는 경우가 있다. 이때는 물이 가지고 있는 고유한 특성 때문에 물방울에서 수증기가 증발하여 얼음 결정에 달라붙게 된다. 이 때문에 물방울은 점차 작아지고 얼음 결정은 점점 커져 결국 눈송이로 성장하게 되며 공중에 더 이상 떠 있을 수 없게 되면 지상으로 떨어진다. 이때 지면 근처의 기온이 낮으면 그대로 눈이 되고 기온이 높으면 다시 녹아서 비가 되는 것이다.

지금까지의 통계로는 지상의 기온이 영하면 눈이 되고, 영상 7도 이상이면 비로 변하여, 0도에서 6도 사이에서는 눈과 비가 될 확률이 반반으로 나타난다. 이러한 이유 때문에 1백 층이 넘는 고층 빌딩의 옥상에서는 눈이 오고 있으나 그 맨 아래 층은 비가 내리는 기현상도 이따금씩 벌어진다.

눈은 직경이 0.6센티미터에서 15센티미터에 이르기까지 그 크기가 매우 다양하지만 크게 보면 두 종류로 나눌 수 있다.

일반적으로 영하 2~3도 이상의 비교적 포근한 날씨에 눈이 오면 습기가 많아 습설이라 부르고, 그보다 추운 날씨에 오는 눈은 건설이라고 부른다.

습설은 함박눈처럼 눈송이가 크고 잘 뭉쳐져서 눈사람을 만들기에 좋으나, 한겨울에 자주 내리는 가루눈과 같은 건설은 눈송이가 작으며 잘 뭉쳐지지 않는다.

'눈을 밟았을 때 뽀드득뽀드득 소리가 나면 날씨가 추워진다.'는 속담이 있는데 이런 소리가 나는 눈은 건설이다. 가루눈과 같은 건설은 상층의 공기가 매우 차가울 때 만들어지는

것이어서 눈이 그친 뒤에는 상층의 찬 공기가 지상으로 내려오
기 때문에 추워지는 것이다.

아름다운 눈의 세계

떨어지는 눈송이를 검은 헝겊에 받아서 자세히 관찰해 보면
그 모양이 천태만상이다. 눈의 결정은 대부분 육각형이지만 더
러는 별모양, 바늘과 같은 침모양, 육각기둥모양이 있고 간혹
십이각형도 발견된다.

윌슨 벤틀리라는 미국인은 눈의 결정에 관한 연구로 아주 유
명하다. 그는 어린 시절 어머니로부터 받은 현미경으로 눈을
관찰하다가 눈송이의 아름다움에 매료되어 평생 동안 눈의 결
정 사진을 찍었다. 그가 40여 년 동안 세계 여러 나라를 다니
며 찍은 눈의 결정 사진은 모두 6천5백 장으로 1931년 미국
에서 책으로 출간됐다. '백설 벤틀리'라는 별명을 가진 그는
"평생 똑같은 눈송이를 본 적이 없다."는 말로 눈세계의 경이
로움을 대신했다.

현대의 물질 문명은 아름다운 눈마저 오염시키고 그의 이미
지도 변질시키고 있다. 앞으로의 현대 문명이 지금처럼 자연과
의 조화를 무시한 채 나아갈 경우 눈을 비롯한 모든 자연 현상
은 그들의 순수함을 빼앗긴 대가로 사람들과는 영원한 적이 될
지도 모르겠다.

— 조석준(KBS 기상캐스터)

1. 1백 층이 넘는 빌딩의 옥상에서는 눈이 오는데, 지상에서는 비가 오는 현상은 왜 일어나는 것일까?

2. '현대의 물질 문명이 눈의 이미지를 변질시킨다.' 는 뜻은 무엇인가?

해•답

1. 1백 층이 넘는 건물의 옥상 온도는 0도 이하이고, 지상은 7도 이상이기 때문이다.

2. 눈은 여러 가지 아름다운 모양을 띠고 있는데 현대 물질 문명으로 인해 눈이 오염돼 모양도 바뀌고 시커멓게 되기 때문이다.

어떻게 문장을 쓸 것인가?

문장은 하나 이상의 단어들이 모여서 이루어진다. 그러나 단어들이 아무렇게나 모인다고 문장이 되는 것이 아니다. 일정한 의미와 기능을 가지고 있어야 한다. 하나의 문장은 말하는 이의 생각과 느낌을 표현하는 최소 단위라 할 수 있다.

(1) 문장의 구성

문장을 이루는 단어들은 일정한 의미와 기능을 가져야 한다고 했는데, 이와 같은 문장에서의 단어는 문장 성분이 된다. 다음의 예를 들어 보자.

예) <u>한</u> <u>사람이</u> <u>사과를</u> <u>빨리</u> <u>먹는다.</u>
    ①   ②   ③   ④   ⑤

위에서 '한'은 뒤에 오는 '사람이'를 수식하고 있으며, '사람이'는 이 문장의 행동주 또는 주체를, '사과를'은 먹는 대상

▮ 조용한 혁명
삶의 목적이 종래 객관적·양적 지표 중시에서 주관적 지표 중시, 즉 삶의 질 중시로 바뀌고 있는 현상을 미국의 잉글하트(R. Inglehart) 교수가 '조용한 혁명(silent revolution)'이라고 이름 붙였다. 즉 지적·심미적 만족, 사랑·존경에의 욕구 등이 삶의 질에서 중요시되는 것이다.
한때 미테랑 프랑스 대통령이 강조한 칼리테 드 비(qualite' de vie)도 '삶의 질'을 의미한다.

을 나타내고, '빨리'는 '먹는다'를 한정하고 있으며, '먹는다'는 주체의 행위를 나타낸다.

이와 같이 문장 성분은 하나의 단어 또는 단어에 조사가 붙어서 이루어질 수 있고, 때로는 구나 절로 이루어지기도 한다.

문장 성분은 그 기능에 따라서 ①을 관형어, ②를 주어, ③을 목적어, ④를 부사어, ⑤를 서술어라고 한다.

(2) 문장 요소들의 호응

문장 성분은 하나 이상의 단어나 형태소들이 모여서 이루어지는데 이들을 문장 요소(sentential elements)라 한다. 문장 요소들은 각각 일정한 의미와 기능을 가지며, 상호간에 밀접한 관련을 가지고 있다. 이러한 관계가 잘 지켜지지 않으면, 그 문장은 이상하게 되거나 비문법적인 문장이 되고 만다. 이러한 관계를 '호응' 또는 '일치'라고 한다.

(3) 문장의 종류

문장의 종류는 보는 관점에 의해 말하는 이의 심적 태도나 종결법 여부에 따라 나눌 수 있다.

1) 말하는 이의 심상에 따른 분류

말하는 이의 심상이란 말하는 이가 상대방에게 어떤 마음가짐으로 말하느냐 하는 것이다.

다음의 문장을 보면 그것이 잘 드러난다.

① 나는 학교에 간다.
② 너는 학교에 가니?

③ 우리 학교에 가자.
④ 너 학교에 가라.
⑤ 너는 학교에 가는구나!

①은 어떤 사실에 대하여 단언하는 것이며, ②는 상대방에게 대답을 요구하는 것이며, ③은 상대방에게 자기와 동일한 행위를 해줄 것을 청하는 것이며, ④는 상대방에게 어떤 행동을 명령하는 것이며, ⑤는 어떤 사실에 대하여 놀람을 나타내는 것이다. 이를 각각 차례대로 서술문, 의문문, 청유문, 명령문, 감탄문이라고 한다.

이와 같은 문장의 종류는 종결 접미사(또는 종결어미)에 따라 달라지는데, 그 외에 종결 접미사는 상대방에 대한 대우법(待遇法)도 나타낸다.

① 철수는 학교에 갑니다.
② 철수는 학교에 가오.
③ 철수는 학교에 가요.
④ 철수는 학교에 가네.
⑤ 철수는 학교에 간다.
⑥ 철수는 학교에 가.

위에서 ①은 '아주 높임', ②는 '예사 높임', ③은 '두루 높임', ④는 '예사 낮춤', ⑤는 '아주 낮춤', ⑥은 '두루 낮춤'이라고 한다.

2) 종결법 여부에 따른 분류

문장의 종결이 이루어졌는지 아닌지에 따라서 문장이 분류될 수 있다. 다음의 예를 보자.

① <u>봄이 온다</u>.
② <u>봄이 오니</u>, 꽃이 핀다.
③ 꽃이 피니, <u>봄이 옴을</u> 알겠다.
④ 꽃이 핀다고 <u>봄이 오는</u> 것을 믿겠느냐?

①의 문장은 종결 접미사가 쓰여서 완결된 문장인 데 비하여, ②, ③, ④의 문장들은 완결된 모양을 갖추고 있지 않다. 즉, ②는 문장이 끝나지 않은 채로 다음 문장과 연결되는 역할을 하며, ③은 명사 역할을 하고, ④는 관형사 역할을 한다. 그러므로 ②에서의 '봄이 오니'를 연결문이라 하고, ③의 '봄이 옴을', ④의 '봄이 오는'을 내포문(안긴 문장)이라고 한다.

(4) 논술에 적합한 문장

그렇다면 논술에 적합한 문장은 어떤 것일까? 이는 한마디로 좋은 문장을 말한다. 그러면 좋은 문장이란 무엇인가? 좋은 문장이란 올바른 단어가 선택되고 문법적으로 맞는 문장이다. '올바른 단어'는 꼭 그 자리에 필요한 단어이면서 건전하고 규범적인 단어이다. 이때 규범적이라는 것은 표준어의 규정에 맞으며 순수하고 도덕적이라는 말이다.

'문법적으로 맞는 문장'이란 위에서 본 바와 같이 문법의 규칙에 어긋나지 않는 것, 다시 말해 대우법이나 문장의 호응 관계 등이 해당된다.

그러나 아무리 올바른 단어를 선택하고, 문법에 맞는 문장을 사용한다고 해도, 그 뜻이 제대로 전달되지 않거나 너무 길어서 읽는 이들이 지루함을 느낀다면 좋은 문장이라 할 수 없다.

(5) 한글 맞춤법

글을 쓸 때는 규범에 맞도록 쓰는 것이 원칙이다. 그 중 하나가 '맞춤법'이다. 글을 쓰는 사람들이 원칙 없이 아무렇게나 쓴다면 우리는 엄청난 혼란을 맞이하게 될 것이다. 그래서 우리나라에서는 '한글 맞춤법'이라고 해서, 그 규정을 엄격히 규정해 놓았다. 여기서는 간단하게 총칙만을 설명하기로 한다.

▍ 총 칙 ▍

'총칙'은 '한글 맞춤법'의 대강령이라 할 수 있다.

제1항에는 '한글 맞춤법은 표준어를 소리대로 적되, 어법에 맞도록 함을 원칙으로 한다.'고 되어 있다. 이 조항은 '한글 맞춤법'의 표기 대상은 '표준어'라는 것이며, '소리대로 적는다'는 것은 실제 발음에 따라야 한다는 뜻이다. '어법에 맞도록 함'은 소리대로 적는다고 해서 아무렇게나 적는 것이 아니라, 언어학적 이론, 또는 문법에 맞도록 적어야 한다는 것이고, '원칙으로 한다'는 약간의 예외를 둘 수 있다는 것을 의미한다.

제2항에는 '문장의 각 단어는 띄어씀을 원칙으로 한다.'고 되어 있다. 이는 아주 포괄적인 개념으로 단어는 무조건 띄어쓰면 되나 사실상 우리말의 단어는 규정하기가 쉽지 않다. 즉

조사나 합성어가 그러하다. 이 중 조사는 단어로 인정하나, 뒤의 '띄어쓰기' 규정에서 '조사는 그 앞말에 붙여쓴다.' 하여 해결하였다. 다만 합성어는 어느 것, 어느 정도까지를 한 단어로 인정해야 하느냐의 문제가 간단하지 않다. 그러므로 합성어라 할지라도 각 단어를 띄어쓰면, 별로 틀리지 않는다. 그런데 문제는 띄어쓰지 않을 수도 있는 예외 규정이 더 까다롭게 되어 있다는 점이다. 이때도 띄어쓰면 문제는 쉽게 해결된다.

　제3항에는 '외래어는 외래어 표기법에 따라 적는다.'고 되어 있다. 외래어도 우리 말이기 때문에 우리의 표기법에 따라야 하지만 원래 외국어였기 때문에 그 규정을 따로 규정할 필요가 있다. 그래서 '외래어 표기법'을 따로 규정한 것이다.

1. 다음 글을 읽고 요약하라(500자 내외).

> 맑게 갠 밤에 하늘을 올려다본 사람치고 그 아름다움에 매료되지 않는 사람은 없을 것이다. 밤하늘을 빽빽하게 채운 별을 보면서 우리는 여러 가지 생각을 하게 된다. 저 별들은 무엇일까? 우주는 얼마나 클까? 우주는 어떻게 시작되었고 앞으로는 어떻게 될까? 이 방대한 우주 속에 사는 나는 무엇이며, 어디서 와서 어디로 가는 것일까? 우리의 의문은 꼬리에 꼬리를 문다.
>
> 도시의 불빛과 공해 속에 사는 현대인들보다는 자연의 원래 모습 속에서 살아가던 고대인들에게 밤하늘은 더 신비스러웠다. 해와 달 그리고 별들은 무엇일까? 왜 밤과 낮, 그리고 계절이 생기고 해와 달과 별이 뜨고 질까? 인류의 문화권마다 이러한 현상에 대해서 여러 가지 다른 설명이 전해져 내려온다. 예를 들어 남미의 인디언들은 태양이 서쪽 지평선에 닿았을 때 야만족들이 이를 붙잡아 작은 조각으로 만들어 냄비에 볶아서 하늘에 뿌린 것이 별이라고 여겼다. 밤중에 태어난 새로운 태양이 다음날 다시 떠오른다고도 하였다. 초기에 널리 받아들여졌던 또 다른 생각은 태양이 신이고 이 신이 마차를 타고 하늘을 가로지르는 여행을 하고 있는 것으로 믿었고, 또 다른 전설로는 거인들이 지는 태양을 그물에 가둔 후 꽁꽁 묶어서 배에 태워 보내면 다음날 아침 동쪽에서 다시 나타난다고 하였다.

이런 종류의 자연에 관한 신화는 수없이 많이 전해져 내려온다. 거의 모든 문화에서 태양이 신으로 숭배되었다. 그들은 자연의 모든 현상을 신의 조작에 의해서 일어나는 것으로 생각했다.

고대인들에게는 지구가 광대하고 고정되어 있는, 다시 말해서 우주의 중심으로 생각하였다. 그들은 하늘을 엎어져 있는 거대한 대접으로서, 속이 비어 껍질뿐인 이 대접이 지구를 둘러싸고 있는 것으로 여겼다. 시간을 재고 달력을 만들기 위해서 그들은 밤하늘을 관측하고 천체의 움직임을 추적하지 않으면 안 되었다. 즉, 하늘에 보이는 수천 개의 별빛이 인류에게 우주에 대한 호기심을 갖게 하였을 뿐만 아니라 인류의 역사를 통해서 인간에게 영향을 미쳐 왔다. 고대인들은 별들을 일상 생활에 응용하였음은 물론, 신비의 대상으로서 인간사의 모든 것을 지배하는 절대적인 힘의 상징으로도 여겨 왔다. 그래서 점성술이 등장하게 되었고 점성술적인 목적으로 천체의 관측이 활발하게 이루어지게도 되었다.

천문학은 우주를 연구하는 학문이다. 천문학에서 우리는 천체의 성질을 알아내고 이로부터 우주를 지배하는 법칙을 유도한다. 실제로 천문학은 지구와 지구 대기를 제외한 우주의 모든 것을 연구의 대상으로 삼고 있다. 그래서 천문학에서는 낙하한 운석을 제외하고는 연구 대상과 직접 접촉이 불가능하다. 천문학자에게는 우주 그 자체가 하나의 거대한 실험실인 셈이다. 극히 소수의 모의 실험을 제외하고는 우주에서 일어나는 현상을 실험실에서 재현할 수 없기

▌신사회 자본
철도 · 도로 · 항만 · 공항 · 상하수도 등 국민 경제의 기초가 되며 간접적으로 여러 분야에 기여하는 자본을 사회 자본(社會資本) 또는 사회 간접 자본(社會間接資本)이라 하며, 이와 구별해 신사회 자본(new infrastructure)이란 정보화 사회를 지탱하는 컴퓨터 · 광통신망, 대학 · 기업 등의 연구 시설 등과 같은 자본을 말한다.

때문이다. 이런 점에서 천문학은 다른 기초 과학과는 상이하다.

영어의 astronomy, 즉 천문학이란 말은 두 개의 그리스 말에서 유래하였다. astron은 별을 의미하고 nomos는 구역 또는 거주지를 나타내는 nomos와 법 또는 관습을 나타내는 nomos의 두 가지 뜻을 가진 것으로, 분포나 분배를 의미하는 nemein과 관계가 있다. 그래서 고전적인 의미에서 천문학은 우주 공간 내 별의 분포를 연구하는 학문으로 정의될 수 있다. 넓은 의미로는 별의 분포를 지배하는 법칙을 포함한다고 해석할 수 있다.

현대에 와서 천문학은 천체물리학이라 불리는 것이 더 적합하게 되었다. 그 이유는 17세기 후반, 뉴턴의 시대 이후 지구에서 실험과 이론에 의해서 유도된 물리학 법칙들이 모든 천체 현상을 설명하는 데 응용되고 있기 때문이다. 별과 우주를 연구함에 있어 물리학이 필수적인 학문으로 등장하였다. 이제 천문학과 천체물리학은 거의 구분이 되지 않는 동의어가 된 셈이다.

최근에 여러 종류의 우주선들이 태양계 내의 천체들을 직접 탐사하고 성간 공간에서 화학 분자들이 발견되고, 외계의 생명체 탐사가 활발하게 진행되면서 천문학은 더욱 복잡한 학제간(學祭間) 학문이 되어 가고 있다. 행성과 위성의 지질을 연구하는 천문지질학, 이들의 대기를 다루는 천문대기과학, 별의 대기와 별과 별 사이 공간에서 일어나는 여러 가지 화학 작용을 다루는 천문화학, 그리고 외계에서 생명체의 탄생과 진화를 연구하는 외계생물학 등 연구

분야가 다양해지고 있다. 이와 아울러 우주 개발이 본격화
되면서 이에 필요한 기초 과학 분야 및 인공위성이나 우주
선 등 우주 개발의 수단을 이용하여 우주를 연구하는 분야
인 우주과학이 천문학의 중요한 분야로 자리 잡아 가고 있
다.

　천문학 연구는 다른 기초 과학과는 달리 주로 실험 대신
관측과 이론 연구로 이루어진다. 이 두 분야는 서로 앞서거
니 뒤서거니 하면서 상호 보완의 역할을 한다. 관측에 의해
서 발견된 새로운 현상은 이론적인 설명이나 논리적인 추
리에 바탕을 둔 모형의 설정이 시도된다. 그 반대의 현상으
로 이론이나 추리가 먼저 등장하고 관측과 발견에 의해서
검증되는 경우도 많이 있다. 만약 모형이 관측과 부합하지
않는다면 모형은 바뀌어야 하며, 이 과정이 어떤 철학적이
거나 정치적 또는 종교적인 개념과 신념에 의해서 제한받
아서는 안 된다. 어쨌건 어떤 천체 현상도 이 두 가지 연구
결과가 일치해야만 정설로 받아들여지게 된다.

　천문학은 인간 중심과 지구 중심의 우주관에서 인간과
지구가 하찮은 존재로 전락하는 방대한 우주관으로 발전되
었다. 현대 천문학은 자연과 우주에 관해서 더 많이 알려는
인간의 호기심에서 탄생한 기초 과학이다.

　　　　　　　　　　　　　— 민영기(서울대 교수, 천문학)

2. 다음 기사를 참조하여 '바닷물의 자원화'라는 주제로 논술
　하라(1,200자 내외).

바다로부터의 자원은 생물과 지질 자원에 국한되지 않는
다. 바닷물의 96.5퍼센트는 순수한 물이지만 나머지 3.5퍼
센트에는 가장 흔한 소금을 비롯, 마그네슘·칼슘·칼륨·
브롬·알루미늄·망간·구리·은 등과 금까지를 포함, 60
여 가지의 원소가 용해 혹은 불완전 용해 상태로 섞여 있
다. 3억 2천만 입방마일로 추산되는 전세계의 바닷물에는
2백억 톤의 귀중한 우라늄을 비롯, 150억 톤의 구리, 150
억 톤의 망간, 5억 톤의 은 및 1천만 톤의 금이 함유돼 있
다는 보고도 있다.

　가장 흔하고 손쉽게 얻어 쓰는 소금은 약 50조 톤에 이
르고 있는 것으로 추산되는데 이를 모두 채취한다고 가정
하면 전 육지의 표면을 150미터 이상의 두께로 덮을 수가
있다는 것이다. 우리가 거둬들이는 소금 가운데 겨우 5퍼
센트만이 식용으로 이용, 나머지는 금속과 종이, 플라스틱,
직물 등을 비롯한 1만 수천 가지의 상품을 제조하는 데 쓰
이고 있다.

　우리가 아는 소금 채취 방식은 퍽 단순한 것 같지만 최신
과학 설비를 갖춘 순수 소금 채취 공정은 놀라울 만큼 까다
롭다. 샌프란시스코만의 해변에 세워진 미국 최대의 제염
공장 공정은 바닷물을 퍼올려 완제된 순수한 소금이 생산
되기까지엔 6년이라는 시간이 걸린다는데 이 공장에서는
소금 추출 과정에서 막대한 양의 인산칼슘(석회)을 동시에
얻는다.

3. 우주에는 상상 이상의 많은 항성이 있고, 그 주위를 도는
   수많은 행성이 존재한다. 그렇게 보면 그 많은 별들 중에서
   지구와 똑같은 환경을 가진 별이 있을 수 있으며, 따라서
   인류와 같은 고등 생물도 존재할 수 있다는 가정이 성립한
   다. 근래에는 우리나라에서도 이른바 UFO(미확인 비행 물
   체)의 사진을 찍어서 화제가 된 적도 있다. 다음의 기사를
   참조하여 외계에 고등 생물이 있을 수 있다는 주장을 펼쳐
   보라(1,500자 내외).

이탈리아 과학자들이 지난해 대규모 혜성 조각과 목성이
충돌한 이후 목성의 초고층 대기중에서 물을 발견했다고
이탈리아 국립연구위원회가 24일 발표했다.

이 위원회는 성명을 통해 '40억 년 전 혜성들의 폭발로
지구에서 발생했을지도 모르는 일들이 은하계 수백만 개의
태양계에서 일어났을 수도, 혹은 일어나고 있을 수도 있
다.'고 지적하고, 이 같은 발견이 혜성들의 충돌 결과 지구
에 생존 조건이 형성됐다는 이론을 뒷받침할 수 있을 것이
라고 말했다.

지난해 7월 18일, 얼음 혜성 슈메이커 레비 9의 조각 20
개 이상이 목성과 충돌했다.

이탈리아는 중부 볼로냐 근처에서 고속 분광계가 장착된
대형 전파 망원경을 사용하여 충돌 이후 현상을 추적해 온
결과 목성의 초고층 대기에서 방사물의 분광 분석을 통해
물 분자가 존재하고 있다는 사실을 알아냈다고 밝혔다.

4. 다음 글을 완성하라(600자 내외).

논·술·연·습·의·길·잡·이

1. 천문학은 고대인들이 신비스럽게 생각하고 외경을 느꼈던 우주에 대하여 연구하는 학문이다. 따라서 지구와 지구 대기를 제외한 우주의 모든 것을 연구 대상으로 삼는다.

현대에서는 천문학을 천체물리학이라 부르는 것이 옳은데, 그 이유는 뉴턴 이후 천문학은 모든 천체 현상을 설명하는 데 물리학 법칙들이 응용되기 때문이다.

최근에 여러 종류의 우주선들이 태양계 내의 천체들을 직접 탐사하고, 성간 공간에서 화학 분자들이 발견되고, 외계의 생명체 탐사가 활발하게 진행되면서, 천문지리학, 천문대기과학, 외계생물학 등의 연구 분야가 학제간 학문으로 연구되고 있다.

천문학 연구는 관측과 이론 연구로 이루어지며, 인간 중심과 지구 중심의 우주관에서 방대한 우주관으로 발전되었다.

2. 바다는 무궁무진하며, 결코 고갈되지 않는 자원의 보고다. 바닷물 속에는 3.5퍼센트의 소금과 마그네슘, 칼슘, 브롬, 알루미늄, 망간, 구리, 은과 금을 포함하여 60여 가지의 원소가 용해, 또는 불완전 용해 상태로 섞여 있다.

　육지에서의 자원은 한정되어 있으며, 따라서 언젠가는 바닥이 드러날 수밖에 없다. 그러므로 우리는 삼 면이 바다로 둘러싸인 유리한 조건을 이용하여, 바닷물에 들어 있는 원소를 채취하는 방법을 찾아내야 한다.

3. 세계에서 처음으로 지구 이외의 천체에 고등 생물이 살고 있다고 주장한 이는 16세기의 철학자 G. 브루너이다. 은하계에는 지구와 같은 행성이 5억에서 10억 정도가 있으며, 거기에는 지구인과 동등하거나 더 발달된 지능을 가진 고등 동물이 존재할 수 있다는 것은 과학적으로 능히 추측할 만하다. 이를 바탕으로 논리정연한 글을 작성해 보자.

4. 다음에 이어질 글은 두 가지로 대별할 수 있다. 긍정적인 측면과 부정적인 측면이다. 긍정적인 측면에서는 예절을 숭상해 왔던 조상들의 뜻을 기리고, 그것을 이어받는 정신이 고결하다고 주장할 수 있고, 부정적인 측면에서는 제사가 너무 허례 허식에 치우쳐 있으며 낭비가 되고 있다고 서술한 다음 참다운 '효'는 마음에 있는 것이지 제사나 차례를 지내는 형식에 있지 않음을 주장할 수 있다.

▮ 글로컬라이제이션(glocalization)
세계화(世界化)를 의미하는 글로벌라이제이션(globalization)과 지방화(地方化)를 의미하는 로컬라이제이션(localization)의 합성어이다. 세계화가 국경 개념이 허물어지는 오늘날의 세계적 현상을 지칭한다면, 지방화는 지방이 경제 활동의 중심이 되는 추세를 반영하고 있는데, 이와 같이 세계화와 지방화가 동시에 진행되고 있는 현상을 가리키는 말이다.

1. 당뇨병과 운동 요법 

| 읽기 전에 | 건강의 중요성은 아무리 강조해도 지나침이 없다. 그런데 건강을 잃어버린 뒤에야 건강의 소중함을 깨닫고 후회하는 경우가 많다. 그러므로 평소부터 건강에 유념해야 한다는 것은 유비무환이라 할 수 있다. 이 글에서 필자는 요즘 점점 증가하고 있는 당뇨병에 대하여 그 원인과 유형을 밝히고, 예방책을 제시하고 있다.

다뇨, 다음, 다식의 3다 현상

당뇨병이란 혈액 속에 당(糖)이 지나치게 높고, 이로 인해 소변에도 당이 나오는 증상을 말한다. 이 당뇨병은 대부분 췌장에서 분비되는 인슐린이 부족하여 발병되는 만성 대사 질환이며, 인슐린이 부족하면 혈중에 있는 당이 세포 속으로 들어가지 못하여 세포 속에는 에너지 빈곤 현상이 생겨, 혈당은 높게 나타난다.

정상 혈당치는 80~12밀리그램퍼센트 정도인데, 만약 공복 시 혈당이 140밀리그램퍼센트 이상이거나 식후 혈당치가 200밀리그램퍼센트 이상일 경우는 당뇨병으로 진단하게 된다. 당뇨병은 자기 자신도 모르는 사이에 계속 진행되는 것이 특징이며, 자각 증상을 느낄 때는 이미 상당히 진행된 상태이다.

갈증이 전보다 심해서 물을 자주 찾게 된다든지, 공복감이 있어 늘 배고픔을 느낀다든지, 단것을 필요 이상으로 좋아한다든지, 두 발이 저리고 붓는다든지, 또한 소변을 자주 많이 보

> **인슐린**(insulin)
> 췌장으로부터 분비되는 호르몬의 하나. 체내에 있는 당의 소비와 간장 안의 글리코겐의 저장을 증가시킨다. 혈당을 감소시키므로 당뇨병의 치료에 쓰인다.

게 되며, 소변에 거품이 턱없이 많이 생기게 되면 일단 당뇨를 의심하고서 진단을 받아 보는 것이 좋다. 따라서 당뇨병 환자는 3다 현상인 다뇨(多尿), 다음(多飮), 다식(多食) 현상이 나타나게 된다.

당뇨병이 무서운 것은 혈당이 상승하고 뇨에 당이 나오는 것에 그치지 않고 여러 가지 만성 합병증을 일으키는 점이다. 당뇨로 인해 동맥경화가 빨리 와서 혈압이 높아지고 중풍이 오며, 심장에 혈액 공급이 안 되거나 다리 등의 말초혈관이 막히게 되어 허혈증, 통증이 오고, 발궤양 등이 와서 잘 낫지 않는다. 심지어 그 부분이 썩어 들어가 다리를 잘라야 하는 경우가 생기게 된다. 또한 연골과 관절에 이상이 오고, 신장 기능이 악화되며, 시력까지 잃게 된다.

인슐린 의존형과 비의존형

당뇨병은 제Ⅰ형 당뇨병(인슐린 의존형)과 제Ⅱ형 당뇨병(인슐린 비의존형)으로 크게 두 가지로 구분한다. 제Ⅰ형은 소아나 30대 이전에 나타나며, 이는 인슐린 분비가 되지 않아 인슐린을 계속 공급해야 하는 당뇨병으로 그 수는 그리 많지 않다. 제Ⅱ형은 연령이 증가함에 따라 인슐린이 부족하거나 인슐린 이용 능력이 감퇴되어 나타나는 것으로 당뇨병 환자의 대부분이 이에 속하며, 40대부터 서서히 진행된다.

우리나라에서 당뇨병 환자가 요즘 급속히 늘어나고 있다. 그것은 오늘날의 모든 환경이 당뇨병 발병에 너무나 알맞은 조건을 갖추고 있기 때문이다. 생활이 윤택해짐에 따라 영양을 과잉 섭취하게 되고, 모든 생활이 자동화됨에 따라 신체 활동이 극히 줄어 운동 부족증이 나타나게 되며, 또한 사회 생활이 복잡함에 따라 스트레스가 많아지는 점 등이 당뇨병을 증가시키는 원인이 되는 것이다.

당뇨병을 예방하기 위해서는 발병 원인이 되는 비만, 운동 부족 및 스트레스를 제거하면 된다. 따라서 당뇨병의 예방 치료를 위해서는 식이 요법과 운동 요법이 중요함을 알 수 있다. 식이 요법의 기본 원칙은 배부르게 먹지 말고 시장기가 가실 정도로 먹는다는 것이다. 이를 잘 지키는 것이 필요하며, 특히 당뇨병 환자 중에 비만자일 경우에는 체중을 1개월에 1킬로그램 정도 줄이기 위해서도 식이 요법이 반드시 필요하다.

운동의 기본 원칙은 조금 힘들 정도의 강도로 하루에 30~60분 정도로 일주일에 3~5일 정도가 이상적이다. 제I형 당뇨병 환자의 운동 시간은 20~30분 정도로 좀 짧게 잡고 제Ⅱ형 당뇨병 환자는 40~60분 정도로 좀 길게 잡는 것이 효과적이다. 운동 시간은 혈당 조절이나 인슐린의 감수성을 높이기 위해서 적어도 주 3회 이상 해야 하며, 체중 조절이 필요한 경우는 주 5회 이상 하는 것이 바람직하다.

유산소 운동인 조깅

운동은 혈당 조절과 형중지질의 개선에 가장 효과가 큰 유산소 운동인 속보, 조깅, 가벼운 에어로빅, 등산 등이 좋으며 실내에서는 러닝 머신, 자전거 타기, 수영 등이 좋다. 너무 무리한 운동이나 경쟁을 요하는 운동이나 게임은 삼가야 한다. 운동의 종류를 정하는 데는 연령, 당뇨병의 정도와 합병증의 정도를 잘 고려하여 정해야 한다.

혈당이 250밀리그램퍼센트까지는 운동 요법으로 처방이 가능하나, 그 이상일 때는 소변 검사를 실시하여 지질대사의 산물이고 인체에 치명적인 영향을 주는 케톤의 유무를 검사한 후, 케톤이 없으면 운동을 해도 좋지만 케톤이 나타나면 인슐린을 투여하여 혈당을 내리면서 운동을 실시하는 것이 바람직하다.

당뇨병 환자가 운동을 할 때 주의해야 할 사항은 다음과 같다.

- 식사는 운동 1~3시간 전에 한다.
- 인슐린 투여는 적어도 운동 1시간 전에 한다.
- 인슐린 투여와 운동을 병행할 때는 인슐린의 투여량을 줄인다.
- 비만한 당뇨병 환자는 식사량을 줄이면서 운동을 실시한다.
- 장시간 운동을 할 때는 저혈당에 빠질 수가 있으므로 30분마다 약간의 당분을 섭취한다.

시작 전에 전문가와 상의해야

운동의 효과는 제Ⅰ형보다 제Ⅱ형 당뇨병에 더 큰 효과가 나타난다. 제Ⅰ형은 인슐린 투여와 운동을 병행해야 하며, 제Ⅱ형은 운동만으로 큰 효과를 얻을 수 있다. 운동을 할 경우 말초 조직의 혈류량을 증가시키고, 근육 및 지방 세포의 인슐린 감수성이 높으며, 이로써 혈당이 내려가게 된다. 소량의 인슐린으로도 그 기능이 크게 증가하게 된다. 또한 지질대사 장애가 감소하고, 혈전 형성을 예방하고, 조기 동맥경화증을 억제하여 혈압의 증가를 방지한다.

　누구나 운동을 시작하기 전에는 전문 기구를 찾아 건강 진단과 운동 능력 검사를 받아 자기의 건강 및 운동 능력에 알맞은 운동을 하는 것이 바람직한 일이나, 특히 당뇨병 환자는 운동 전에 반드시 전문 기구를 찾아서 당뇨병으로 인한 합병증인 동맥경화, 심장병, 고혈압 등의 진행 정도를 검진받은 후에 과학적인 운동 처방을 받아 운동을 시작해야 불의의 사고를 미연에 방지할 수 있을 것이다.

— 황수관(연세대 교수, 의학)

풀·어·봄·시·다 ●●●●●●●●●●●●●●●●●●●●●●●●●●●●●●●●●●●●●

1. 당뇨병을 막기 위해 우리들이 조심해야 될 점은 무엇인가?

2. 오늘날 우리나라 사람들에게 당뇨병이 많아지는 이유는 무엇인가?

해·답

1. 비만(다음, 다식), 과도한 운동, 스트레스 축적.

2. 생활이 윤택해짐에 따라 영양을 과잉 섭취하게 되었으나, 신체 활동은 줄고 스트레스가 증가하기 때문이다.

2. 가운뎃손가락과 얼굴

| 읽기 전에 | 서양 의학과 동양 의학은 상당히 다르다. 서양 의학이 과학적이고 실증적이라면, 동양 의학은 철학적이고 경험적이다. 이 글은 동양 의술의 관점에서 쓴 것으로 얼굴과 몸 전체와의 상관성, 가운뎃손가락과 얼굴과의 상관성에 의하여 스스로 약한 곳, 병든 곳을 치료할 수 있는 방법을 설명하고 있다.

사람은 죽어서 이름을 남긴다고 하지만 이름은 곧 그 사람의 얼굴과 연관된다. 현대 여성들의 대부분은 얼굴을 가꾸려고 온갖 정성과 시간, 그리고 모든 것을 다 바친다. 여성뿐만 아니라 남성들도 역시 얼굴에 명예와 권세, 그리고 재산을 나타내려고 자신의 삶 전체를 다 투자한다.

그러므로 몸이 어디가 아픈 것보다도 얼굴에 병이 나면 걱정이 태산이다. 위장은 상해 있어도 얼굴만 멀쩡해 보이면 그런대로 넘어가고, 간이 부어 있어도 얼굴만 예뻐 보이면 그저 만족해한다.

그러나 얼굴은 몸이 상해 있을 때 어느 정도는 참고 견뎌 주지만 곧 몸의 병을 나타내고 만다. 그러면 얼굴 어디로 몸의 병세를 표시할까.

얼굴에는 우리 몸의 오장육부와 연관을 맺고 있는 눈, 코, 입, 귀, 혀가 있다. 바로 이곳을 통해 몸의 내장은 그 병증을 나타내게 된다. 간과 쓸개는 눈으로 통하고, 심장과 소장은 혀로 통하고, 비장과 위장은 입으로 표시하고, 폐와 대장은 코와 연결돼 있고, 귀는 신장과 방광의 이상 증세를 예견한다.

그렇다면 눈의 시력이 떨어지고 어두워지고 눈병이 자주 생기는 증상은 간과 쓸개의 기능이 떨어질 때 생기는 것이고, 코가 막히고 알레르기성 비염이 생기고 냄새를 못 맡게 되는 증상은 폐와 대장의 병증과 관련 있다. 이사를 했는데 혓바늘이 서고 혀가 갈라졌다면 그것은 심장과 소장의 기능 이상 때문이다. 비위가 상하면 입술이 갈라지고 입술에 물집이 생기고 아구창이 난다. 그리고 정력과 관련이 있는 신장은 귀가 윙윙거리거나 물이 흐르거나 아니면 잘 안 들리는 귀의 이상 상태로 짐작할 수 있다.

그렇다면 이렇게 얼굴에 병이 생겼을 때 우리는 어떻게 치료할 수 있을까? 동의학, 특히 수지침은 이런 문제점을 해결하는 데 탁월하다.

얼굴에 병이 생겼다면 가운뎃손가락을 선택하고 그 증상에 따라 얼굴과 연결된 부위를 찾아 간단한 자극을 주면 된다. 그리고 그 부위가 눈이라면 눈은 간과 쓸개와 연관돼 생기는 병이기 때문에 손에서 간 자리와 담 자리를 찾아 더불어 자극을 주면 된다.

자, 이제 얼굴 부위를 손을 통해 알아보자. 가운뎃손가락의 첫째마디가 바로 그곳이다. 손바닥을 쳐다보고 가운뎃손가락에 초점을 맞추면 그곳이 바로 자신의 얼굴이다. 그리고 손을 돌려 손톱 부위를 쳐다보면 그곳이 자신의 뒷머리에 해당한다. 손과 몸이 얼마나 일치하느냐 하면 얼굴이 마르고 긴 사람은 이 마디가 가늘면서 길쭉하고, 얼굴이 둥그렇고 살이 찐 사람은 이 마디가 짧고 통통하다.

그러므로 손가락이 길쭉길쭉한 사람은 팔다리도 길어 키가 크고, 반면에 손가락이 짧고 통통한 사람은 몸도 작고 살도 통통하다.

손가락에서 자신의 얼굴을 한번 쳐다보자. 한가운데를 돌고 있는 지문이 있을 것이다. 그 정점을 이루는 곳은 다른 곳보다 약간 뾰족한데 그곳이 바로 얼굴 가운데서 가장 높이 솟은 코이다. 코가 얼굴에서 가장 뾰족하므로 손에서도 역시 그렇다. 축농증과 비염 등은 이곳을 자극하면 된다. 감기에 걸려 콧물이 나고 재채기가 나오려고 할 때 빨리 이곳을 자극하면 재채기가 멈추고 콧물이 마른다. 이곳에 뜸을 뜨면 더욱 효과가 좋다. 그리고 코는 폐와 대장과 연결돼 있으므로 폐점이나 폐기맥 그리고 대장점이나 대장기맥을 함께 자극해 주면 효과가 더욱 크다.

한편 알레르기성 비염은 어디를 자극해야 할지 궁금해 하는 사람이 있을지도 모른다. 알레르기라는 말의 어원을 찾아보니 그 뜻이 묘하게도 '모른다' 라는 뜻이었다. 모를 바에는 차라리 '모를레기' 성 질환이라고 하면 조금은 예쁘게 보아 주겠는데 이건 '알레르기' 란다.

대체로 서양 의학은 인간의 병을 약 18만 가지로 나누고 있다. 그런데 놀라운 것은 그 가운데 원인이 밝혀진 병의 종류가 고작 10퍼센트밖에 안 된다는 사실이고, 그리고 또 병명이 밝혀진 것 가운데 치료법이 알려진 것 역시 그 중 10퍼센트라고 한다. 원인이 밝혀지고 치료법이 개발된 병의 수는 고작 1천8백에 지나지 않는다. 그러니 의사들은 18만 가지 병 가운데서

이 1천8백 가지 병을 치료해서 먹고 사는 것이다.

손가락에서 코 부위 아래에는 입에 상응하는 점이 있다. 입술과 이빨과 혀의 질환은 이곳에 압통점이 나타난다. 약간 뾰족한 것으로 이곳을 자극했을 때 유달리 아픈 점이 있다면, 이는 반드시 입술병 아니면 이빨과 입념의 병이고, 그도저도 아니면 아마 혓바늘이 섰을 것이다. 앞에서 말했듯이 입술과 입 안의 병은 비장과 위장에 연결돼 있다. 따라서 우장점과 비장점 그리고 위기맥과 비기맥에서 몇 개의 점을 골라 자극을 주면 더욱 치료에 도움이 된다. 혀가 아프고 갈라졌다면 그에 상응점과 식장, 소장점, 더 나아가 심장과 소장기맥도 자극한다.

코 위의 상응점 위에서 약간 옆으로 가면 눈에 해당하는 상응점이 있다. 대부분의 눈병에는 이곳을 자극한다. 특히 한여름에 유행하는 아폴로 눈병이나 알레르기성 눈병은 이곳을 자극하면 점점 누그러진다. 그리고 눈다래끼도 이 부위를 자극해야 한다. 그런데 눈다래끼는 눈의 어느 한쪽에 대개 나기 때문에 오른쪽인지 왼쪽인지를 잘 가려서 상응 부위를 찾아야 한다. 그리고 아래 눈꺼풀인지 위 눈꺼풀인지도 손에서 잘 찾아본다. 시력 감퇴에도 눈 상응점의 지속적인 자극은 효과를 본다.

일본이나 중국에서는 침으로 색맹을 고치거나 그 밖에 시력에 치명적인 손상을 주는 병들도 고친다고 한다. 수지침으로도 역시 시력을 회복시킬 수 있다. 물론 눈과 관련된 간담의 상응점과 기맥도 아울러 자극을 해야 한다. 그러나 너무 수지침만 맹신하는 것도 주의해야 할 일이다.

손가락 측면에는 귀와 상응하는 부위가 있다. 귀가 아플 때

겉으로 보기에 코 상응점 옆, 중지의 측면을 자극하는데 이곳은 적절한 지점이 아니다. 대체로 귀가 아프다고 하면 귓바퀴가 아픈 것이 아니라 귓속이 아프기 때문에 귓속 부위는 뒷머리 귓바퀴 아래에 위치하므로 상응점은 가운뎃손가락 손톱 밑 부위가 그 대응점이 된다. 귀에서 소리가 나는 이명 증상도 이곳을 적절하게 자극하면 점점 줄어든다. 이명은 본래 이비인후과 소관으로는 고칠 수 없는 질환으로 그 용어 자체도 동의학 용어이다. 아무리 귀에서 매미 소리 같은 것이 들린다고 호소해도 의사는 이상이 없다고 한다. 그럴 때는 은박지를 콩알 반쪽만하게 잘 말아서 가운데 손톱 아래 속귀 상응점을 눌러 최고로 아픈 점에 종이 반창고를 떨어지지 않게 잘 붙이고 며칠을 지내다 보면 점점 소리가 작아질 것이다. 귀에서 소리 나는 증상은 정력이 떨어져서 생기는 현상이기 때문에 신장점과 신장과 방광기맥을 다스려도 효과가 있다. 그리고 이럴 때는 몸을 무리하지 말고 보약을 먹으면 효과는 더 커진다.

자신의 얼굴이 가운뎃손가락 끝에 나타나 있다는 것이 놀랍기 그지없다. 그렇다면 입 주위에 난 여드름은 어떻게 해야 할까? 입 주위로 여드름이 잔뜩 났다면 손가락에서 입 주위에 해당하는 부위를 찾아 그 부위를 집중적으로 자극하면 도움이 될 것이다.

— 박광수(수지침 연구가)

 **풀•어•봅•시•다** ••

1. 이 글에서 필자는 손가락과 몸 전체가 어떤 점에서 밀접한 관련이 있다고 말하는가?

2. 필자가 병 이름을 가지고 재치 있게 표현한 말은 무엇이며, 그 연관성은 어디서 찾은 것인가?

해•답

1. 인체 각 부위에서 생기는 병의 증상이 가운뎃손가락의 어떤 부위와 관계가 있다는 말이다.

2. '알' 레르기와 '모를' 레기. '알레르기'의 어원이 '모른다' 라는 뜻이기 때문에 붙인 말이다.

3. 페어 플레이 속에서만 스포츠 묘미 살아난다

| 읽기 전에 | 운동 경기는 이기는 데 목적이 있다. 그러나 이기는 데만 집착하다 보면 갖가지 불상사가 생기기 쉽다. 더 나아가 인명이 살상되고, 지역 감정이나 국가간의 문제로까지 발전해 갈 수도 있다. 이 글에서 필자는 스포츠에서 페어 플레이 정신이 가장 중요하다는 것을 외국에서 목격한 사실을 예로 들면서 역설하고 있다.

스포츠 경기의 가장 중요한 덕목은 페어 플레이 정신일 것이다. 페어 플레이를 하지 않는다면 운동 경기의 참의미를 찾을 수 없다고까지 말하는 사람들도 있다. 페어 플레이에 반하는 그라운드의 폭력 사태와 관중의 무질서한 태도는 그만큼 우리 스포츠계를 어둡게 하고 있다.

그 동안 고질적인 병폐로 경기장을 어지럽혔던 심판에 대한 불복종과 난투극, 관중들의 합세는 요즘에도 여전히 판치고 있는 것 같다.

사실 운동 경기에서 최선의 목표는 '승리'하는 것이라고 할 수 있다. 상대편을 이기는 것에 집착하는 심정은 우리나라뿐만 아니라 선진국 선수들도 마찬가지인 것이다. 그런 만큼 경기장은 선수들의 승부욕과 관중들의 열띤 응원과 관심이 어우러져 항상 격렬해질 수밖에 없다. 그러다 보면 자연히 예상 밖의 트러블이 일어나기 일쑤인데 이를 해결하는 방법을 보고 그 나라 스포츠 문화의 수준을 가늠하게 된다.

다음의 이야기는 필자가 외국에 나가 우연히 참관했던 경기장에서 있었던 일화들이다. 물론 해외 선진국들이 모두 이같지는 않겠지만 퍽 인상 깊은 장면으로 지금까지 뇌리에 남아 있다.

격렬하기로 이름난 미국 미식 축구 경기장에서 있었던 일이다. 상대팀의 과격한 태클에서 시작된 두 팀의 대립이 점차 악화되자 대회 본부에서는 방송을 통해 미국 국가를 내보냈다. 관중들이 국가를 따라 부르기 시작하자 경기장의 분위기는 일순 숙연해졌다. 곧이어 선수들의 싸움은 진정되었고 경기가 속개됐다.

미국과 소련의 아이스하키 경기장에서 있었던 일도 기억에 남는다. 두 나라 모두 기량면에서 세계 최강국인 만큼 국가적인 체면마저 걸려 있는 경기라고 해도 과언이 아닐 정도였다. 아이스하키는 스틱경기인 만큼 자칫 감정을 억제하지 못하면 순식간에 몸싸움으로 번지기 십상이다.

이런 판국에 경기장에서 두 나라 선수들끼리 패싸움이 붙자 관중들은 재빨리 경기장의 전등을 껐다. 그러자 싸움은 곧 중지되었고 잠시 후 경기가 다시 시작됐다. 그 순간 관중석에서는 기다렸다는 듯이 뜨거운 박수가 터져 나왔다.

물론 미국이나 유럽 선진국이라고 해서 경기장 난동을 모두 그런 식으로 해결하는 것은 아니다.

그러나 우리나라에서처럼 그렇게 첨예한 감정 대립을 하고, 경기 후까지 응어리를 풀지 않는 사태는 좀체로 목격하기 힘들다. 외국의 경기장에서 필자는 예외없이 그 나라 스포츠 문화 수준을 부러운 심정으로 실감할 때가 많았다.

우리 경기장에서 선수, 임원, 관중이 한덩어리가 되어 싸우는 것을 보면 우리나라 스포츠 문화 수준은 아직 멀었다는 자조적인 기분마저 들 정도이다.

경기 전적에 따라 상급 학교 진학 순위가 달라지고, 급여의 액수가 차이 나며 보상 금액이 차별적으로 배분된다. 그뿐 아니다. 한 번 기회를 잃으면 영영 되찾을 수 없는 '입지(立地)'에 빠지게 되기 때문에 선수들은 전전긍긍해 할 뿐이다.

이렇게 절박한 상황이고 보니 죽기살기로 경기에 임하지 않을 수 없는 게 우리네 선수들의 사정인 것이다. 관중 속에 앉아 있는 가족들 역시 마찬가지일 것이다. 그러니 경기장은 거친 매너로 살기마저 감돌고, 사활이 걸린 결과인 만큼 경기 후에도 감정의 응어리는 풀리지 않게 된다.

이 때문인지 우리나라 경기장 한쪽에는 경찰 지정석이 있다. 적게는 1,2명에서 큰 대회의 경우 1백 명 이상의 경비 경찰이 구색 맞추듯 나와 있다.

우리는 이런 풍경을 무심하게 넘기지만 외국인들은 이에 대해 꼭 의문을 제기한다. 그럴 때마다 서글픈 심정마저 들 정도이다. 경기의 승부는 곧 페어 플레이 정신에 있다는 넉넉한 심성으로 경기에 임할 수 있다면, 그라운드의 살풍경한 모습은 사라질 수 있을 텐데라는 아쉬운 마음이 든다.

경기장의 질서는 선수 혼자만이 창출해 낼 수 있는 것은 결코 아니다. 선수와 임원과 관중이 삼위일체가 되어 페어 플레이 정신을 존중할 때 비로소 스포츠 경기의 진면목을 발견할 수 있을 것이다.

— 박갑철(조선일보 체육부장)

 풀 • 어 • 봅 • 시 • 다 ....

1. 필자가 우리나라 스포츠에 대하여 부정적으로 보는 측면은 무엇인가?

2. 필자가 본 다른 나라의 높은 스포츠 문화의 평가를 요약하라.

3. 스포츠의 진면목을 발견할 수 있는 방안은 무엇이라고 했는가?

해 • 답

1. 그라운드의 폭력 사태와 관중들의 무질서한 태도, 스포츠를 출세의 방편으로 보는 제도 등이다.

2. 감정을 억제하고 질서를 지킨다.

3. 선수, 임원, 관중이 모두 페어 플레이 정신을 갖자는 것이다.

4. 행복의 본질에 대하여

| 읽기 전에 | 사람들은 누구나 행복하게 살고 싶어한다. 그러나 영원한 행복이란 존재하지 않는다. 또한 행복에 객관적인 기준이 있는 것도 아니다. 자신이 행복하다고 느끼면 되는 것이다. 이 글은 진정한 행복이란 무엇인가에 대하여 논의하고 있다. 각자 자신이 처한 상황과 앞으로의 진로 등에 대하여 비교해 보면서 이 글을 읽어 보자.

　"행복하게 되고 싶다."는 말을 사람들은 자주 입에 올리지만, 이처럼 올바로 해명되어 있지 않은 말은 세상에 없을 것이다. 누구나 행복을 바라고, 행복을 위해 애쓰지만, 천 명 가운데 한 사람도 행복이 어떻게 해서 성립되는지 모르고 있는 실정이다.

　그런데 우리는 암중모색(暗中摸索)으로 무작정 열렬히 행복을 뒤쫓고 있다. 만일 서둘러 잘못된 길에 발을 들여놓으면 끝장으로, 갈수록 우리는 당초의 목표에서 멀리 떨어져 버리는 것이다.

　그러므로 우리는 첫째로 우리가 목표로 삼고 있는 것이 무엇인가를 알아야 한다.

　우리가 올바른 길을 가면, 우리는 하루하루 나아지지만, 반대로 곁길로 접어들면, 즉 올바른 길에서 벗어난 사람들의 목소리에 귀를 기울이거나 그 발길을 따라가면, 곧 미궁에 빠져 언제까지나 방황과 착오의 나날이 계속될 뿐이다.

그러므로 여기서 가장 소중한 것은 뭐니 뭐니 해도 유능한 길잡이를 갖는 일이다. 특히 이 경우는 실제로 여행을 떠나는 경우와는 달라서 따로 길이 있는 것도 아니며, 또한 길을 가기만 하면 안식처가 나타난다고 장담할 수도 없다. 보통 길이라면 설사 길을 잘못 들었다 하더라도, 부근에 사는 사람이 바른 길을 가르쳐 줄 수도 있고, 목적지에 이르는 길은 대체로 정해 있다고 볼 수 있지만, 행복에의 길은 이와는 반대로, 사람들이 가는 발자취가 위태롭기 짝이 없으며, 부근에 사는 주민들이 올바른 길을 가르쳐 주기는커녕, 터무니없는 방향을 향해 헤매게 한다.

그러므로 우리는 야수들이 떼를 지어 가듯 하는 것이 아니라, 앞에서 말한 예(例)보다도 오히려 이지(理智)에 의해 스스로 인도해야 할 것이다. 세상이 돌아가는 모습을 보면 패배의 연속으로 한 사람이 넘어지면 다음 사람이 거기 걸려서 쓰러지고, 그 다음 사람이 그 등 위에 넘어지며…… 이리하여 나중에는 시체가 산더미처럼 쌓이게 된다. 이와 같은 잘못은 곧 '대중이 진리와 정의를 거스르기' 때문이다.

그러므로 우리는 행복을 원하는 이상, 대중에게서 등을 돌려야 한다. 왜냐하면 행복한 생활은 절대로 투표에 의해 결정되지 않기 때문이다. 이것은 사실이다. 많은 사람이 찬성한다는 말 자체가 그릇된 의론(議論)으로, 일반 민중은 습관에 대하여 비판하기보다는 맹종하기 쉬우며, 그 좋은 점과 나쁜 점을 검토해 보지 않는다.

여기서 내가 말하는 일반 민중은, 반드시 찢어진 신발을 질질 끄는 비속한 사람들만을 가리키는 것이 아니다. 고위 고관도 포함시켜 하는 말이다. 나는 대중이라는 말을, 눈에 보이는 외관을 기준으로 삼지 않고, 인물을 올바로 판단하는 마음씨를 기준으로 삼고 사용하고 있다.

세상에서 누리는 영달은 사람들의 머리를 혼미하게 만들어 버리므로 한동안은 거기 이끌리지만, 누구나 조용히 마음속으로 자문해 보면 반드시 다음과 같은 사실을 고백하지 않을 수 없을 것이다. 즉 '하지 않았어야 되는 일만 골라 하였다.'고 말하거나, 또는 '간구한 일보다 두려워 멀리한 것이 오히려 훨씬 나은 일이었는데!' 하고 말이다.

진정한 행복은 번뇌를 벗어나는 데 있다. 신과 인간에 대한 우리의 의무가 무엇인지 깨달아야 한다. 장래 일을 조금도 걱정할 것 없이 현재를 즐길 일이다. 즉 희망이나 걱정에 사로잡혀 두려워할 것이 아니라, 현재 자기가 소유하는 것으로 만족할 일이며, 이것이 곧 진정한 만족이다. 왜냐하면 이런 사람은 전혀 못마땅한 일이 없을 테니까.

인류의 위대한 축복은, 우리 가운데, 손이 닿는 범위 안에 있다. 그런데 사람들은 눈을 가리고 캄캄한 어둠 속을 헤매다가 보기 흉하게 넘어져 뒹굴고 있는 것이다. 행복 자체에 넘어져 뒹굴면서 자기가 열심히 찾고 있는 것이 무엇인지 모르고 있다.

'안정은 분명한 마음의 평화이며, 행운과 불운에 의해 흥분도 하지 않고 의기소침해지는 일도 없다.'면, 이런 안정은 인간 완성의 상태이므로 무엇으로도 감소시킬 수 없고, 인간 능력의 최고 절정에 도달하여 각자 자기의 지지자가 되게 한다. 자기 이외의 것으로 자기를 지지하면 넘어지는 수가 있지만,

자기가 자기를 지지하면 그런 일이 없다.

무릇 올바로 판단하고, 그 판단에 의지하는 사람은 마음의 안정을 즐길 수 있고 삼라만상을 올바로 관망한다. 그 행위에 질서와 절도가 있고, 예의 바르며, 그 본성에 자애(慈愛)가 넘치고 이지(理智)로 생활을 올바로 영위한다. 그리고 사람과 찬탄을 한몸에 모아들인다. 확고한 판단력을 제외한 다른 모든 것은 뜬구름에 지나지 않으며, '한 가지 일에 집착하는 것은 역시 옳다고 하지 않을 수 없다.' 환영과 두려움으로 미혹하려는 것을 이겨 나갔을 때에는 반드시 마음의 자유와 평안이 깃들게 마련이며, 이때야말로 저 물거품 같은 향락에의 욕구(최선의 방법으로 즐겨 봤대야 요컨대 공허하고 유해하다) 대신에 구원의 정복(淨福)을 느끼는 것을 알 수 있다.

행복을 누리려면 건전한 마음을 지녀야 한다. 모든 변역(變易)을 통하여 견실하며, 세상 일에 관심을 갖더라도 번민을 하지 않고, 재물이 많건 적건 개의치 않고 태연할 수 있을 때, 비로소 우리는 만족스러운 생활을 할 수 있다.

이렇게 되면 비탄(悲歎)도 없고, 소란도 권태도 공포도 있을 수 없다. 이런 것은 모두가 생활을 혼란에 빠뜨린다. '두려워하는 자는 순종한다.'고 하지만 현자는 두려워하지 않고, 함부로 순종치 않으며, 그 정복은 반석 위에 서서 어디서나 또 어떤 처지에서나 기쁨과 안정을 누리게 마련이다.

이런 주장은 밖에서 배워 온 것이 아니므로 그 사람을 버리고 달아나는 일이 없고, 마음속에서 우러난 것이므로 몸에서 떠나는 일도 없다. 어떤 외부적인 희망에 의해 고무된 생활은, 설사 그것이 아무리 즐겁고 떳떳하며, 또 아무리 보람찬 것이

정복
아주 조촐한 행복. 불교를 믿음으로써 얻는 행복.

변역
변하여 바뀌다. 변하여 바꾸다.

라고 하더라도 역시 안정된 생활일 수는 없다.

이렇게 말했다고 해서 합당한 즐거움을 올바로 즐기거나, 마땅히 기대를 가질 수 있는 사교적인 아취(雅趣)에 대하여 탓할 생각은 조금도 없다. 아니 오히려 나는 사람들을 언제나 즐겁게 하고——물론 이 즐거움은 본인의 영혼 속에서 생기고 그 사람의 마음속에서 길러낸 것이라야 하지만——언제나 싱글벙글한 얼굴을 하고 살아가기를 바라고 있다.

이런 조건에 합당하지 않은 다른 즐거움은 저급한 것으로, 이마의 주름살을 약간 펼 정도는 되지만, 마음을 흡족하게 할 수는 없다. '진정한 즐거움은 청순하고 엄숙한 감동'으로, 웃음을 무조건 즐겁게만 받아들이는 사람은 착각을 일으키고 있는 것이다. 즐거움은 마음속에 스며드는 것으로, 죽고 사는 운명을 눈앞에 둔 용사의 단호한 결심이 즐거움의 좋은 표본이다. 죽음을 눈앞에 두고 떳떳이 행동한 것을 만족스럽게 여기고, 가난한 자를 위해 대문을 활짝 열고 자기 식욕을 억제하는 사람이야말로, 신이 확고한 희락(喜樂)의 소유권을 분명히 인정해 주고 있는 것이다.

속인(俗人)들의 육감적(肉感的)인 기쁨은 얄팍하고 외면적이지만, 용사의 즐거움은 건전하고 항구적이다. 육체는 위대할 것 없고, 다만 하나의 필수품에 지나지 않는다. 그러므로 육체적인 쾌락은 잠시 동안의 공허한 것에 불과하다. 그리고 극도로 절제를 하지 않으면, 고통과 회한을 초래할 뿐이다.

그러나 이와 반대로 평화로운 양심, 올바른 사상, 도덕적인 행위, 우발적인 사건에 태연한 태도를 취하는 것 등은 끝이 없고 측량할 수 없는 축복이다. 이 행복의 절정은, 다만 올바른

천성의 명령에 따르는 데서 비롯된다. 그 기초는 예지와 덕성,
즉 해야 할 의무의 이해와 그 이해에 따르는 의지와의 조화에
있다.

— 세네카(로마의 스토아 철학자)

풀 • 어 • 봅 • 시 • 다

1. 필자가 말하는 '유능한 길잡이' 란 무슨 뜻인가?
2. '대중이 진리와 정의를 거스르기 때문' 이라는 말은 무슨 뜻인가?
3. 필자가 말하는 진정한 행복이란 무엇인가?
4. 용사의 즐거움이란 무엇을 의미하는가?

해 • 답

1. 자신의 이지(理智).
2. 대중은 습관에 대하여 비판하기보다는 맹종하기 쉬우며, 그 좋고 나쁜 것을 검토하지 않는다는 뜻이다.
3. 번뇌를 벗어나고, 신과 인간에 대한 우리의 의무를 깨닫는 것이며, 자기 확신과 건전한 생각을 가지는 것이다.
4. 죽음을 눈앞에 두고 떳떳하게 행동한 것을 만족스럽게 여기고 겸허하게 살며, 정신적 쾌락을 추구하는 것이다.

개정판
고교생이 알아야 할 논술 

초판 1쇄 발행 ▮ 1995년 12월 5일
초판 8쇄 발행 ▮ 1999년 1월 25일
재판 6쇄 발행 ▮ 2004년 7월 15일

엮 은 이 ▮ 성 낙 수
펴 낸 이 ▮ 신 원 영
펴 낸 곳 ▮ (주)신원문화사

주   소 ▮ 서울시 강서구 등촌 1동 636-25
전   화 ▮ 3664-2131~4
팩   스 ▮ 3664-2130

출판등록   1976년 9월 16일 제5-68호

＊ 잘못된 책은 바꾸어 드립니다.

ISBN 89-359-0898-3 03810

성 낙 수 © 2000